이매망량
애정사
2

이매망량 애정사

2

김나영 장편소설

네오픽션

차
례

추격   7

진실   35

각시투구꽃의 눈물   95

탈출   127

비밀이 탄로 나다   169

마지막을 향해   201

이별   247

다시 시작되는 이야기   279

외전_무원의 이야기   301

작가의 말   397

추격

날이 밝았지만 재성은 취기가 가시지 않는지 일어나지 않았다. 백현은 공손하게 먼저 가겠노라 편지를 적어 놓고 설희와 함께 말을 끌고 나왔다.

"여름은 여름인가 봅니다."

백현이 말했다. 그의 말처럼 오늘따라 바람 한 점 불지 않아 아침부터 푹푹 쪘다. 사방에는 매미 소리가 시끄럽고 하늘에는 구름만 꽉 들어찼으니 종내 비라도 한바탕 쏟아지리라.

"아무래도 서둘러야겠습니다. 비가 올 것 같아요."

설희의 걱정은 기우가 아니었다. 월악산 입구에 도착

할 즈음 먹구름 사이로 비가 툭툭 떨어졌다. 두 사람은 말을 멈추었다.

"비 오는 걸 보니 제법 많이 내리겠어요. 근처 민가에 들러 말을 맡기고 우모(雨帽 : 비가 올 때 머리에 쓰는 것)와 도롱이(비가 올 때 어깨에 걸쳐 둘러 입던 것)를 구해봐야겠습니다."

백현은 말머리를 돌려 인근 민가로 들어섰다. 그때 저편에서 말들이 달려오는 소리가 들렸다. 그는 어딘가 이상하다는 생각이 들어 얼른 민가의 담장 옆으로 말을 숨겼다.

"이런 시골에 말을 탄 사람들이 무리 지어 오다니."

설희도 수상쩍은 생각이 들었다. 백현이 말을 진정시키는 동안 그녀는 담장 너머로 말을 타고 달려오는 자들을 살폈다. 무사 복장을 하고 허리에 칼을 찬 사내들이 말을 타고 오는데 그 수가 족히 열 명은 넘을 듯했다. 그런데 그중에서도 하나가 단연코 눈에 띄었다. 훤칠한 체구에 한 팔로 채찍을 휘두르는 남자. 그의 무서운 눈동자를 보는 순간 설희의 심장이 얼어붙었다. 그녀는 얼른 백현 쪽으로 몸을 돌렸다.

"크, 큰일 났습니다."

목소리가 떨렸다. 백현은 자신의 예상이 빗나가기를

간절히 바라는 마음으로 물었다.

"왜 그러십니까?"

"…… 김무원, 김무원이었습니다. 방금 말을 타고 월악산 입구로 향하던 자들 중 트, 틀림없이 김무원이 있었습니다."

'여기까지 쫓아오다니! 어떻게 그들이 쫓아온 건가!'

순간 여주에서 만난 포도청 부장의 의미심장한 미소가 스쳤다.

'우리의 행방을 한양의 김무원에게 전한 자가 바로 그로구나!'

게다가 월악산에 가위표를 쳐둔 지도를 흘린 것이 가장 큰 화근이 될 줄이야. 이제 무원은 월악산 입구에 매복했다가 자신들을 붙잡으려고 할 것이 뻔했다.

"아가씨, 안 되겠습니다. 아가씨께서는 저희 숙부님 댁으로 돌아가 계십시오."

설희는 당황한 기색이 역력했다. 여기까지 와서 도로 돌아가라니.

"만약 김무원이 월악산의 산사를 수색한다면 연이가 발각되는 건 시간문제입니다. 만약 지금 저와 같이 월악산으로 올라갔다가 저들에게 붙잡히게 된다면 아가씨까지 위험해질지도 몰라요. 또 이런 날씨에 저들의 추격을 따돌리면서 산을 오르는 건 힘든 일입니다. 일단 숙부님 댁으로 돌아가서 기다리십시오. 제가 어떻게든 연이를 데리고 가겠습니다."

백현의 논리 정연한 설득에 그녀는 차마 반박하지 못했다. 연의 안전이 촌각을 다투는 마당에 짐이 되고 싶지는 않았다.

"알겠습니다."

두 사람은 곧바로 민가로 들어갔다. 백현은 한 촌로와 그 집 여종에게 돈을 주고 설희가 탄 말을 재성의 집까지 데려가 달라고 부탁했다. 또한 그에게 월악산에 오르는 다른 입구는 어디이며, 은약사로 가는 지름길은 없는지 물었다. 그는 길을 알려주면서도 여러 번 주의를 주었다.

"제가 알려드리는 길은 계곡을 통해 가는 지름길입니다. 비가 많이 왔을 때는 절대 그 길로 다녀서는 안 됩니다. 명심하십시오. 폭우가 쏟아질 때는 길이 끊기게 될 겁니다. 만약 지금 지름길을 따라 겨우 올라가신다 하더라도 내려올 때는 반드시 바른길로 하산하십시오."

백현은 그의 신신당부에 알겠노라 다짐하고 대로 만든 우모 하나를 얻어 쓰고 계곡 길을 통해 은약사로 향했다.

"시간이 촉박하다. 김무원보다 먼저 도착해야 해."

그는 하늘을 쳐다봤다. 비를 가득 품은 먹구름만 다가
올 뿐이었다.

*

이틀이 지났을 뿐이지만 망량은 도깨비 특유의 치유
력 덕분에 벌써 바깥바람을 쐴 정도로 회복되었다. 그러
나 상처가 아무는 것과는 별개로 기운은 전혀 없었다.
그는 요사채 기둥에 가만히 기대어 주룩주룩 비가 내리
는 것을 쳐다봤다. 노승이 한 말이 떠올랐다.

'공력을 회복할 수 없다면…… 소멸하게 되네.'

겨우 연을 향한 마음을 받아들이게 됐지만 앞으로 어
떻게 해야 할지는 통 모르겠다. 그는 눈을 감았다. 그때
연이 소반 위에 토란고(土卵膏 : 토란을 으깨어 즙을 낸 뒤 종
이에 발라 붙이는 연고)와 소독에 쓸 소금물 한 그릇을 들
고 곁으로 다가왔다.

"무슨 생각을 그렇게 하고 있는 거야?"

그녀가 물었다.

"오늘따라 절이 조용하네. 스님들은 어디로 가신 거
지?"

망량이 힘없이 물었다.

"응, 우리가 처음 만났던 곳 기억나? 다 쓰러져가던 돌 미륵 암자 말이야. 주지 스님께서 그 암자를 쓸 사람이 곧 온다고 하셔서 모두 수리를 하러 갔어. 오래된 곳이라 비가 많이 오면 무너질지도 모른다고 축대라도 바로 세운다고 하셨는데 시간이 좀 걸리나 봐. 그건 그렇고, 이제 붕대를 갈아야 하니까 저고리 좀 벗어봐."

연의 말에 망량은 돌아앉아 저고리 고름을 풀었다. 마르긴 했지만 딱 벌어진 어깨에 단단한 근육.

"흠! 흠!"

그녀는 괜히 헛기침을 하고 붕대를 푼 뒤 소금물을 상처 부위에 바르고 뜨거운 물에 삶아 소독한 수건으로 그 주변을 닦았다. 망량은 상처를 소독하는 일에 골몰하고 있는 그녀를 쳐다봤다. 하얀 얼굴에 길고 짙은 속눈썹, 분홍빛 입술. 또 가슴이 두근두근했다. 그때 귓가에 그녀의 입김이 후 닿았다.

"조, 좀 떨어져서 해. 귀, 귀에 왜 바, 바람을 불고 그러냐?"

그 말에 연의 뺨이 붉게 달아올랐다.

"누가, 누가 바람을 불었다고 그래! 이, 이상한 생각 말라고!"

그녀는 수건으로 상처를 꾹꾹 눌렀다.

"내가 무슨 생각을 했다고…… 아야, 아아…… 좀 살
살해."

"엄살 피우지 마."

연은 씩씩거리면서 손가락으로 고약을 푹 떴다. 왜 이
렇게 손가락이 떨리는지, 그의 어깨는 또 왜 이리 후끈
거리는지, 사내 어깨에 고약을 바르는 일이 처음도 아닌
데 유달리 어렵게만 느껴졌다. 그녀는 변명하듯 중얼거
렸다.

"조, 좀 아파도 참아. 내, 내가 이, 이걸 네 어깨에 문지
르는 건 소독하기 위해서일 뿐, 뭐 이, 일부러 그러는 게
아니라고. 무, 물론 넌 도깨비라 이, 이런 게 효험이 있을
지 잘 모르겠지만……."

망량은 더듬거리는 연을 쳐다봤다. 어서 소원을 들어
주지 않으면 죽을지도 모르는데 이 와중에 남색이라니.
스스로 한심하고 바보 같아서 한숨밖에 나오지 않았다.

"왜, 왜 그래? 많이 아파?"

연은 자신이 고약을 너무 세게 문지르는 것은 아닌지
뜨끔해서 물었다. 망량이 고개를 들어 연을 쳐다봤다.

"너, 이제 내가 도깨비라는 걸 믿어?"

검은 그의 두 눈동자가 연을 뚫어져라 응시했다.

"어? 그, 그래. 너 도, 도깨비 맞잖아."

연이 허둥지둥 수건과 물그릇을 소반 위에 담으며 일어나려고 하자 그가 손을 탁 붙잡았다.

"뭐야, 장난치지 마."

하지만 그는 그 손을 놓지 않고 오히려 꼭 그러쥐었다.

"네 진짜 소원은 뭐야?"

말문이 막혔다. 그에게 소원을 말한다면 정말 이루어질지도 모른다. 그러나 당장 말이 떨어지지 않았다.

'도저히…… 도저히 말을 못 하겠어.'

연은 주먹을 꼭 쥐었다. 그토록 바라던 소원이건만 남자로 만들어달라는 말을 못 하겠다. 어째서인가.

"만약 내 소원을 들어주면 넌 피리로 돌아가게 되는 거야?"

그녀가 물었다. 확인하고 싶었다.

"그래."

그러나 그의 말은 거짓말이었다. 소원을 들어주고도 공력이 남아 있으리라 장담할 수 없었다. 만약 그 순간까지도 깨달음을 얻지 못한다면 그대로 공중에 흩어져 소멸될지도.

"내가 소원을 말하면 들어주는 거야?"

연은 태연한 척 물었지만 속이 울렁거렸다. 그는 여전

14

히 자신을 피리의 봉인을 푼 사람으로만 생각하는 걸까. 아직도 피리로 빨리 돌아가기를 바라는 걸까.

'인간과 요괴, 게다가 남자야. 녀석의 소원을 들어주지 않으면 난 죽을지도 모른다고.'

그는 연의 눈을 외면하며 고개를 돌렸다. 잡았던 손도 도로 놓아줬다.

"네 소원을 들어주지 않으면 난……."

망량이 중얼거렸다. 뒷말은 차마 나오지 않았다. 연은 마음 한쪽에 구멍이 뚫린 것처럼 휑했다. 그 고요 속에서 요사채 지붕의 기와를 타고 마당으로 떨어지는 빗소리만 두 사람을 갈라놓았다.

"연아!"

익숙하고 다정한 목소리. 연이 문을 쳐다봤다. 비에 흠뻑 젖은 젊은 남자, 그는 분명 백현이었다. 그녀는 한 손에 쥐고 있던 수건을 떨어뜨렸다.

"혀, 형님……."

백현이 요사채 처마 아래로 달려와 그녀를 와락 끌어안았다.

"연아! 무사했구나! 다행이다, 다행이야."

그는 연이 무사하다는 사실이 감격스러웠다. 하지만 망량의 눈에는 쌍심지가 켜졌다. 처음 보는 사내가 다짜

고자 연을 끌어안는 것을 본 그는 자리에서 벌떡 일어났다. 그런데 웬걸, 연이 눈물을 흘리는 게 아닌가.

"형님! 형님이 오실 줄은……."

"울지 마라, 울지 마. 왜 이렇게 얼굴이 핼쑥해진 게야. 고생이 많았나 보구나. 그래, 여기 온 일은 어떻게 됐느냐?"

"보름까지는 기다려야 해서 아직은 약초를 구하지 못했습니다."

두 사람이 다정하게 주거니 받거니 하는 곁에 망량만 망부석처럼 서 있었다. 그는 속이 부글부글 끓어오르고, 눈에서 가시가 솟는 기분이었다.

'저자가 누구기에 저 야단법석이야. 생긴 건 꼭 기생 오라비처럼 생겨가지고. 그나저나 둘이 꽤 친해 보이는데 혹시 약초를 구하려는 게 설마 저, 저 기생오라비 같은 놈 때문에…….'

그는 더 참지 못하고 콧김을 쌕쌕 내쉬더니 둘 사이로 비집고 들어갔다.

"어험! 좀 떨어져서 얘기하시오. 그 얼굴 붙겠네, 붙겠어."

백현이 그의 기세에 눌려 한 걸음 물러섰다. 처음 보는 사내이건만 눈빛이 금방이라도 잡아먹을 듯 살기등등

했다.

"댁은 누구시오?"

백현이 묻자 망량이 심술궂은 표정을 지었다. 연이 중간에서 난처한 얼굴로 서로를 소개했다.

"형님, 여기는 망량이라 합니다. 이곳으로 오는 길에 우연히 알게 되었는데 여러모로 제가 신세를 많이 졌습니다. 망량, 여기 형님은 어릴 때부터 동문수학해온 송백현 형님이야. 나한테는 혈육이나 다름없는 분이지."

둘은 서로를 경계하면서 고개를 까딱하고 인사를 했다. 그러나 백현에게 당장 급한 일은 내 자字가 무엇이고, 호號가 무엇이다 하는 통성명이 아니었다.

"자세한 소개는 차후에 하기로 하고 먼저 중요한 말부터 해야겠다. 연아, 지금 여길 피해야 한다. 너를 해치려는 자들이 월악산 바로 아래까지 쫓아왔어."

연과 망량의 눈이 커졌다. 그녀를 해치기 위해 쫓아오는 무리라니 별안간 무슨 소린가.

"네가 떠난 뒤 우리를 습격한 화적패의 정체를 알게 됐다."

"그때 낭떠러지까지 쫓아왔던 그 화적패요?"

연이 되물었다.

"그래, 그 범인은 놀랍게도 김무원이었어. 나와 함께

죽소를 방문했던 그 김무원, 기억나느냐?"

"네, 네……. 하지만 그, 그분이 왜……."

그녀는 이게 무슨 소린지 당최 이해가 안 간다는 듯 말했다.

"그자가 너의 이복형이다. 네가 태어나자마자 집에 불을 지르고 도망간 서모(庶母 : 아버지의 첩)를 너도 알겠지? 그 맏아들이 바로 김무원이다."

"네?"

연은 오랫동안 집안에서 금기시되었던 서모 강씨 부인의 이야기를 떠올렸다. 하지만 분명 그들은 자취를 감췄다고 했는데 김무원이 그녀의 맏아들이라니. 죽소에 찾아와 선뜻 돈을 기부하던 무원의 모습이 스쳤다. 연은 요사채 마루에 털썩 주저앉았다.

"김무원은 설희 아가씨와 혼담이 오가는 중이었는데, 너로 인해 그 혼담이 깨지고 말았다. 그게 도화선이 되었는지는 모르겠지만 이 대감 댁 장손이 되기 위해 널 해칠 생각으로 월악산 아래까지 왔어. 수하들을 끌고 곧 이곳에 도착할 거다."

연은 머리가 팽팽 도는 것 같았다. 실타래처럼 엉켜 있는 지금의 상황만으로도 버거운데 이제 자신을 해치려는 자까지 있다니.

"가, 갑자기 이게 무슨……. 그럼 저는, 저는 어떻게……."

백현은 금방이라도 무너질 것 같은 그녀의 표정을 읽었다.

"정신 차려라. 이럴 때일수록 마음을 단단히 먹어야 해. 충주에 내 숙부님의 집이 있다. 그곳으로 가야 해. 설희 아가씨도 널 보기 위해 와 계신다. 수원 외가에 갔다가 네가 없다는 얘기를 듣고 자초지종을 따져 물으려는 걸 내가 모셔 왔어. 그분은 네가 월악산에 왜 왔는지, 여기서 뭘 하려는지 전혀 몰라. 아마도 널 만나면 진실을 알고 싶어 하실 게다."

설희 아가씨까지 오다니 첩첩산중이었다. 연의 눈에 절망이 비쳤다. 백현은 단호하게 말했다.

"진실을 밝혀야 한다. 그분께는 진실을 밝혀야 해. 그후에도 널 이해해주신다면 그때는 진정 네가 원하는 길을 가거라."

눈물 한 방울이 떨어졌다. 그의 말처럼 당장의 위기를 모면하려고 여기까지 왔지만 설희를 생각하면 이 또한 못 할 짓이었다.

"…… 이해해주실까요? 두렵습니다."

"용기를 내라. 약초를 찾으러 여기까지 왔듯이 용기를 내야 해. 만약 모든 일이 다 어그러진다면 그때는 내가…… 내가 너를 책임지겠다."

그는 연의 두 어깨를 감싸 쥐었다. 망량은 옆에서 곰곰이 둘의 대화를 듣다가 눈이 번쩍 뜨였다. 두 사람을 쳐다보니 불같은 질투가 활활 끓어올랐다. 그는 그들 사이를 다시 비집고 들어갔다.

"이봐요! 책임을 지긴 뭘 책임져요. 내가 여차저차 사정은 모르지만 지금 산 아래에 나쁜 놈들이 쳐들어왔다면서요. 그래서 당장 어쩌자는 겁니까? 머리 어지러운 말만 하지 말고 계책을 말해보라고요."

망량이 백현에게 쏘아붙였다. 백현은 이 낯선 남자의 무례함이 거슬렸지만 어찌 됐든 그것은 맞는 말이었다. 이대로 계속 지체할 시간은 없었다.

"연아, 시간이 촉박하다. 방법을 찾아야 해. 여기서 계속 있다가는 꼼짝없이 붙잡히게 될 거다. 계곡 길을 타고 김무원보다 한발 앞서 오긴 했지만 이렇게 폭우가 내리는데 그 길로 다시 돌아가진 못해. 내가 건너올 때도 계곡 물이 불어 아슬아슬했으니까. 그렇다고 바른길로 내려갔다가는 김무원과 마주치게 될 텐데……."

백현은 이 난관을 뚫고 나갈 방법을 고심했지만 쉽게 답이 나오지 않았다. 망량은 제 어깨를 만져봤다. 아직 회복이 덜 됐지만 죽기로 공력을 쓴다면 그자들을 물리치고 이곳을 벗어날 수 있을 것 같았다. 하지만 문제는 시간이었다. 아직 겨우 오시(吾時 : 오전 11시에서 오후 1시 사이), 해가 지기 전에는 도술을 쓸 수 없었다.

"바른길로 내려가면서도 그냥 지나치는 방법……."

백현이 중얼거렸다. 그때 망량의 머릿속으로 좋은 생각이 떠올랐다.

"그래! 김무원이라는 자와 마주쳐도 못 알아보도록 하면 되지 않겠소?"

연과 백현이 그를 쳐다보았다.

"그자는 연이의 얼굴을 알고 있는데 어떻게 못 알아보게 한단 말이오? 게다가 하산하다가 마주치면 얼굴부터 확인하려고 들 거요."

망량이 씩 웃었다.

"분명 눈 뜬 봉사처럼 못 알아보게 될 거요. 내가 그랬듯 말이오."

연은 일전에 몰래 여장을 했다가 갑자기 문을 여는 바람에 들키고 말았던 일을 떠올렸다.

"지, 지금 그 말은 설마……."

연이 머뭇거리며 말했다.

"그래, 여장을 하는 거다."

백현이 그녀를 돌아봤다.

"너, 혹시 저치 앞에서 여장을 한 적이…….'

연은 당황한 기색이 역력해져서 허둥거렸다.

"그, 그게 어쩌다가 여인의 옷을 얻게 되어 호기심에 입어봤던 것인데…… 우, 우연히 그런 겁니다. 이, 일부러 그런 게 아니라…….'

망량은 너무 책망하지 말라는 투로 끼어들었다.

"알아, 나도 다 안다고. 비록 이 녀석이 겉보기엔 사내지만 속은 그렇지 않다는 걸. 솔직히 처음엔 변태라고 생각했지만, 지금은 나도 이해하니까.'

"아니, 벼, 변태라니. 무례하오! 무슨 그런 말을…….'

백현이 발끈하자 연이 그의 소매를 붙잡았다. 그녀는 망량이 아직 모른다는 눈치를 주며 고개를 저었다. 그러고 보니 이 남자는 연의 정체를 전혀 모르는 모양이었다.

"그, 그래, 일단 여길 나가는 일이 제일 급하다. 옷부터 갈아입거라.'

백현이 화를 추스르며 말했다. 연은 방으로 들어가 지난번에 입어본 후로 보따리에 꽁꽁 싸 서랍장 맨 아래 칸에 숨겨둔 옷을 꺼냈다.

"다신 입지 않으려고 했는데…….'

그러나 감회에 젖을 여유가 없었다. 그녀는 재빨리 옷을 갈아입고 머리를 풀어 댕기를 맸다.

'노리개가 어디 갔지?'

어찌 된 영문인지 노리개가 없었다.

"어디에 흘렸나……."

노리개 하나를 찾는 데 계속 정신이 팔려 있을 수는 없었다. 연은 대충 옷매무새를 가다듬고 거울을 들여다봤다. 정말 못 알아볼까. 무원도 무원이지만 지금으로서는 백현의 반응이 가장 두렵고 또 궁금했다. 연이 떨리는 마음으로 문을 열자 백현이 혼이 빠진 사람처럼 중얼거렸다.

"연아……."

어느 반가의 반듯한 규수처럼 고운 자태가 마치 백작약처럼 기품이 넘치고 아름다웠다. 이렇게 곱고 예쁜 여인이 이제껏 남장을 하고 형님 아우 하던 동생이었다는 사실에 백현은 제 볼을 꼬집어봤다. 망량은 또 은근히 속이 꼬여서 옆에서 초 치는 소리를 했다.

"파리 들어가겠네."

백현은 괜히 얼굴을 붉히며 헛기침을 했다.

"험! 험! 모, 못 알아볼 만하구나. 장옷을 쓰고 고개를 숙인다면 못 알아볼 게 분명해."

다행히 폭우가 그치고 빗줄기가 부슬부슬해졌다.

"비가 더 거세지기 전에 서둘러 내려가야 한다. 시간

이 많이 지체됐어."

백현은 마치 남 일 얘기하듯 했다. 연이 물었다.

"형님, 같이 내려가시는 게 아닙니까?"

"내가 같이 내려가면 네가 여장을 한 게 다 무슨 소용이겠느냐? 내려가는 즉시 붙잡히게 될 거다. 나는 여기 남아 있을 테니 어서 서둘러라."

따져보면 옳지만 그렇다고 어찌 그를 홀로 두고 간단 말인가.

"그, 그게 무슨 소리입니까? 형님을 두고 갈 순 없습니다. 김무원, 그자가 형님께 무슨 짓을 할지 모르는데 형님을 두고 가다니요."

백현 역시 두렵지 않은 것은 아니었다. 그러나 두려운 기색을 조금이라도 비친다면 그녀는 절대 내려가지 않으리라. 그는 웃는 낯으로 말했다.

"걱정 말아라. 김무원은 영리한 친구야. 나를 해쳐서 얻는 것보다 잃는 게 더 크다. 함부로 내게 손대는 일은 없을 테니 내 걱정은 마라."

망량이 씁쓸한 표정을 지었다. 조금 전까지 이상하게 미워 보이던 이 남자를 연이 왜 그렇게 따르는지 이제야 이해가 됐다.

'책임을 지니 어쩌니 하더니 제법 괜찮은 놈이군.'

그는 연에게 장옷을 건넸다.

"애송이, 이 양반이 위험천만한 계곡 길을 따라 비를 뚫고 온 건 널 구하기 위해서야. 그 노력을 수포로 만들 생각이 아니라면 어서 일어나."

그녀는 그 장옷을 받아 들고 백현을 바라봤다. 그는 괜찮다는 듯 고개를 끄덕였다.

"충주 달천 근처의 내 숙부님 댁으로 가거라."

연은 걸음이 떨어지지 않았지만 결국 망량과 함께 차비를 하고 절을 나섰다. 부슬부슬 가느다랗게 내리는 빗속에서 도포에 갓 위로 우모를 쓴 망량이 앞섰다. 그 뒤로 연이 장옷을 쓰고 한 손에는 원래 입던 옷을 보따리로 싸서 들었다. 모르는 사람이 보기에는 그저 불공을 드리고 내려오는 오누이 정도로 보일 법했다.

"너도 사연 한번 구구절절하다."

망량이 산을 내려오면서 중얼거렸다. 아무리 봐도 그녀의 소원을 들어주는 일이 쉽지 않아 보였다. 여인이 되고 싶다는 소원이 정말 간절한 소원이 아니라면 이 애송이의 진짜 소원은 뭘까. 또 그 소원을 들어주는 날, 망량 그 자신은 어떻게 될까.

"아직 그 사연 더 남았어."

그녀가 한숨 섞인 대답을 했다. 망량은 여전히 자신이

여자라는 사실을 그는 모른다. 언제부터 일이 이렇게 꼬였을까.

"그럼 기대를 해야겠네. 그 사연 나 죽기 전에 들을 수 있을지 모르겠지만……."

망량이 웃었다. 그러나 그 역시 오늘따라 왠지 쓸쓸한 목소리였다.

"미안해."

연이 풀 죽은 목소리로 말했다.

"뭐가 미안하다는 거야?"

'사실대로 모든 걸 밝히지 않아서.'

그러나 그 말은 하지 못했다. 그녀는 어설프게 미소 지었다.

"그냥 다……. 아직 몸이 성한 게 아니라 쉬어야 하는데 나 때문에……."

그는 대수롭지 않다는 듯 대꾸했다.

"괜찮아, 거의 다 나아가니까. 어차피 난 네 곁에서 못 떨어져. 네 소원을 들어줄 때까지 계속 이대로……."

그러나 그 역시 뒷말을 흐렸다. 그대로 함께할 수 없을 게 뻔했다.

"소원을 안 빌면 계속 함께 다니는 거야?"

그녀가 물었다. 망량은 걸음을 멈추고 뒤를 돌아봤다.

"너, 나랑 계속 같이 있고 싶어?"

그녀도 멈췄다. 그의 눈동자가 자신을 꿰뚫어 보는 듯했다. 왠지 마음을 들킨 기분이었다. 하지만 자신은 남자가 되기 위해 이곳까지 온 것이 아닌가. 연이 머뭇거리자 망량이 손을 저었다.

"됐다, 됐어. 얼른 진짜 네 소원이 뭔지나 생각해봐."

그는 스스로가 한심했다.

'내가 정말 미친 거야. 죽을지 살지도 모르는 이 판국에 소원을 들어줘야 하는 사내 녀석을…….'

망량이 다시 길을 재촉하기 위해 돌아서는 순간 연이 그의 소매를 붙잡았다. 그와 계속 함께하고 싶지만 그럴 수 없는 사정을 말하고 싶었다.

"나, 나도 너하고 계속 같이…….'

그때였다. 타다닥, 산 아래에서 올라오는 여러 명의 발소리가 들려왔다.

"은약사라고?"

"네, 도련님. 아까 마을 나무꾼 말에 의하면 이 산에는 은약사라는 절이 있는데 최근 거기에 식객 둘이 들어왔다고 합니다. 일단은 거기부터 뒤져보는 게 좋겠습니다."

자신들의 이야기를 보고하는 사내의 목소리가 점점 가깝게 들려왔다. 연은 마른침을 삼켰다.

'침착하자.'

마침내 열 명쯤 되는 사내들이 가까이 보일 정도로 다가왔다. 비를 피하기 위해서인지 얼굴을 가리기 위해서인지는 알 수 없지만 삿갓을 쓰고 칼을 찬 모양이 심상치 않았다. 사내들이 다가오자 망량이 연을 막아섰다.

아니나 다를까 사내들이 그들 앞에 멈췄다. 그 가운데 서 있는 남자는 틀림없이 무원이었다. 그는 매서운 눈빛으로 두 사람을 번갈아 훑었다. 장옷을 쓴 여인이 어딘가 미심쩍었다.

'이연, 설희, 백현. 세 사람 중에 한 사람이라도 비슷해 보인다면 검문을 해야 해.'

그는 수하에게 고갯짓을 했다. 수하 중 하나가 망량에게 다가가더니 품에서 통부(通符 : 포도청의 종사관, 포교, 군관이 차던 부찰로 범인 체포 시 내보였음)를 꺼내 보였다. 통부가 가짜임은 분명했지만 지금 이게 가짜가 아니냐고 따져 물을 상황은 아니었다. 사내는 태연하게 말했다.

"포도청에서 나왔습니다. 지금 이 산에 있는 범인을 쫓는 중이라 하산하는 사람들을 모두 검문하게 됐습니다. 잠시 장옷을 쓴 분의 얼굴을 확인해야겠습니다."

"어디 아녀자의 얼굴을 함부로 보겠다는 말이오?"

망량이 불쾌하다는 듯이 대꾸했다. 사내가 칼집에 손

을 대려고 하자 무원이 그를 막으며 앞으로 나섰다.

"아녀자의 용모를 보려는 것이 아니라 수사를 위해 그럽니다. 너그러이 도와주시지요."

연은 장옷 사이로 그의 날카로운 눈을 훔쳐보고 심장이 오그라들었다. 그러나 계속해서 안 된다고 옥신각신 다투다가는 오히려 더 의심을 살 수도 있었다.

"오라버니, 화를 거두십시오. 포도청에서 나오셨다고 하지 않습니까?"

"어, 어. 그래. 오, 오라버니도 들었지. 포, 포도청에서 나오셨다고……."

망량이 더듬거리자 연이 반쯤 얼굴을 돌려 장옷을 살짝 걷었다.

"이리 보시면 되시겠습니까?"

어느 반가의 고운 규수의 얼굴이 드러나자 무원은 고개를 돌렸다. 어딘가 낯이 익다는 생각은 들었지만 어찌 되었든 찾는 사람이 아닌 데다가, 무고한 그녀의 장옷을 벗게 한 일은 문제가 될 만했다. 연은 그가 눈치챌까 봐 얼른 장옷을 다시 썼다.

"실례했습니다. 그만 가자."

무원 일행이 떠나자 연은 다리에 힘이 풀려 주저앉을 뻔했다. 망량이 그녀를 붙잡았다.

"정신 차려. 서둘러야 해."

연이 망량의 부축을 받고 일어서는데 자꾸만 미련이 남았다. 이제 곧 은약사에 혼자 남은 백현이 무원을 만날 텐데 이를 어쩌나. 당장 어쩔 도리가 없었다. 그녀는 망량의 재촉으로 한 발짝씩 걸음을 옮기며 제발 백현이 무사하기만을 빌었다.

한편, 무원과 그의 수하들이 은약사에서 백현을 찾은 것은 얼마 지나지 않아서였다. 아니, 정확하게 말하면 무원이 그를 찾았다기보다는 백현이 기다리는 중이었다고 하는 게 옳았다. 텅 빈 절 안, 그는 요사채 마루 앞에 앉아 태연하게 젖은 옷을 말리다가 그를 맞았다.

"이제 왔나?"

백현이 도포를 걷고 세조대(細條帶 : 도포 위에 착용하는 가느다란 띠)를 묶으며 말했다.

"내가 늦었나 보군. 이 절간에 자네뿐일 줄은 몰랐어."

무원의 한쪽 입술이 떨렸지만 애써 웃었다. 백현이 무원의 뒤에 서 있는 수하들을 훑어보더니 대수롭지 않은 듯 갓을 쓰고 갓끈을 묶었다.

"여기까지 쫓아오다니 자네가 나를 그렇게 좋아하는지 몰랐군. 참, 오해는 말게. 이 절에 있던 스님들은 잠시 출타를 하셨을 뿐 내가 스님들을 모두 빼돌린 건 아닐

30

세, 하하!"

무원은 그의 태연한 행동에 내심 놀랐지만 흔들리지 않았다.

"여기까지 와서 이런저런 긴말은 않겠네. 이연, 그 아이가 어디 있는지 말하게. 자네까지 다칠 필요는 없지 않은가?"

"자네, 연이의 자리가 그렇게 탐나는 건가? 그 아이를 해쳐서라도 갖고 싶을 만큼? 탐욕은 결국 파멸을 부를 걸세. 이제라도 생각을 고쳐먹게."

그의 따끔한 충고에 무원이 쓴웃음을 지었다.

"자네가 파멸이 뭔지나 아나? 내가 어떻게 살아왔는지 자네가 알아? 자네는 이걸 그저 욕심이라 부를지 모르겠지만 난 이걸 생존이라 칭하고 싶군. 그리고 자네나 이연이나 그렇게 충고할 입장은 아니지 않나? 떳떳하다면 집안 어른들 몰래 숨지는 않았을 텐데."

백현은 입을 꾹 다물었다. 만약 그가 모든 진실을 알게 된다면 그 뒷일은 말하지 않아도 뻔했다. 무원은 백현의 일그러진 표정에서 자신의 생각이 빗나가지 않았음을 확신했다.

"자네가 부디 편하고 쉬운 길을 택하길 바라는 마음으로 한 번 더 기회를 주겠네. 이연은 어디 있나? 그리고 여긴 왜 온 거지?"

백현은 굴복할 마음이 조금도 없었다.

"말하기 싫다면?"

무원은 코웃음을 치더니 수하들에게 손짓했다. 그들은 일제히 칼을 뽑아 들었다. 무원이 백현을 향해 천천히 다가갔다.

"어렵고 힘든 길을 가겠다는 고집이라. 그래, 좋네. 자네의 그 질문에 대답해주지."

무원은 그의 옆에 바짝 붙어 귀에 대고 속삭였다.

"아주 간단하네. 그저 말하도록 만드는 걸세."

무원이 손짓하자 순식간에 수하들이 백현에게 달려들어 그를 포박했다.

"너희 셋은 이분을 객주로 모셔 가도록. 나머지는 절 안을 수색한다."

무원이 짧게 명령했다. 포승줄에 묶인 백현이 끌려가다시피 절을 떠난 후, 무원은 요사채 마루에 앉았다. 마루 한쪽에 놓인 소반에는 고약과 붕대가 있었다. 누군가를 치료하고 있었던가. 의문이 생기는 그때 수하 하나가 한쪽 방에서 급하게 뛰어 나왔다.

"도련님, 이 방 서랍장에서 이런 게 나왔습니다."

놀랍게도 그가 내민 물건은 노리개였다. 비싼 물건은

아니었지만 여인들이나 찰 법한 그런 물건.

"여인이 살지 않는 절간에 이런 노리개가 나왔다……."

무원이 중얼거렸다.

"어느 방이냐?"

"네, 이 방입니다."

무원은 수하가 가리키는 방으로 들어가 서안 위에 놓인 책을 손에 들었다. 치종비방(治腫秘方 : 외과 전문 의서)과 세의득효방(世醫得效方 : 조선 시대 의과 초시의 시험 과목 중 하나였던 의학 교재) 중 몇 권. 이 촌구석 절간에서 전의감 강서로 쓰이는 의학 교재가 나오다니, 이 방 주인이 누구인지는 더 의심할 여지가 없었다.

"이연의 방에서 노리개라."

그 순간 산을 내려가던 오누이가 떠올랐다. 장옷을 쓴 여인. 그녀의 옆모습!

"이연! 이연이었구나!"

무원은 즉시 자리에서 일어났다.

"여장을 해 내 눈을 속이다니……."

실소가 나올 지경이었다.

'눈앞에서 이연을 놓쳤구나!'

무원이 주먹으로 서안을 쾅 하고 때렸다. 백현이 그녀에게 위험을 알렸으니 이제 필사적으로 도망치리라. 어서 잡지 못하면 이대로 모든 게 끝장날지도 모른다.

"지금 당장 산 아래로 내려간다. 아까 그 오누이처럼 보이던 남녀를 잡아야 해. 멀리 가진 못했을 거다. 충주를 이 잡듯이 샅샅이 뒤져라. 샅샅이!"

그가 섬뜩한 얼굴로 소리쳤다.

진실

부슬비였지만 산을 내려오는 내내 비를 그대로 맞았기 때문에 두 사람의 옷은 흥건히 젖었다. 게다가 미끌미끌한 바위를 서둘러 타고 내려오느라 몹시 지치기도 했다. 그러나 무원을 눈앞에서 본 이상 쉬어 갈 여유 따위는 없었다. 다행히 한 식경만 더 걸으면 산 입구가 나타날 것이었다. 그런데 바로 그때.

"아, 앗!"

연이 무엇엔가 부딪혔는지 소리를 질렀다. 궂은 날씨에 치마를 입고 험한 산을 내려오는 것이 쉬운 일은 아니었던 모양이다.

"이런, 발목을 접질렸어."

그녀는 옆에 있는 나무를 붙잡고 삐끗한 왼쪽 발목을 만져보았다. 크게 다친 것은 아니었지만 계속 충격을 준다면 퉁퉁 부을 것이 분명했다.

"어디 봐."

망량이 다친 데를 보려고 하자 그녀가 괜찮다는 듯 손짓을 했다.

"괜찮겠어?"

"잠깐만, 몇 걸음 걸어보고……. 아!"

역시 걸음을 옮기자 발목에서 시큰시큰한 통증이 타고 올라왔다. 지지할 만한 뭔가를 붙잡고 내려가면 좋으련만. 연이 울상을 짓자 망량이 그녀의 손을 잡았다. 커다랗고 따뜻한 손. 그녀가 당황한 표정으로 손을 빼려고 하자 망량이 다시 손을 꽉 붙들었다.

"그냥 잡아. 그 나쁜 놈들 언제 내려올지도 모르는데 서둘러야 해. 생각 같아선 널 그냥 업었으면 좋겠지만 어깨 때문에 무리야."

"어? 어, 어. 고, 고마워."

엉겁결에 손을 잡긴 했는데 기분이 묘했다. 처음 만났을 때는 몸에 손대지 말라고 화를 버럭 냈는데, 어찌 된 영문인지 이제 그의 손이 싫지 않았다. 오히려 맞잡은 손의 감촉이 좋았다. 단단하면서도 매끄러운 살결.

"너 그런데 왜 자꾸 내 손등 문질러? 손 빼고 싶어? 손 잡은 게 그렇게 싫은 거야?"

한참 내려가던 망량이 퉁명스럽게 물었다.

"어? 뭐? 아, 아냐! 안 싫어. 아, 아니 안 싫은 게 아니고, 아, 안 문질렀어. 나 안 문질렀다고. 무, 물에 미끄러져서 그래."

연이 화들짝 놀라서 손을 빼자 망량은 더 떨떠름한 표정을 지었다. 단지 발을 삐었기 때문이라고 생각하면서도 손을 잡아 좋았는데 저렇게나 정색을 하다니. 왠지 또 서운했다. 그는 지팡이로 쓸 가지 하나를 주워 쥐여 주었다.

"정 그렇게 싫으면 이거 짚어."

"그, 그게 아니고……."

그러나 더 말도 못 하겠다. 그 와중에 손을 왜 문질렀는지, 진짜 문질렀는지도 잘 모르겠다. 두 사람은 어색한 침묵 속에서 한참을 걸었다. 멀리 산 입구가 보이자 망량이 고민스럽게 중얼거렸다.

"곧 한길이 나오겠군. 그 다리로 달천까지 걸어서 가는 건 무리인데."

그런데 마침 마을 쪽에서 한 무리의 사람들이 지나는

게 보였다. 자세히 보니 기생들인데, 세 명의 젊은 기생이 노새를 타고 그 뒤로 각각 몸종을 하나씩 달았으며 그들 옆으로 두 마리의 황소가 달구지를 끌고 있었다.

"혹시 어디까지 가십니까?"

망량이 다가가 그들 기생 중 하나에게 물었다.

"용두원(龍頭院 : 관리나 상인 등 여행자들에게 숙식의 편의를 위해 교통의 요지에 설치한 공공 여관) 옆 해월각으로 가는 길이오."

용두원이라 하면 달천 인근이고 충주목에서 15리쯤 떨어진 곳이니 목적지에서 멀지 않았다.

"그 달구지에 같이 좀 타고 가면 안 되겠습니까? 달천까지 가야 하는데 여기 내 누이가 다리를 다쳐 걷지 못합니다."

세 명의 기생들은 생글생글 웃더니 자기들끼리 뭐라 숙덕였다. 무슨 말을 나누는지 모르지만 한참 신이 난 표정이었다.

"좋습니다. 타시지요."

나이가 제일 많은 기생이 허락하자 망량은 연을 반쯤 안아 올려 달구지에 태우고 자신도 걸터앉았다. 어린 기생이 괜히 수레 옆을 어슬렁거리더니 품에서 약과 몇 개를 꺼내 건넸다.

"이, 이거 좀 드셔보세요."

"네, 감사합니다."

망량이 고맙다는 말과 함께 약과를 받는데 순간 다른 기생들이 까르르 웃었다.

"참말 잘생겼어. 이 동네 사람일까?"

"몰라, 몰라. 손 봤어? 엄청 커."

그녀들은 이 건장하고 잘생긴 사내에게 홀랑 빠진 눈치였다.

"자, 먹어."

그가 연에게 약과 하나를 건넸다.

"어, 어……."

약과를 참 좋아하는데 괜히 이 약과가 싫었다. 연은 시무룩하게 고개를 숙였다. 왠지 여인들의 시선을 한 몸에 받고 있는 망량의 곁에서 자꾸 작아지는 기분이었다. 그때였다.

"나리께서는 이곳 사람이십니까?"

기생 하나가 툭 물었다.

"네."

별말도 아닌데 그의 목소리에 기생들이 한바탕 자지러졌다.

"올해 몇 살이십니까? 혼인은 하셨습니까?"

질문이 쏟아지자 망량은 달구지를 얻어 탄 입장에서 홀대할 수도 없어 대충 얼버무리며 대꾸했다.

"어…… 나이는 좀 많은데…… 아직 혼인을 못 했습니다."

"어머, 정말요? 눈이 높으신가 보다."

"눈 높으시면 딱 나네, 나. 다음에 해월각에 한번 오세요. 들어오셔서 예령이 찾으시면 제가 찐하게 모실게요."

"어머, 나리. 예령이 말고 교선이, 교선이를 찾으세요. 제가 해월각에서는 제일 명기거든요. 한번 맛보면 못 헤어난다고 해야 하나?"

점점 낯 뜨거워지는 말이 이어지자 망량은 난처한 표정을 지었다. 연의 눈치를 살피니 아까 받은 약과를 만지작거리다가 반쪽을 입에 푹 우겨 넣었다. 약과가 맛이 갔나, 왜 이 녀석 눈에 눈물이 고이는 걸까. 잘 모르겠다.

"우리 중에 마음에 드는 사람 없어요? 아하, 동생 눈치 보여서 말을 못 하시는구나. 아니면 취향이 너무 독특해서 여기서 말씀하시기 어려우세요? 그럼 해월각 오셔서 말씀하셔도 되고."

나이 많은 기생이 깔깔 웃자 다른 기생들도 덩달아 웃음을 터뜨렸다.

"네, 맞습니다. 제가 취향이 좀 독특합니다."

망량이 입을 열었다. 기생들 모두 귀가 쫑긋해서 그를 쳐다봤다.

"응? 어떻게?"

연이 실망과 경악을 담은 얼굴로 그를 쳐다봤다.

"저 남자 좋아하거든요."

망량의 말에 그녀는 손에 들고 있던 약과 반쪽을 툭 떨어뜨렸다. 얼굴이 확 달아올랐다. 기생들은 무안한 듯 일순간 조용해졌다.

"나, 남색을……."

그녀들이 탄 노새가 일제히 멈추더니 자기들끼리 진지했다.

"외양은 훤칠한데 미친놈이었네."

"그런 남자들 있다니까. 지난번에 김 영감 집 작은아들 왔잖아. 술도 안 먹고, 가야금 뜯는 거만 보고 가겠다고 한 예쁘장한 사람. 그 사람이 그렇잖아."

"남자 좋아하면 여자 못 만난대. 느낌이 여자보다 더 끝내준다는데, 뭘."

망량이 한숨을 푹 쉬자 갑자기 연이 픽 웃었다.

"웃지 마."

그가 골난 목소리로 대꾸했다.

"진지하니까."

웃음이 걸었다. 그의 말 한마디에 또 가슴이 떨렸다. 짙은 구름으로 꽉 찬 저 하늘만큼이나 한 치 앞을 내다볼 수 없는데 왜 자꾸 마음이 흔들릴까. 망량이 물었다.

"아까 듣기로는 송재성이라는 사람 집에 네 정혼녀가 왔다며. 가서 뭐라고 할 셈이야?"

연은 슬픈 목소리로 대답했다.

"입이 열 개라도 할 말이 없어. 만약 내가 그분께 진실을 말한다면 이해해주실지."

백현의 말이 떠올랐다.

'진실을 밝혀야 한다. 그분께는 진실을 밝혀야 해. 그 후에도 널 이해해주신다면 그때는 진정 네가 원하는 길을 가거라.'

신묘한 약초의 힘을 빌려 여자에서 남자로 변한 사람을 과연 온전한 배필로 받아줄까. 아니, 그에 앞서 곧이곧대로 그 말을 믿고 기다려줄까. 모든 게 설희에게 달려 있었다.

"정혼을 파기하면 집안이 발칵 뒤집힐 거야. 왜 정혼을 파기했느냐 하는 것부터 문제가 될 거고, 나와 어머니는 그 뒤로 어찌 될지……."

최악의 상황을 그려보니 막막했다. 하지만 죄 없는 설

희를 계속 속일 수도 없었다. 입장을 바꿔 생각해보면 그녀 역시 이 혼인을 원해서 하는 게 아니지 않은가. 어른들의 강압에 못 이겨, 여자라는 굴레를 벗지 못해 끌려가는 고달픈 삶이 어쩌면 이렇게 닮았는지. 망량은 묵묵히 그 얘기를 듣고 있었다. 이미 꼬일 대로 꼬인 상황, 이 복잡한 상황에서 그녀는 가장 간절한 소원을 찾을까. 소원을 이루고도 나락으로 떨어진 사람들과 다른 길을 갈 수 있을까. 망량 그 자신의 운명은 어떻게 될까. 이제 그 무엇도 확신할 수 없었다.

"하지만 너는…… 이제까지 만났던 두 사람과는 달라."

망량이 중얼거렸다.

"응?"

연이 그를 바라보았다. 그의 두 눈동자가 다정하게 웃었다.

"다르다고, 넌. 너라면 분명……."

왜 그의 말이 이렇게 위안이 될까. 그때였다. 덜컹, 앞에 앉은 머슴이 달구지를 멈췄다.

"아이고, 하마터면 그대로 지나칠 뻔했네. 나리들, 여기가 달천입니다. 여기서 내리면 되니 살펴 가십시오."

드디어 송재성이 사는 마을 입구였다. 두 사람은 마을

아낙들을 붙잡고 혹시 그를 아느냐고 물었다. 한 여인이 호들갑스럽게 말했다.

"아니, 이 동네에서 그 양반 모르는 사람이 어디 있을라구유. 허구한 날 술만 퍼잡숫는 게 문제라 그렇지. 인물 훤칠혀, 글도 공자 왈 맹자 왈 허지. 그냥 시 한 수 읊어 제끼면 아주 그냥 기생년들이 껌뻑 죽어서 그 집 문지방이 다 닳도록 들락날락한다는디, 뭐."

그러자 그 옆에 앉은 늙은 여인이 옆구리를 치면서 면박을 주었다.

"자네는 그 입이 매번 방정이여. 그래도 명색이 양반인데 주둥아리 잘못 놀리다가는 곤장 찜질당하고 궁둥이에 된장 바르는 수가 있응게, 말할 때 두 번, 세 번씩 생각을 혀고 말허라고 몇 번을 말혀?"

입방정을 떨던 아낙은 주눅이 든 표정을 지었다. 그러자 또 다른 아낙이 저 위편을 손짓으로 가리키며 말했다.

"나리, 그저 여인네들 수다니 노여워 마시고 저쪽 길을 따라 가보세유. 좀 가다 보면 너른 공터가 나오고 집이 좀 드문드문한 곳이 있을 거구만유. 거기 맨 윗집에 보면 앵두나무가 보이는데 거기가 그 나리 댁이구만유."

두 사람은 아낙이 알려준 길을 따라 올라갔다. 그때 여인들이 또다시 수군수군했다.

"그런데 말이여. 저 집에 요 며칠 자꾸 처음 보는 사람들이 들락날락하는 게 뭔가 이상하지 않어? 아까도 어떤 아가씨가 말 타고 그 집으로 가던디."

"아, 좀 넘 일에는 신경을 꺼. 그러다가 경쳐."

아낙들이 까르르 하고 웃는 소리가 이윽고 점점 멀어졌다. 알려준 대로 집이 드문드문해지고 한적한 길이 나왔다.

"앵두나무다."

망량이 한 집을 가리켰다. 안에 말 한 필이 매여 있는 것이 보였다. 연이 싸리문을 열고 들어갔다.

"계십니까?"

삐걱, 안방 문이 열리고 재성이 나왔다.

"뉘시오?"

그는 백현이 언제 오나 기다리던 참이었다. 아침 일찍 떠나놓고 별안간 설희 혼자 돌아와 안절부절못하니 무슨 일이 생긴 것은 아닌지 궁금했다. 연이 공손하게 인사했다.

"안녕하십니까? 나리, 저는 송백현 형님과 동문수학해 온 이연이라 합니다. 이쪽은 저를 도와 함께 은약사에서 기숙하던 식객 망량입니다. 형님께서 숙부님을 찾으라 하셔서 오게 되었는데…….”

말을 꺼내놓고도 어떻게 사정을 설명해야 하나 겁부터 더럭 났다.

"뭐? 이연?"

재성이 고개를 갸웃했다. 키가 작고, 수염이 없으며, 얼굴이 곱다는 얘기는 들었으나 막상 직접 보니 놀라웠다. 여자 옷을 입은 놈이라니.

"자네, 지금 꼴이 그게 뭔가?"

그의 말에 연이 낯을 붉혔다.

"그게 사정이 있어 어쩌다 보니 여장까지 하게 되었습니다."

재성은 설희가 있는 방을 흘끔 쳐다봤다. 다행히 연이 온 것을 모르는지 뒷간에 갔는지 조용했다. 정혼자가 치마를 두른 꼴을 본다면 까무러칠 일이 아닌가.

"사내대장부가 체면도 없이……. 일단 들어가서 옷부터 갈아입고 나오게. 얘기는 그 뒤에 하기로 하지."

재성이 방 하나를 가리키며 어서 들어가라고 등을 떠밀었다. 연이 순순히 들어가자 그는 곁에 남은 낯선 사내를 쳐다봤다. 그런데 이놈도 허우대는 멀쩡해 보이는데 킁킁킁 하고 냄새를 맡으며 기웃거리는 꼴이 정상은 아니지 싶었다.

"거참, 남의 집에 오자마자 왜 그렇게 콧구멍은 벌름벌름하고 그래."

그는 못마땅한 얼굴로 망량을 타박했다.

"이상하다. 냄새가 나는데……."

망량은 그의 곁으로 다가가 킁킁거렸다. 그한테서 냄새가 점점 짙어졌다.

"이, 이 사람이! 냄새는 무슨 냄새가 난다고! 무례하구먼."

"숙부라고 하더니 말하는 게 판박이네, 판박이. 그놈의 무례 타령은. 사람 사는 집에 어찌 된 영문인지 여우 냄새가 자꾸 나는 게 수상해서 그러지 않습니까?"

"뭐? 여우?"

재성은 별소리를 다 듣겠다는 표정을 지었다. 여우라니. 사냥은커녕 짐승 한 마리 키운 적이 없는데 여우는 갑자기 무슨 여우인가.

"나리, 누구 오셨습니까?"

설희가 뒷간을 다녀오다가 망량을 보고 물었다.

"어…… 그게……."

그때 문이 열리면서 연이 환복을 마치고 나왔다. 설희는 몹시 반갑고 놀란 얼굴이었다.

"이연 도련님!"

"아가씨……."

망량은 손을 맞잡은 두 사람을 보자 등을 돌렸다.

'정혼녀구나. 연이의 정혼녀…….'

재성 역시 당장 묻고 싶은 말이 많았지만 잠시 뒤돌아섰다. 비록 노총각으로 늙어가는 그였지만, 그도 젊은 날에 말 못 할 연정을 품었다. 어찌 저 청춘 남녀의 활활 불타는 마음을 모를까.

"이봐, 부러워서 그래?"

재성이 망량의 옆구리를 툭 쳤다.

"그런 거 아니에요."

망량이 시무룩하게 대답했다.

"아니긴 뭐가 아니야. 딱 보니까 누구는 색시도 없는데 좋겠다, 부럽다 이런 거잖아."

재성이 히히 웃었다.

"자자, 총각들은 총각답게 놀아야지. 요 앞 주막에 예쁜 이모 왔던데 가서 돼지 국밥이나 한 그릇 먹고 오자고. 가슴이 수박만 하대요."

돼지고기에 술이라니. 도깨비가 환장하는 음식이었다. 망량은 저도 모르게 침을 꼴깍 삼켰다.

"뭘 또 침까지 삼키고 그러나? 가슴 큰 거 좋아하는구면."

"아니라니까요. 그, 그런 거."

"에, 또 빼긴. 괜찮아, 괜찮아. 다 그런 거지, 뭐."

재성은 어딘지 모르게 이 낯선 사내가 밉지 않아 그를 데리고 집을 나섰다. 한편 이 위태로운 상황의 중심에 놓인 두 사람, 연과 설희가 단 둘이 집에 남았다. 설희는 자리에 앉자마자 연의 얼굴을 살폈다. 그늘진 얼굴이 그 동안 고생을 한 탓인지 전보다 수척해 보였다.

"도련님, 이게 무슨 일입니까? 백현 도련님은 어딜 가셨습니까?"

연이 포도청에 끌려간 죄인처럼 고개를 떨궜다.

"형님은 내려오지 않으셨습니다. 저만 겨우 변장을 하고 내려왔습니다. 송구합니다."

설희의 얼굴이 어두워졌다.

"백현 도련님이, 도련님이 못 내려오셨다고요?"

더 말하지는 않았지만, 그가 무원의 손에 잡힌 것은 굳이 말할 필요도 없었다.

"아가씨, 솔직히 말씀드리겠습니다."

연이 입을 뗐다. 진실, 진실을 밝혀야 한다. 설희가 자신을 똑바로 쳐다보고 있다. 무섭고 도망치고 싶다.

"그래요, 말씀해보십시오. 외가에서 수학을 하겠다고 떠나신 분이 대감마님까지 속여가며 여기서 뭘 하고 계셨던 겁니까? 왜 이복형이 도련님을 쫓는 와중에도 어쩌지 못하고 여기서 이러고 계신 건지 어디 속 시원하게 말씀 좀 해보십시오."

설희가 연에게 추궁하듯 물었다. 백현을 위험에 빠뜨려가면서까지 그가 얻으려고 한 것이 뭔지 궁금하고 화도 났다.

"사실 저 역시, 저 역시……."

연이 무릎을 꿇었다. 눈을 꼭 감았다. 목구멍까지 올라온 그 한마디, 그 한마디를 뱉는 것이 어려웠다. 그녀는 긴 한숨을 쉬었다.

"아가씨, 저 역시…… 여자입니다."

설희가 양쪽 눈을 찌푸렸다. 방금 무슨 말인지 잘못 들은 것만 같았다.

"바, 방금 뭐라고 하셨습니까?"

설희가 되물었다. 입술이 떨렸다.

"제가 여자라 말씀드렸습니다. 아가씨께서도 규방에서 떠도는 저희 집에 관한 소문은 들으셨을 테지요. 그 진실을 말씀드리자면, 제 어머니는 서모와 이복형으로부터 제 목숨을 구하기 위해 조부님을…… 조부님을 속이셨습니다. 딸을 낳고도 저를 지키기 위해…… 아들을 낳았노라…… 거짓말을 하셨지요. 그리고 저는 그 후로

50

이날 이때까지 남장을 하고 살아왔습니다."

"지, 지금 무슨 말씀 하시는 겁니까?"

설희가 고개를 저으며 되물었다. 연의 말이 두 귀로 똑똑히 들리는데도 이게 무슨 소린지 머리로 도통 이해가 되지 않았다.

"제가 여러 사람을 속이고 이곳에 온 이유가 궁금하다고 하셨지요? 아가씨와의 혼인이 결정된 후 진짜 남자가 되는 거 외엔 저와 제 어머니가 살 방도가 없었습니다."

설희는 죽소의 진료소에서 털썩 무릎을 꿇으며 절망하던 그녀의 얼굴을 떠올렸다.

"그러던 중 도력이 높은 스님께서 이곳 월악산에 남자를 여자로, 여자를 남자로 만드는 신묘한 약초가 자란다는 얘기를 해주셨습니다. 저는 지푸라기라도 잡는 심정으로 이곳으로 왔습니다."

"신묘한 약초라고요? 지, 지금…… 시, 신묘한 약초라고…….."

설희의 목소리가 떨렸다. 짝, 하는 소리와 함께 그녀의 매서운 손이 뺨을 훑고 지나갔다. 눈물이 흘렀다. 고개를 들어보니 역시 그녀의 분한 눈동자에서도 눈물이 한 방울, 두 방울 떨어졌다. 설희는 그녀에게 악다구니라도 쓰고 싶었지만 목구멍으로 아무 말도 나오지 않았다.

"그걸 말이라고, 말이라고 하시는 겁니까?"

연이 그 자리에서 빌듯이 엎드렸다.

"저를 때리시고 발로 차십시오. 아가씨의 분이 이 정도로 어찌 풀리겠습니까? 구르라면 구르고, 엎어지라면 엎어지겠습니다. 죽으라고 하시면 죽는 시늉을 하겠으니 제발 저와 제 어머니를 불쌍하게 여기어 용서하십시오. 그런 약초가 어찌 있겠느냐 하시면 드릴 말씀이 없습니다. 다만 이달 보름까지, 그때까지만 기다려주십시오. 이제 며칠 남지 않았습니다. 보름이 지나면 저 역시 약초를 구하는 것을 포기하고 무슨 죄든 달게 받겠습니다. 그러니…… 그러니……."

설희가 자리에서 일어났다.

"제가 사람을 잘못 보아도 한참 잘못 봤습니다. 이런 얼토당토않은 말 때문에 백현 도련님이 김무원의 손에 잡혀 무슨 고초를 겪고 계실지 모른다고 생각하니 기가 막혀 말도 나오지 않는군요. 도련님의 처지는 딱하십니다만 어찌 손바닥으로 하늘을 가리려 하십니까. 당장 관아에 연락하여 백현 도련님을 구하고, 도련님과의 혼인은 파기하겠습니다. 사실을 밝힌다면 제 정절 역시 보상을 받을 테니 더 이상 볼일은 없을 테지요."

연이 그녀의 치마를 붙잡았다.

"같은, 같은 처지 아니셨습니까?"

그녀가 돌아봤다. 연이 애원하는 얼굴로 올려다봤다.

"새장에 갇힌 새와 같은 처지, 저와 같은 처지셨던 게 정녕 아니셨습니까?"

그 말에 가슴이 뜨끔했다. 백현이 한 말이 귀에서 맴돌 았다.

"하지만 만약 그 아이를 만나 이 모든 사건의 전말을 듣게 되신다 하더라도 미워하거나 원망하지 말아주십시 오. 죽음을 각오할 정도로 모든 걸 내려놓고 한 선택이 니까요."

이제야 그 말이 무슨 말인지 이해가 됐다. 그러나 설희 는 외면하며 돌아섰다.

"도련님의 이기심으로 무고한 사람을 희생시키지 마 십시오. 그게 저든, 백현 도련님이든 말입니다."

연은 결국 그녀의 치마를 놓았다. 눈물이 자꾸만 떨어 졌다. 이제 정말 죽는 일만 남은 것 같았다.

*

"저기, 저 보게나. 개미허리에 수박 가슴."

재성이 돼지고기 한 점을 입에 넣고 주모를 가리키며 흐뭇한 미소를 지었다. 망량은 침을 꼴깍 삼켰다. 돼지고기에 탁주라니. 진짜 먹고 싶었다.

"어허, 침 좀 고만 삼켜. 이 사람이 진짜 나보다 더하구면."

"그게 아니라니까요."

망량은 눈앞의 메밀묵 한 접시를 내려다보며 아쉬운 듯 쩝쩝 입맛을 다셨다.

'무슨 일이 닥칠지 모르는데 술과 고기라니. 안 될 말이야. 상처도 회복되지 않을 테고.'

재성은 왼손으로 열심히 젓가락을 놀리는 그를 보며 혀를 끌끌 찼다.

"팔은 또 왜 그래? 오른팔을 다쳤군?"

"젠장."

곧잘 양손을 써왔기에 죽만 떠먹을 때는 불편한 것을 몰랐다. 그런데 미끌미끌한 메밀묵을 왼손으로 집으려니 바늘구멍에 실을 끼우는 것만큼이나 어렵다. 이리 하면 폭 갈라지고, 저리 하면 툭 떨어지니 참말 머리에서 김이 올라올 지경이었다. 재성은 킬킬거리더니 메밀묵을 숟가락 위에 올려서 내밀었다.

"자자, 이거 받게."

"어, 어, 저는……."

망량이 머뭇거리자 재성이 재촉했다.

"어허! 어서! 아!"

망량이 받아먹자 재성이 다시 묵을 떠 그에게 내밀었다.

"자, 또 한 숟갈 넣어줌세."

그러자 주막 저편에 앉아 있던 머슴 둘이 마치 그를 안다는 듯 수군거렸다.

"저기 저 사람, 아까 그 달구지 얻어 탄 그 양반 아니여?"

"맞네, 맞어. 남자 좋아한다고 그랬잖여. 세상에, 이제는 송재성 저 양반까지 후린겨?"

망량은 그들을 알아보고 놀란 표정을 지었다. 저 사람들이 이 주막에 들어올 줄이야. 재성도 이상한 얘기에 고개를 돌렸다. 그는 얼큰하게 술기운에 취한 김에 큰소리로 야단을 쳤다.

"거, 뭐라는 거요? 이 친구가 남자를 좋아한다니! 뭘 착각하셨나 본데, 이 친구는 나보다 더하단 말이오. 여자 얘기만 해도 침을 그냥 꿀꺽 삼키는 사람이오. 특히 이렇게 양쪽에 커다란 게 달린 왕수박 가슴을 좋아한단 말이오!"

망량의 얼굴이 빨개졌다.

"와, 왕수박이라뇨."

망량은 재성이 말을 하거나 말거나 입에 커다란 메밀
묵을 떠다가 푹 쑤셔 넣었다.

"저 양반들이 오해를 하니까 그러지. 하도 꼴이 불쌍
해 보여서 주는 거니 다음에 이 은혜는 갚으라고."

"그, 그게……."

망량이 캑캑거리자 재성이 빙긋 웃었다.

"그나저나 아까 그 두 사람 얘기는 이제 다 끝났겠지?
두어 식경 뒤에는 저녁이 되겠군. 자, 우리도 슬슬 돌아
갈까?"

재성은 입을 훔친 뒤에 일어났다. 망량도 그를 따라 주
막을 나섰다. 밖으로 나오니 과연 종일 내리던 부슬비도
어느새 그쳐 날이 저물고 있었다. 시간이 한참 지났으니
지금쯤 두 사람의 얘기도 모두 끝났으리라.

"어떻게 됐을까."

망량이 중얼거리는데, 호랑이도 제 말하면 나타난다고
했던가. 설희가 장옷도 제대로 쓸 정신이 없었는지 분한
얼굴로 눈물을 흘리며 길을 따라 내려오는 것이 아닌가.

"이보시오, 설희 아가씨. 괜찮으시오?"

재성이 설희를 보고 말을 걸었다. 그녀는 울음을 반쯤
머금은 얼굴로 황급히 장옷을 둘러쓰고 말했다.

"나리, 저는 이만 가보려고 합니다. 관아에 들러 사실을 고하고 아버지께 기별을 넣어 돌아갈 테니 제 일은 신경 쓰지 않으셔도 됩니다."

"해가 질 때가 다 됐는데 양반집 규수 혼자 낯선 동네에서 어찌 길을 찾아간단 말이오. 정 아가씨가 가시겠다면 말리진 않겠소만, 아가씨 혼자 보낸 걸 조카 녀석이 알면 가만있지 않을 거요. 내 어디까지 가는지 모셔다 드리겠소."

"아닙니다, 괜찮습니다."

설희는 냉랭하게 돌아서서 가던 길을 계속 갔다.

'일이 잘못됐나?'

망량은 퍼뜩 걱정이 됐다. 정혼녀가 저렇게 노기를 띠고 울면서 돌아가는데 연이는 이제 어쩌는가.

"나리, 저는 먼저 집으로 가보겠습니다."

"어, 그래그래. 나도 그냥 가려니 마음이 편치 않아서 저 아가씨 가는 길을 좀 바래다 드리고 와야겠네. 좀 있다 봄세."

재성이 설희의 뒤를 쫓아 달려가자 망량은 재빠르게 집으로 향했다. 망량이 집에 들어서자 아니나 다를까 작은방에서 흐느끼며 우는 소리가 들려왔다.

"연아!"

무릎을 꿇은 채 눈물을 줄줄 흘리고 있는 그녀의 뺨에 선홍색 손자국이 선명했다. 분명 방금 그 아가씨가 따귀라도 올려붙였나 보다.

"어떻게 된 거야?"

그녀는 절망만 남은 눈으로 대답했다.

"망량, 나, 난 이제 어떻게 하지. 나…… 나 이제 어떻게 해. 모든 게, 모든 게 다 끝났어. 이제 난…… 난 어떻게 해……."

망량의 가슴은 무너져 내렸다. 연의 안타까운 운명에 대한 동정인지, 안 된다는 것을 알면서도 자꾸만 기우는 연정인지 모르겠다. 그러나 그저 이 작은 어깨를, 이 떨고 있는 사람을 안아주고 싶었다.

"울지 마라, 울지 마."

망량이 연을 끌어안았다. 그녀는 망량의 품에 안겨 한없이 울었다. 이제 그녀가 남자인지 여자인지는 중요하지 않았다. 그저 도와주고 싶고, 지켜주고 싶고, 이 눈물을 멈추게 하고 싶었다.

"내가, 내가 도와줄게. 내가 지켜줄 테니까, 그러니까 울지 마."

망량이 그녀의 어깨를 토닥였다.

'어쩌면 내가…… 내가 사라져버리겠지만…….'

*

"아까 그 용두원으로 가던 기생들이 달천 동네 어귀에서 젊은 남녀 두 사람을 내려줬다고 하더란 말이지?"

무원의 말에 수하가 고개를 끄덕였다.

"네, 혹 목격한 이가 없는지 살펴보고 오겠습니다."

그리고 곧바로 무원의 수하 다섯이 민가를 돌면서 연과 망량을 찾았다. 그중 하나가 호박 줄기를 캐던 세 아낙을 찾아냈다. 수하는 통부를 내밀며 물었다.

"포도청에서 나왔소. 혹시 이 근처에서 낯선 젊은 남녀를 보지 못했소? 한양 말을 쓰는 젊은 선비와 장옷을 쓴 여인이오."

그 말에 한 아낙이 요란스럽게 웃으며 다른 아낙들을 돌아봤다.

"형님들, 보세유. 지가 수상하다고 했잖어유. 내 이럴 줄 알았어유. 내 입이 방정이 아니라 아, 형님들이 사람 보는 눈이 없다니께!"

"지금 봤다는 말이오, 못 봤다는 말이오!"

수하가 무서운 목소리로 다그치자 아낙은 움찔하더니 마지못해 저편 길을 가리켰다.

"어, 어째 그렇게 급하셔유. 저, 저쪽으로 올라가다 보면 앵두나무가 있는 집이 있는디, 그, 그 집에 요새 젊은 사람들이 들락날락하는 게 수상하더라구유."

수하는 아낙의 말을 쏜살같이 전했다. 무원과 그 일행은 모두 재성의 집으로 향했다.

'곧 이연을 잡겠구나.'

무원이 의기양양하게 미소 짓는데, 이게 무슨 일인가. 저편에서 분에 찬 얼굴로 장옷을 쓴 둥 만 둥 황망하게 내려오는 여인은 다름 아닌 설희 아닌가.

"이게 누구십니까."

두 사람의 눈이 마주쳤다. 섬뜩한 무원의 웃음. 설희는 필사적으로 도망치려 했으나 수하들이 합심하여 달려드니 얼마 가지 못해 붙잡히고 말았다.

"이거 왜 이러시오! 당장 놓으시오! 지금 나를 해치면 우리 아버지가 가만히 계실 줄 아시오!"

발버둥 치는 그녀에게 무원이 다가갔다.

"제가 감히 아가씨를 해치기야 하겠습니까? 몇 가지만 대답해주시면 한양까지 귀하게 모실 테니 잠시만 따라와주시지요."

"내 절대 이번 일을 그냥 넘어가지 않을 거요!"

그녀가 앙칼스럽게 호통을 쳤다.

"송백현이 저희와 같이 있습니다. 그가 어찌 되어도

상관없으신지요?"

그녀는 어금니를 깨물었다. 백현은 위험을 무릅쓰고 혼자 월악산에 올라갔고, 약속대로 연을 보내주었다. 그처럼 신의를 지킨 사람을 두고 어찌 혼자 달아나겠는가. 그녀는 무원을 쏘아보았다. 저항을 멈추자 무원이 수하에게 손짓했다.

"아가씨를 객주에 모셔드리고 오너라."

"가만두지 않을 거요."

무원은 대수롭지 않은 듯 남은 수하들에게 말했다.

"이 동네에 이연이 있을 거다. 아가씨가 나온 집을 찾아 수색해라."

설희는 입을 다물고 수하들이 이끄는 대로 말에 올랐다. 그녀가 잘 가는지 보려고 따라왔던 재성은 술이 확 깼다.

"이, 이게 다 무슨 일이야."

그는 돌담 뒤에 숨어 심장이 벌렁벌렁한 가슴을 쥐고 중얼거렸다.

'말 타고 칼 찬 자들이 한둘도 아니고 자그마치 열 명이다. 지금 내가 가서 말려봤자 두들겨 맞을 뿐이야. 무슨 일인지 모르겠지만 우리 백현이도 저치가 잡아간 모양인데 일단은 이연 도령이라도 피신시킨 뒤 자초지종

을 물어 관아로 가야겠다.'

재성은 부리나케 집으로 달려갔다. 뒤에서 무원의 수하들이 잰걸음으로 쫓아오는 소리가 들렸다. 그는 싸리문을 열자마자 신발도 벗지 않고 대청마루로 뛰어 올라갔다. 작은방에서 연의 어깨를 토닥이는 망량이 보였다.

"크, 큰일 났네."

그는 숨이 넘어갈 듯한 목소리로 말했다.

"무슨 일입니까?"

"설희 아가씨가 동네 입구에서 이상한 자들 손에 붙잡혀 갔네. 그자들이 우리 백현이도 잡아갔다고 하는구먼. 모두 한둘도 아니고 열 명은 돼 보였네. 칼을 차고 무장한 사람들이라 내 도저히 어떻게 할 도리가 없었어. 그런데 지금 그자들이 우리 집으로 오고 있네. 이연 도령을 잡겠다고 말이야."

연의 얼굴이 사색이 되었다.

"형님도, 설희 아가씨도 다 붙잡혔단 말입니까!"

재성은 정신없이 이 방 저 방 방문을 여닫으면서 말했다.

"그래! 자네도 지금 잡으러 오고 있단 말일세. 관아에 신고는 나중에 한다치고 일단은 숨게나. 그런데 어디에 숨어야 하나. 이 콧구멍만 한 집에서 대체 어디로 숨어!"

셋 다 어쩔 줄을 몰라 하는데 싸리문 밖으로 무원의 수하들이 우르르 몰려왔다.

"이 집이군."

수하 하나가 싸리문을 열자 그 즉시 다른 몇 명도 들어왔다. 재성이 대청마루에 서서 미처 숨을 곳을 찾지 못한 두 사람을 안타까운 눈으로 쳐다보았다.

'이런! 마루로 나와 다른 곳으로 갈 수도 없고, 꼼짝없이 오랏줄을 받겠구나. 큰일이다!'

두 사람이 갇힌 작은방에는 이불을 넣는 조그만 서랍장과 서안 하나뿐이라 사람이 온전히 숨을 구멍이라고는 눈 씻고 찾아보아도 없었다. 만약 작은방 뒤로 난 창으로 나간다고 하더라도 뒷마당 역시 숨을 곳이 없었다. 운 좋게 담을 넘는다 하더라도 뒤편은 허허벌판이니 금방 들킬 것이 뻔했다. 그는 일단 작은방의 문을 닫았다.

망량은 침을 바른 손가락으로 작은방 창호지에 구멍을 내 밖을 살펴봤다. 족히 예닐곱 명은 돼 보였다. 게다가 모두 재성의 말대로 무장을 했으니 쉽게 상대할 이들은 아니었다.

"어쩌지……."

망량은 자신의 한쪽 어깨를 만져보았다. 아직 밤이 되지 않아 도술을 제대로 부릴 수 없으니 지금은 그저 힘으로 싸울 수밖에 없었다. 그러나 그마저도 온전한 몸이 아닌데 이 어깨가 버텨줄까.

"안 돼."

연이 그의 생각을 읽은 사람처럼 말했다.

"상처가 다시 터지기라도 하면 위험해."

그녀는 주먹을 쥐었다. 이제 정말 끝인가, 한숨이 나왔다. 이 위험에서 벗어날 방법은 하나뿐이었다.

"모두를 구하려면 내가 나가는 게……."

그녀가 문고리를 잡는 순간 망량이 그 손을 낚아챘다.

"지켜준다고 했잖아. 날 믿어."

그가 손을 꼭 잡았다. 마치 산을 내려올 때처럼 부드럽고 따뜻한 커다란 손. 그 손이 스르르 깍지를 꼈다.

한편 재성은 시치미를 뚝 떼고 소리를 쳤다.

"거, 누구시오!"

무원의 수하가 두리번거리더니 품에서 통부를 내보였다.

"포도청에서 나왔소. 이곳에 죄인이 숨었다고 들었소. 조사를 해야겠으니 협조하시오."

"그, 그게 무슨 말도 안 되는……."

재성이 말려보려고 했지만 그들은 말이 떨어지기 무섭게 집을 수색했다. 두 명이 올라와 방 두 개를 이 잡듯

뒤졌다. 이제 남은 건 작은방 하나.

"거, 거긴 아무도 없소."

재성이 문을 가로막았다. 수하의 얼굴에 악랄한 미소가 스쳤다.

"비키시오!"

그는 재성을 밀친 뒤 발로 문을 박차고 들어갔다. 쾅! 문이 거칠게 열렸다.

"아이고! 세상에!"

재성이 차마 못 보겠다는 듯이 두 눈을 가렸다.

"지금 장난치시오!"

수하가 별꼴이라는 듯 호통을 쳤다. 다행히 방은 텅 비었고, 벽에는 갓과 도포만 나란히 걸려 있을 뿐이었다.

'뒷마당으로 난 작은 창으로 도망갔구나. 하지만 옷을 벗고 도망을 가다니? 뒷마당에도 마땅히 숨을 곳은 없을 텐데.'

이상한 생각이 퍼뜩 스치는데 뒷마당 구석의 오래된 우물이 눈에 들어왔다.

'우물, 우물 속으로 들어갔구나!'

푸우! 연이 겨우 물 밖으로 목을 내밀고 숨을 가쁘게 쉬었다.

"물 안 먹었어?"

망량은 깊은 우물 바닥으로 가라앉는 그녀를 겨우 끌어다가 벽에 붙여놓으며 물었다. 연은 쿨럭 물을 뱉었다.

"나, 나 헤엄 못 쳐. 잠수도 못하고."

그녀는 자신을 안은 망량을 꼭 붙들었다.

"난 둘 다 할 줄 알아. 그럼 된 거야. 자, 겁먹지 말고 손을 이렇게 둘러."

그는 연의 손을 자신의 목에 두른 뒤에 오른손으로 연의 허리를 붙잡고 왼손으로 우물 안쪽 돌 틈을 붙잡아 몸을 지지했다.

"무서워."

그의 품에 안긴 연이 아이처럼 두려운 목소리로 말했다.

"괜찮아, 이건 그냥 꿈이야. 자고 일어나면 기억나지도 않을 꿈. 두려워하지 마."

망량이 귓가에 대고 나지막하게 중얼거렸다. 이상하다. 어디서 비슷한 얘기를 들은 것 같은데. 그때였다. 두런두런 목소리가 들렸다.

"여긴 없군. 저 뒷마당 우물도 한번 봐."

"네."

한 남자의 대답과 함께 저벅저벅 발소리가 우물을 향해 가까워졌다. 두 사람은 서로의 얼굴을 쳐다봤다. 연의 눈동자가 흔들렸다. 망량은 두려워하지 말라는 듯 다정하게 웃었다.

"심호흡하고."

그의 낮고 조용한 목소리에 따라 숨을 들이마셨다. 망량은 말 잘 듣는 착한 아이를 보듯 빙긋 미소를 지었다. 연은 그 순간 또다시 묘한 기분으로 기억을 더듬었다. 이 눈동자를 어디서 봤을까. 매서워 보이기도 하고 다정해 보이기도 한 이 눈동자를. 순간 그의 뺨이 와 닿았다.

"이제 눈 감아."

어쩌면 그였기에 아무런 말도 필요치 않았으리라. 망량은 그녀를 붙잡은 손을 놓았다. 첨벙, 두 사람은 우물 바닥으로 가라앉았다. 눈을 뜨자 컴컴하고 먹먹한 공간, 어딘지 모를 암흑 속에 덩그러니 혼자 남겨진 기분. 그러나 연은 당황하지 않았다. 보이지는 않지만 망량, 그가 분명 자신의 바로 곁에 있으리라. 누군가 자신을 끌어안는다. 커다란 손, 틀림없이 그였다. 망량은 그녀를 꼭 붙잡아 안고 벽에 몸을 밀착해 바닥에서 떠오르지 않도록 기댔다.

무원의 수하가 우물 안을 살폈다. 그는 우물 속을 들여다보더니 두레박을 물속으로 던졌다.

"뭐하는 겁니까!"

재성의 목소리가 웅웅 들려왔다.

"물 한잔 마시려고 하오. 안 되오?"

"되……됩니다."

재성의 더듬거리는 소리에 고개를 드니 어둠 속에서 물의 잔상이 둥둥 퍼졌다. 두레박이 우물 속으로 들어오는 것이 보였다. 점점 숨이 막혔다. 그러나 지금 물 위로 솟구치면 발각되고 말리라. 그녀는 안간힘을 쓰며 숨을 참았다. 두레박이 물을 퍼서 도르르 올라가는 소리가 들렸다.

'조금만 더…….'

연이 숨을 참으며 자신을 감싼 망량의 옷을 틀어쥐었다.

"어디로 숨은 거지?"

남자가 물을 마시며 중얼거리는 소리가 들렸다. 그러나 아직은 위로 올라갈 수 없었다. 그는 여전히 우물 곁에 서서 물을 마셨다. 연은 더 못 참겠다는 듯 몸부림을 쳤다. 그러자 기포가 물 위로 올라갔다. 남자는 그것을 미처 발견하지 못했지만 그녀는 더 이상 참을 수가 없었다. 숨을 참지 못해 발버둥을 치자 망량이 그녀를 붙잡았다.

'아직…… 아직 안 돼!'

그는 연을 끌어안고 그녀의 입술에 자신의 입술을 포갰다. 부드러운 입술에서 기포가 계속 새어 나왔다. 그는 완전히 입을 막아 숨을 불어넣었다.

"우웁…….."

연이 놀라서 그를 밀쳐내려고 했지만 그는 한 손으로 연의 목덜미를 감싸 쥐었다. 그녀는 망량의 부드러운 입술을 통해 들어오는 따뜻한 공기에 더 저항할 수 없어 눈을 감았다. 다시 두레박이 물 위로 첨벙 떨어졌다. 수하는 우물을 다시 쳐다봤지만 방금 던진 두레박 때문에 우물 바닥에서 올라오는 기포를 알아보지 못했다.

"여긴 없나 보군."

남자의 목소리가 들렸다. 그 뒤로 쩌렁쩌렁 울리는 또 다른 목소리가 우물 깊은 곳까지 웅웅 들려왔다.

"철수한다!"

"네!"

남자가 그편을 향해 뛰어가는 소리가 들렸다.

'드디어 갔구나!'

망량이 물 위로 솟구치기 위해 우물 벽을 잡았던 손을 놓았다. 그런데 갑자기 연의 목덜미에서 푸르스름한 빛이 새어 나왔다.

'이게 뭐지?'

푸른빛은 점점 커지더니 순식간에 그의 손으로 쑥 흡수되었다. 그는 얼른 연을 안아 물 위로 솟구쳤다.

"헉…… 헉……."

　연은 쿨럭쿨럭 마셨던 물을 뱉어냈다. 망량 역시 거친 숨을 몰아쉬며 얼굴을 닦았다.

"헉…… 바, 방금 그건 뭐야……."

　망량은 숨을 헐떡이며 자신의 손을 살펴보았다. 연의 목덜미에서 나와 자신에게 돌아온 푸른빛, 그 푸른빛은 자신이 걸었던 봉인이 풀리게 될 때 원래 주인에게 돌아오는 공력의 증거였다. 망량은 그녀의 얼굴을 똑바로 쳐다봤다. 두 사람의 눈이 서로에게 고정됐다. 어디서 본 것 같은 얼굴, 눈동자. 마침내 무슨 기억이었는지 연도 망량도 서로를 알아보는 순간이었다.

"너, 너…… 설마…… 그때 그 꼬맹이였어?"

　연의 심장이 덜컹 내려앉았다. 그가 믿을 수 없다는 듯한 표정으로 말했다. 언제고 자신을 찾아 은혜를 갚겠노라 말한 그 맹랑하던 꼬마 아가씨의 얼굴이 그녀와 겹쳤다. 그리고 이제까지의 일들이 하나하나 머릿속에서 맞춰지기 시작했다.

"그래, 나도 한 번쯤은 평범한 여자로 살아봤으면 좋겠다. 평범한 여자로……."

허공에 대고 계집 녀 자를 그리며 싱긋 웃던 얼굴.

"내가 내 몸에 손대지 말랬지! 지금 어딜 만져, 만지 길!"

바지춤을 끄르려고 하자 자신을 걷어차며 화를 내던 연의 모습, 포목점의 고운 옷에서 눈을 떼지 못하던 얼굴, 우물가에서 자신을 올라타고 얼굴이 벌개져 허둥지둥 사라지던 일, 그리고 혼자 여장을 했다가 들켜 황망하게 문을 닫고 들어가던 그 모든 것들이 아귀가 맞아떨어졌다. 망량은 왜 주문이 통하지 않았는지 깨달았다.

"처음부터, 처음부터 너⋯⋯ 여자였구나."

그녀 역시 오랫동안 깨닫지 못했던 그 눈동자의 주인이 어린 시절 자신을 도와준 도깨비 선비였음을 깨닫고 놀랐다.

"자네들, 괜찮은가? 방금 그자들이 모두 돌아갔네."

재성은 무원의 수하들이 가자마자 우물로 달려와 물었다.

"괘, 괜찮습니다."

망량이 얼굴에서 뚝뚝 떨어지는 물기를 닦으며 한 손으로 도르래 줄을 잡아 연을 먼저 올려주고 밖으로 나왔다. 또다시 겨우 위기를 모면하긴 했지만 망량은 갑작스러운 상황에 머리가 복잡했다.

'여자였다니!'

그 생각만 머릿속에 맴돌았다. 이제껏 속은 게 분하기도 하고, 녀석이 여자라는 사실이 좋기도 하고, 남자를 좋아한 게 아니라 다행이다 싶기도 하고. 뭐가 뭔지 모를 만감이 교차했다.

"아니, 이게 어찌 된 일인가? 저자들은 누구며, 왜 자네들을 찾는 거야?"

재성이 두 사람에게 물었다. 연의 표정이 어두워졌다.

'이제 끝이야. 더 이상…… 더 이상 도망칠 곳도 없어.'

연은 그 앞에 무릎을 꿇었다.

"나리, 죄송합니다. 이게 다 제 탓입니다."

재성은 당황해서 연을 일으키려고 했지만 그녀는 꼼짝하지 않았다.

"방금 보신 그자들은 제 이복형인 김무원의 수하들입니다. 백현 형님은 이복형이 저를 해친 뒤에 문중의 장손 자리를 차지하려는 계략을 알고 여기까지 저를 찾아오셨습니다. 하지만 아까 월악산에서 저만 겨우 탈출시키고 형님께서는 붙잡혔습니다."

재성은 크게 놀랐다.

"이복형이 자네를 해치려고 한다고? 그렇다면 어서 관아와 자네 조부님께 알려야 할 게 아닌가. 아니, 백현이 얘는 어쩌자고 이런 일에 휘말려서."

그는 허둥지둥 신을 고쳐 신으며 다시 물었다.

"그럼 아까 그 아가씨는 여기까지 대체 왜 온 거야?"

연이 말을 못 하자 재성이 그녀와 망량의 얼굴을 살폈다.

"왜 대답을 못 하는 건가."

뭔가 잘못되고 있음을 직감한 얼굴이었다. 연은 차마 입이 떨어지지 않았다.

'연이는 혼인을 피하기 위해서가 아니라 혼인을 하기 위해 약초가 필요했던 거야. 그 때문에 집안 어르신들을 속이고 이곳까지 왔고. 그러니 말을 못 할 밖에!'

망량도 한숨을 쉬었다.

"왜 대답을 못 해!"

재성이 다그치다 못해 아예 연을 쥐고 흔들려고 하자 망량이 그를 겨우 진정시켰다.

"관아에도, 연의 조부님께도 알릴 수가 없습니다."

"뭐야! 자네들 뭔가 숨기는 게 있군. 그게 뭔가! 뭐길래 속 시원하게 말을 못 하는 게야!"

연은 입이 열 개라도 할 말이 없었다. 백현과 설희가 잡혀간 마당에 여인이라는 사실을 숨기기 위해 일이 이 지경에 이르렀노라 하고 어떻게 말을 꺼내야 할지.

"구하겠습니다."

망량이 대답했다. 재성이 그를 쏘아봤다.

"뭐라고?"

"이틀만 주십시오. 이틀 안으로 두 사람을 모두 구하겠습니다. 연이 역시 이런 일이 생기길 원한 게 아닙니다. 말 못 할 사정이 얽혔으니 더 이상 추궁하지 말아주십시오. 약속은 분명히 지키겠습니다."

그러나 재성이 코웃음을 쳤다.

"자네가 무슨 수로 이틀 내에 그 괴한들 손에서 내 조카를 구한다는 건가? 그리고 내가 자네 말을 믿고 순순히 따를 이유는 뭔가? 나는 지금이라도 관아에 가서 이 사실을 고하면 끝이란 말일세."

망량은 담담한 표정으로 대답했다.

"송백현 도령이 설희 아가씨와 단둘이 이곳까지 왔습니다. 아무리 사정이 있다 하나 남의 정혼녀를 데리고 어르신들 몰래 이곳까지 온 죄 또한 가볍지 않습니다. 그 양반이 왜 그렇게 왔을까요? 그럴 만한 사정이 있기 때문입니다."

재성은 말문이 막혔다.

"또한 연이를 탈출시키고 스스로 남은 건 자처한 일이지, 누가 등을 떠민 게 아닙니다. 만약 나리께서 관아에 고발하여 이 모든 일을 바로잡겠다 하신다면 모든 일은 다 수포로 돌아갈 테니 반드시 백현 도령의 원망을 사게 될 겁니다."

재성은 청산유수 같은 망량의 말에 분해서 이가 뿌드득 갈렸지만 듣고 보니 틀린 게 하나 없었다. 사실 자기야 조카만 무사하면 그만이었다. 잘못해서 일이 커지면 형님의 불호령이 떨어지는 것은 물론이거니와 백현의 출사길도 막힐지 모르는 일이었다.

"이틀이라고 했네."

그의 말에 망량이 고개를 끄덕였다.

"어, 어떻게 하려고……."

연이 그에게 물자 망량은 걱정하지 말라는 눈짓을 했다.

"이틀이 지나면 나는 관아에 알리고 한양에도 파발을 보내 이 사실을 모두에게 알릴 걸세. 명심하게."

재성이 노기를 띤 얼굴로 말했다.

"나는 내 조카만 찾는다면 일이 어떻게 되든 상관없어. 자네들이 여기 있다가는 다시 저자들 손에 붙들릴 테니 일단 머물 곳을 찾아주겠네. 자네들이 예뻐서 도와주는 게 아니니 착각들 말라고."

재성이 일어나자 두 사람은 그 뒤를 따라 나왔다. 그들은 어두워지는 거리를 따라 시내 쪽으로 향했다.

"너무 번화한 곳이 아닙니까?"

망량이 물었다.

"등잔 밑이 어둡다고 했네. 오히려 번화한 곳일수록 더 찾기 어려운 법이야. 도망칠 구멍도 많고. 충주는 서울과 경상도를 잇는 관문이기 때문에 외지인들이 많아. 그 틈에 숨기에는 기방이 최고지."

대로에는 휘황찬란한 색색의 등을 단 기방이 죽 늘어섰으니 낯선 여행객들이 먹고 마시며 풍류를 즐기기에 모자람이 없어 보였다. 그때 누군가 재성에게 알은체를 했다. 기방 앞에 선 호객꾼들과 문지기들이었다.

"나리, 오늘 사또 나리와 홍 영감님께서도 와 계십니다. 나리께서 오시면 좋아하실 텐데요. 같이 들어가시지요."

"아이고, 나리. 또 계향이 만나러 가는 길이십니까? 그러지 말고 오늘은 우리 집으로 오십시오. 여기 앵앵이와 채봉이가 어찌나 나리 오시기만 기다리는지. 술값도 싸게 해드릴 테니 와서 좀 놀다 가십시오."

재성이 권하는 손을 다 뿌리치는데 한 늙은 문지기 하나가 말을 건넸다.

"그러지 말고 오늘은 저희 집으로 오십시오. 계향이네 기방에 들락날락거리다간 제 명에 못 죽는다는 소문도 못 들으셨습니까요?"

그가 가던 길을 멈췄다.

"그게 무슨 소린가."

문지기 아범이 반쯤 찌푸린 얼굴로 아직도 모르냐는 듯이 말했다.

"계향이 좋다고 그 꽁무니를 졸졸 쫓던 사내들이 벌써 둘이나 실종되지 않았습니까? 그러지 말고 오늘은 저희 집으로 오십시오."

"그 사내들이 실종된 게 어찌 계향이 탓이야. 손님 끌 자고 괜한 헛소문 퍼뜨리지 말게."

그가 꾸짖고 돌아서는데 그 뒤를 따르던 망량이 고개를 갸우뚱했다.

"계향이라면 혹시……."

"응? 뭐라고?"

재성이 묻자 망량이 어물거렸다.

"아, 아무것도 아닙니다."

재성은 홍색 등을 달고 있는 한 기방 앞에서 멈춰 섰다. 겉보기에 다른 기방보다 특별히 나을 것이 없었는데 어찌 된 영문인지 문 앞에서부터 남자들이 목을 빼고 들어가기를 학수고대하는 것이 보였다. 모두 그 계향이라는 기생의 얼굴 한번 보자고 몰려든 이들이었다.

"계향이 있는가."

재성이 입구에 서 있던 문지기에게 묻자 남자들의 시

선이 그에게 꽂혔다.

"그 계향이가 요즘 정을 통한다는 송재성이라는 양반이로군."

그는 자신을 향한 시기와 질투 가득한 눈빛이 싫지 않은지 헛기침을 하고 수염을 한번 쓸어내렸다.

"오늘 긴히 청할 게 있어 그러니 바쁘더라도 잠깐 나와보라고 전해주게나."

그 말에 문지기가 안에 들어가 기별을 넣으니 곧 어린 여종 하나가 뛰어 나왔다. 그녀는 그를 잘 아는 듯 공손하게 인사했다.

"나리, 안으로 드시지요."

옆에 줄을 선 사내들이 웅성거리며 항의하자 문지기가 정신없이 막았다.

'이상하군, 기녀들이 그 재주를 아무리 흠모한다 해도 이렇게까지 특별하게 대접을 받다니.'

망량이 의아한 표정으로 재성을 따라 기방 후원으로 들어갔다. 기생들 웃음소리와 가야금 뜯는 소리가 가득하고, 이 방 저 방마다 기생과 어울려 춤을 추는 그림자가 너울너울 비쳤다. 그들은 후원 가장 깊은 곳에 위치한 사랑채 앞에서 멈췄다.

"잠시만 계셔요. 금방 모셔오겠습니다."

여종이 종종걸음으로 사라지자 망량의 코끝을 자극하는 여우 냄새가 풍겼다. 망량이 코를 킁킁거렸다.

"자네 또 왜 그러나? 설마 여기서도 여우 냄새가 난다는 건 아니겠지?"

재성이 핀잔을 주며 물었다. 그런데 망량은 그의 말이 정답이라는 듯 대꾸했다.

"네, 납니다, 나요. 여우 냄새."

그는 무언가 떠오른 듯한 얼굴이었다.

"이 냄새, 아까 계향이라고 했던…… 설마…….."

그가 중얼거리는데 후원 한쪽의 장미나무 뒤로 치마를 끌고 오는 소리가 들렸다.

"나리."

얼굴이 희고 요염해 보이는 여인이 다가왔다. 그녀는 농익은 붉은 입술로 야릇한 미소를 지으며 재성을 반겼다.

"이번 달에는 보름에 오시라 말씀드렸사온데, 일찍 오셨습니다."

"그래, 계향아. 내 긴히 부탁할 게 있어서 왔다. 다름이 아니라 저기 저 손님들이 말 못 할 사정 때문에 괴한들에게 쫓기는데 이틀만 네가 좀 숨겨다오. 저자들의 신상은 내 책임지도록 하마. 단 이틀이면 된다."

어려운 부탁인데도 의외로 그녀가 고분고분 고개를

끄덕였다.

"고맙다."

그녀는 등을 돌려 부탁한 손님들을 슬쩍 훑어보았다. 곱상해 보이는 젊은 선비 하나, 그 옆에 선 6척 장신의 한 남자. 계향이 그의 얼굴을 다시 쳐다봤다.

"어, 너……."

망량은 마치 잘 아는 사람을 만난 듯 손가락질을 했다. 그녀는 얼른 얼굴을 숙였지만 그가 성큼성큼 다가가 어깨를 붙잡았다.

"너 여기서 뭐하는 거야?"

재성은 불쾌한 표정을 지었다.

"자네야말로 지금 뭐하는 건가? 둘이 아는 사이라도 되나?"

네 사람이 마주한 후원에 긴장감이 흐르며 강렬한 장미 향이 진동했다. 그때 장미나무 옆으로 한 소녀가 뛰어나왔다.

"어머니!"

이제 겨우 열 살쯤 되어 보이는 앳된 얼굴의 소녀가 그녀의 치맛자락을 붙잡고 수줍은 얼굴로 물었다.

"무슨 일이에요?"

천진난만한 소녀의 등장에 망량은 입을 다물었다.

"행화야, 오랜만이구나."

재성은 아이의 머리를 쓰다듬으며 미소를 지었다.

"나리께서 또 어머니를 보러 오셨군요."

행화라는 소녀가 반갑게 인사했다. 계향과 망량의 눈이 마주쳤다.

"제가 사람을 착각한 것 같습니다. 죄송합니다."

그가 시치미를 떼고 모른 척하자 재성이 떠름하게 말했다.

"뭐야, 사람을 잘못 본 거였나? 잃어버린 누이라도 찾은 얼굴이더니. 그래, 아무튼 오늘은 그만 돌아갈 테니 자네가 이 친구들 좀 살펴주게. 내 이틀 뒤에 다시 옴세."

계향은 불안한 얼굴로 그를 배웅했다.

"네, 그, 그러세요. 제가, 제가 잘 살펴드리겠습니다."

그녀는 재성이 기방을 나가자 뒤를 흘낏 돌아봤다. 멀리서 망량이 눈을 짓부릅뜬 게 느껴졌다.

"피리에 봉인됐다고 들었는데, 저놈의 도깨비가 다 된 밥에 재를 뿌리러 왔군."

그녀는 붉은 입술을 질끈 깨물며 나지막하게 중얼거렸다. 행화는 자신의 어미를 주시하는 망량에게 다가갔다.

"아저씨도 사람이 아니군요?"

"어? 어."

망량은 아이의 난데없는 소리에 당혹스러웠다. 그런데 연이 뭔가 괴이한 것을 본 사람처럼 말했다.

"너 눈동자 색깔이……."

그녀는 행화의 눈동자를 자세히 들여다봤다. 아이의 눈은 마치 불꽃이 타오르는 듯 이글거렸다.

"눈동자 색깔이 붉어. 이런 건 처음 보는데."

재성을 배웅하고 돌아오던 계향이 그 모습을 보자마자 득달같이 달려들어 둘 사이를 갈라놓았다. 그녀는 행화를 쌀쌀맞게 나무랐다.

"행화야, 누차 얘기했지 않니? 처음 보는 사람에게 쓸데없이 말을 걸지 말라고 말이다. 너는 어서 네 침소로 가거라."

행화는 대꾸도 못 한 채 시무룩한 얼굴로 사라져버렸다. 연이 머쓱해하자 그녀는 못마땅한 표정으로 장미나무 뒤편의 별채로 안내했다.

"선비님들 침소를 제가 직접 안내해드리겠습니다. 따라오시지요."

생각 같아서는 당장 둘 다 내쫓고 싶은 심정이었다. 하지만 수틀리게 나오면 저 도깨비가 어떻게 나올지 몰랐다.

"별채에 머무르는 다른 손은 없으니 편히 쓰시면 됩니

82

다. 이 방은 나리께서 쓰십시오."

그녀는 가까운 방의 문을 열고 연에게 쓰기를 권했다.

"네, 감사합니다."

연이 망량을 흘끔 쳐다봤다.

"피곤한데 들어가서 쉬, 쉬어."

묻고 싶은 게 많았지만 지금은 계향이 쪽이 먼저였다.

"그, 그래."

연이 대답을 더듬거리면서 방으로 들어갔다. 자신을 붙잡고 이것저것 묻고 화를 내기는커녕 순순히 들어가 쉬라고 하다니, 기운이 탁 빠졌다. 문밖으로 새침한 계향의 목소리가 들려왔다.

"나리께서는 저를 따라오십시오."

두 사람의 발걸음 소리가 복도 저편으로 사라졌다. 연은 두 손으로 얼굴을 감쌌다. 일단 망량의 호언장담으로 시간을 벌긴 했지만 앞으로 또 어떻게 해야 할지 깜깜할 뿐이었다.

"형님과 아가씨는 무사하실까."

벽에 기대 막막한 심정으로 중얼거리는 그때 스르르 문이 열렸다. 아까 후원 한편으로 사라진 줄 알았던 행화가 고개를 내밀었다.

"어? 여기 계셨구나."

그녀는 낯선 손님이 영 반가운 모양이었다. 연이 손을 뻗어 머리를 쓰다듬으며 물었다.

"이름이 행화라고 했지? 참 예쁘게 생겼구나."

행화가 헤헤 웃었다.

"아가씨도 고우세요. 그런데 왜 남자처럼 하고 있는 건가요?"

연이 놀라서 흠칫했다. 근 20년 동안 남장을 하며 모든 사람을 속여왔는데 어떻게 이 아이는 한눈에 알아본단 말인가.

"그, 그걸 어떻게 안 거야?"

"비밀이에요. 그런데 혹시 제 어머니 어디 가셨는지 못 보셨어요? 지금 수기생(首妓生 : 기생들의 우두머리) 어르신이 어머니를 찾으셔서요."

태연해 보이는 행화를 붙잡고 어떻게 알았느냐고 계속 따져 묻기도 뭐하고 해서 말문이 막혔다.

"어, 어…… 저 끝 방으로 가신 것 같구나."

"네, 고맙습니다."

행화가 인사하고 총총히 사라지자 연이 문을 닫고 앉았다. 남장을 했다는 사실을 단숨에 꿰뚫어 보는 붉은 눈동자. 신비롭고 궁금하다. 그녀는 머리를 도리도리 흔들었다.

'아냐, 정신 차리자. 지금은 다른 생각을 할 겨를이 없다고. 백현 형님과 설희 아가씨를 어떻게 구해낼지 고민해야 돼.'

연은 머리를 감싸 쥐고 답이 떠오르지 않는 고민에 빠졌다. 한편 망량은 복도 끝 방으로 계향과 함께 들어갔다. 그는 눈을 치떴다.

"너 여기서 뭐하는 거야? 계향이? 이번에도 이 이름을 쓰는 거야? 그래, 어디서 많이 들어봤다 했지."

그녀는 시선을 피했다.

"나도 사정이 있어서 그래."

그는 그녀의 태도에 부아가 치밀었다.

"배은망덕도 유분수지. 본디 천년 묵은 여우였던 너를 거둬준 게 귀왕이라는 걸 잊었어? 인간과 눈이 맞아 육광채 옥졸(六光彩 獄卒 : 지옥의 중생을 환생시키는 명부의 옥졸)의 종鐘을 훔쳐 달아난 건 그렇다 치자. 네가 귀왕의 말을 어기고 결국 그 인간을 다시 환생시킨 일도 그렇다 치자고. 하지만 사람을 해쳐서는 안 된다는 걸 몰라? 송재성, 그 양반에게 무슨 짓을 할 생각인 거야?"

그녀는 앙칼지게 대꾸했다.

"그놈의 오지랖은. 귀왕한테 벌을 받아 피리에 갇혔다더니 아직도 그 버릇 못 고쳤어? 다 죽어가는 주제에 누가 누구한테 이래라저래라 하는 거야?"

망량이 이를 뿌드득 갈았다. 눈치가 빠르고 예민하기로는 여우를 따라갈 재주가 없었다. 그녀는 이미 그의 몸 상태를 다 투시한 것이 틀림없었다.

"게다가……."

그녀가 피식 웃었다.

"남장 여자라니. 취향이 바뀌었나 봐? 예전에는 나 같은 쪽을 더 좋아했던 것 같은데."

치마에서 하얗고 보드라운 꼬리 하나가 슥 올라와 유혹하듯 그를 훑었다.

"너도 내 취향은 아니었어."

망량이 여우 꼬리를 치우라는 시늉을 했다. 계향은 미끼를 던졌다.

"그런데 그 남장 여자 아가씨가 네 상태를 모르는 것 같던데…… 맞지?"

"그 입 조심하는 게 좋을 거야, 다치지 않으려면."

화가 난 망량이 그녀의 팔목을 낚아챘다. 잘그락, 그녀의 팔목에 찬 팔찌가 눈에 들어왔다.

"이건……."

옥팔찌, 귀왕이 생일 선물로 자신에게 주었던 옥팔찌가 어떻게 그녀의 손목에 걸렸는가. 망량은 움찔했다.

그 팔찌는 분명 12년 전, 병에 걸린 남자아이의 장례비를 치르기 위해 약방 일꾼에게 넘긴 물건이었다. 그런데 어떻게 이게 계향의 손에 들어갔을까.

"흥, 놀라긴. 갖고 싶은 모양이지?"

그녀는 그의 손을 탁 뿌리쳤다.

"그 대신 조건이 있어. 송재성, 그에게 무슨 짓을 하더라도 넌 그냥 모른 척할 것. 어때?"

계향의 달콤한 유혹에 그의 마음이 흔들렸다. 귀왕의 공력으로 만들어진 팔찌를 되찾는다면 공력을 상당히 회복할 수 있다. 그러나 구미호에게 재성을 넘긴다니. 재성은 죽음을 면치 못하리라. 메밀묵 한 숟가락을 입에 푹 넣어주고 싱긋 웃던 그의 얼굴이 떠올랐다.

"하도 꼴이 불쌍해 보여서 주는 거니 다음에 이 은혜는 갚으라고."

팔찌에 마음이 갔지만 그 양반이 눈에 밟혔다. 망량은 한숨을 내뱉었다.

"그 양반한테 빚진 게 있어서 그렇게는 못 하겠는데?"

그녀의 표정이 일그러졌다.

"나도 양보 못 해. 난 그 사람이 필요하다고."

"어째서?"

그녀는 서슴거렸다.

"행화를 살리기 위해서는 어쩔 도리가 없어."

"네가 환생시킨 그 남자의 아이인가?"

망량의 말에 그녀는 눈빛이 씁쓸하게 변했다.

"그래."

그녀는 마치 자신을 조소하듯 웃었다.

"너도 알겠지. 요괴와 인간의 사랑이 어떻게 끝나는지. 그걸 알면서도 어쩔 수 없었어. 그는 늙고, 병들고, 결국엔 죽었지. 나는 그걸 지켜봐야만 했고."

회한이 묻어나왔다.

"그가 죽었을 때는 도저히 그 사실을 받아들일 수 없었어. 그래서 육광채 옥졸의 종을 훔쳐 그를 환생시켰지. 하지만 아무리 그 종의 힘을 빌려도 내가 가진 공력으로는 그의 생명을 연장시키는 데 한계가 있었어. 결국 한 달밖에 못 갔지."

그녀는 자신의 손목에 찬 옥팔찌를 끌렀다. 그러자 팔찌 아래로 굵고 깊은 상처가 드러났다.

"죽으려고 했어. 언제 환생할지 모르는 그의 흔적만 찾아다니며 고통스럽게 사느니 차라리 죽어서 나 역시 윤회의 굴레를 둘러쓰면 언젠가 다시 만날지도 모른다고 생각했거든."

망량은 그녀가 왜 죽지 못했는지 금방 알아차렸다.

"죽지 못한 이유가 행화 때문이었군."

"그래, 죽어가는 순간에 그 사람 아이를 가졌다는 걸 알게 됐어. 그게 나를 다시 살게 만들었지. 하지만 문제가 있었어. 인간과 요괴 사이에서 태어난 아이는 불안정해. 행화는 공력도 약해서 인간의 모습을 유지하기 어려워."

구미호는 천년을 여우로 살며 공력을 쌓아야 비로소 인간으로 둔갑할 수 있기에 아무리 제 어미가 구미호라 하더라도 어린 행화가 인간의 모습으로 살기에는 무리였으리라.

"자꾸만 눈이 붉게 변하고, 꼬리가 나오고, 피에 굶주린 짐승처럼 굴었지. 하지만 그게 다가 아니었어. 너처럼 점점 죽어가기 시작했거든. 그 아이의 공력으로는 불안정한 자신을 견딜 수가 없는 거야."

그녀는 눈을 질끈 감았다.

"내가 할 수 있는 건 인간의 몸에 내 공력을 주입하는 거였어."

망량이 믿을 수 없다는 표정으로 그녀의 두 어깨를 붙잡았다.

"너 설마 송재성을……."

인간의 몸에 몰래 공력을 주입하면 백 일이 지나 인간

의 정기와 요괴의 공력이 합쳐진다. 이때 그 새로운 힘을 가진 인간의 간을 취하면 공력이 낮은 요괴나 귀신들도 단기간이지만 인간의 형상으로 변한다. 하지만 그러려면 인간은 필연적으로 죽고 말리라.

"그래, 여기저기 기생으로 떠돌면서 한 마을에서 몇 사람을 취하고 들키기 전에 다른 곳으로 옮겼지. 그게 이제까지의 내 삶이야."

계향이 망량의 손을 뿌리치며 돌아섰다. 할 테면 해보라는 식이었다.

"이번에는 송재성이야. 그를 놓치면 다른 이를 제물로 삼아 백 일을 기다려야 하는데, 행화의 눈을 봐서 알겠지만 썩 상태가 좋지 못해. 또다시 그러기엔 시간이 모자란다고. 아이가 견디지 못할 거야."

그녀에게 재성이 필요한 이유가 밝혀지는 순간이었다. 풀썩, 닫혔다고 생각했던 방문 사이로 누군가 주저앉는 소리가 들렸다. 계향이 흠칫 놀라더니 얼른 방문을 열었다. 행화가 넋을 잃은 얼굴로 그녀를 올려다봤다.

"다, 다 들은 거니?"

계향이 더듬거렸다. 행화의 눈에서 눈물이 툭툭 떨어졌다.

"나를 예뻐하셨던 그 성련 나리도, 정희 도련님도, 윤

화 아저씨도 모두 갑자기 사라졌던 이유가…… 그러니
까 내가 석 달 보름마다 먹은 그 소의 간이…… 실은 모
두 그…….”

그녀는 속이 메스꺼운 듯 헛구역질을 했다. 계향이 그
녀를 붙잡았지만, 이 작은 소녀는 추악한 진실을 받아들
이지 못했다. 그녀는 분노와 당혹스러움을 주체할 수 없
는 듯 제 어미를 밀치고 달아나버렸다.

“행화야! 행화야!”

계향이 애타게 불렀지만 그녀는 돌아오지 않았다.

“행화야…… 행화야…….”

망량이 그녀의 어깨를 두드렸다. 용서할 수 없는 죄를
지은 그녀였지만 죽어가는 자식을 살리려고 한 모정을
어찌 탓하랴. 그녀는 망량의 품에 안겨 눈물을 흘렸다.

“울지 마라. 뭘 잘했다고 울어.”

망량이 그녀를 위로하는데 연이 방문을 열고 들어왔
다. 그녀의 애끓는 절규를 들었기 때문이다. 그런데 두
사람이 부둥켜안은 모습이라니. 연의 마음속에서 미묘
한 감정이 솟았다.

‘아까는 모른 척하더니 사실 처음부터 아는 사이였던
거야? 그렇게나 가까운…….’

순간 망량의 눈이 연과 마주쳤다. 그는 깜짝 놀란 표정

을 지었다.

"어어⋯⋯."

망량은 지금 이 상황을 설명하고 싶었지만 계향이 자신의 품으로 파고들었다.

"저기⋯⋯."

망량이 뭔가 말하려는 찰나 연은 냉랭한 눈빛을 던지고 자신의 방으로 돌아갔다. 계향이 혀를 끌끌 차며 그를 밀어냈다.

"쯧쯧."

그녀의 꼬리가 다시 슥 올라왔다. 그녀는 마치 연기라도 했다는 듯 눈물을 훔치고 희미하게 웃었다.

"내 이럴 줄 알았지."

그녀의 슬픔이 거짓은 아니었지만 두 사람을 시험해 보고 싶었다. 어차피 별채는 벽이 얇아 우는 소리가 금방 들렸을 터, 연이 문을 열고 나오면 그가 어떤 반응을 보일지 궁금했다. 그런데 입만 뻐끔거리며 허둥대는 꼴이라니.

"너도 나와 다를 게 없군. 인간과의 사랑은 이루어질 수 없어. 결국 너를 망가뜨리기만 하겠지. 지금의 나처럼."

그녀는 쓴웃음을 지었다. 안타깝지만 뼈아픈 사랑의

결과에 대해 그녀만큼 절절하게 깨달은 이는 없었다.

"송재성을 빼돌릴 생각은 않는 게 좋을 거야. 나도 너희들을 쫓는 사람들에게 너와 저 아가씨를 넘기고 싶진 않으니까."

그녀는 그를 뒤로하고 별채에서 나가버렸다. 망량은 아무 말도 하지 못했다. 그녀의 말대로 이복동생에게 쫓기는 연의 안전을 생각한다면 선불리 행동할 수 없었다.

'이러지도 저러지도 못하겠군.'

계향이 떠난 후 그는 연의 방 앞에 섰다. 할 말이 많았다. 어째서 여자라는 사실을 숨겼던 것인지 묻고 싶었고, 화도 내고 싶었다. 혹 오해를 했다면 그게 아니라 설명하며 그녀를 끌어안고 싶었다. 그러나 문손잡이 앞에서 망설여졌다.

'인간과의 사랑은 이루어질 수 없어. 결국 너를 망가뜨리기만 하겠지. 지금의 나처럼.'

계향의 말이 스쳤다. 연과 포목점 여주인의 집에서 유숙했던 밤도 떠올랐다.

'그 약초, 남자를 여자로, 여자를 남자로 바꿔주는 약초야.'

'에, 그러니까…… 네가 그 약초를 먹겠다고?'

'…… 응.'

망량은 문고리를 잡았던 손을 도로 접었다.

　'남자가 되려던 거였어. 연이는 남자가 되고 싶었던 거야. 그게 연이의 진짜 소원이었어.'

　연정을 품은 상대가 남자가 되기를 바라다니. 그의 마음이 착잡해졌다. 그녀를 지척에 두고도 왜 이렇게 멀게만 느껴지는가. 연은 방문 앞에 어른거리던 큰 그림자 하나가 문고리를 잡으려다 말고 맥없이 사라지는 것을 보고 고개를 돌렸다. 그녀는 슬픈 목소리로 중얼거렸다.

　"흔들려선 안 돼."

각시투구꽃의 눈물

여러 상념에 사로잡혀 뒤척이다가 까무룩 잠이 든 것이 언제일까. 인시(寅時 : 오전 3시에서 5시 사이)가 지나는데, 바깥이 시끄러웠다.

"이 시간에 무슨 소란이지?"

연이 옷을 챙겨 입고 밖으로 나오니 망량이 벌써 후원 뜰에 나와 있었다. 무슨 큰일이라도 난 건지, 온통 불이 환한데 여종들이 발만 동동 굴렀다.

"큰일이라도 난 거야?"

그녀가 망량에게 물었다.

"그렇지 않아도 널 찾으려 했는데 마침 잘 나왔어."

"왜? 무슨 일인데?"

여종 하나가 어쩔 줄 몰라 하며 대답했다.

"행화가 다 죽게 생겼어요. 어린 게 무슨 생각이었는지 수기생 어르신께서 관상용으로 키우는 각시투구꽃을 뜯어 먹은 모양입니다. 그런데 이 밤중에 약방 의원들은 모두 다른 마을로 왕진을 나갔다 하니 어찌합니까? 계향이가 울고불고 지금 난리입니다."

망량이 연에게 물었다.

"연아, 네가 치료할 수는 없어?"

그녀는 마른침을 삼켰다.

"각시투구꽃은 사약 재료로 쓰이는 약재야. 병사들도 그 꽃과 풀로 독약을 만들어 화살에 발라 사용한다고. 쉽게 치료할 수 있다고 장담할 수는 없어. 하지만 일단 보자고."

"네, 나리. 의원이라는 말씀이시지요? 이쪽으로 오십시오."

여종을 따라 가니 안채에 불이 환한데 사랑채 앞에서 수기생이 안절부절못하는 모습이 보였다.

"수기생 어르신, 마침 별채에 묵으시는 손님이 의원이라 하셔서 모셔왔습니다."

그때 방 안에서 계향의 애끓는 울음소리가 흘러나왔다.

"행화야! 행화야! 이 어미가 잘못했다. 눈 좀 떠라, 눈 좀 떠."

방문을 열어보니 마비가 와서 부들부들 떨고 있는 행화와 그 곁에서 눈물만 흘리는 계향이 있었다.

"여기 이분이 의원이라 하니 잠시 비켜보아라."

수기생이 반실성한 계향에게 말했다. 그녀는 의원이라는 말에 퍼뜩 정신이 드는지 연의 바짓가랑이를 붙잡고 애걸했다.

"제발, 제발 좀 살려주십시오. 뭐든지 다 하겠습니다. 아이 목숨만 좀 살려주세요."

수기생은 그 모습에 혀를 찼다. 늘 새침하고 도도하기 짝이 없던 계향이었지만 결국 자식 앞에서는 어쩔 수 없는 어미였다.

"아휴, 저는 나가 있을 테니 잘 좀 봐주십시오."

수기생이 한숨을 쉬고 밖으로 나가자 연이 행화 앞에 단정하게 앉은 뒤 호흡을 골랐다. 그리고 행화의 가느다란 팔목을 잡아 맥을 짚었다.

"이런……."

저도 모르게 탄식이 나왔다. 맥박이 느렸다 빨랐다 종잡을 수 없었다. 심장이 터질 것처럼 마구 뛰다가 갑자기 멈췄다. 행화의 고통스러운 신음 소리가 방 안을 메

웠다. 반쯤 정신을 잃고 입과 혀가 마비되어 침이 줄줄
흘렀다.

"맥이 날뛰는군요."

"나리, 제발 좀 어떻게 해보세요."

계향이 그녀를 붙들고 흔들었다. 마음이 급한 까닭이
었다.

"진정하십시오. 비록 초오(草烏 : 투구꽃의 다른 이름) 중
독이 심하다고는 하지만 그 독성은 하루 안에 모두 몸
밖으로 나오게 됩니다. 그러니 하루만 버티면 목숨을 부
지할 수 있습니다. 문제는 그 시간 동안 맥을 바로잡아
야 합니다."

연이 단호한 어조로 설명했다.

"우선 급한 대로 쌀뜨물을 가져와 먹이십시오. 저는
약재를 제조해 달이겠습니다. 필요한 약재는 감초와 검
정콩, 칡입니다."

계향은 여종들에게 당장 쌀뜨물과 약재를 가져오라
고 소리쳤다. 여종들이 부리나케 달려가 쌀뜨물을 가져
오자 그녀는 행화의 입술을 벌려 그것을 억지로 먹였다.
참으로 신통하게도, 행화가 숨을 쿨럭이면서 쌀뜨물을
몇 모금 받아먹자 정신을 차리는 것이 아닌가.

"어머니, 어머니……."

"그래, 행화야. 여기 있다. 어미가 여기 있어."

계향이 행화의 손을 꼭 붙잡았다.

"제가 죽으면, 제가 죽으면 송재성 선비님이 살 수 있습니까?"

그녀의 심장이 철렁 내려앉았다. 어린 행화가 수기생이 키우는 각시투구꽃을 먹은 것은 죽으려고 작정을 한 행동이었지만 그리 믿고 싶지는 않았다. 그러나 이제 어린 소녀는 그것이 사실이라고 고했다.

"억지로 목숨을 잇느니 차라리 죽겠습니다."

계향이 엉엉 울었다. 마치 지아비를 잃고 자살을 시도했던 자신을 보는 기분이었다. 그러나 이 어린 딸을 먼저 보낼 수는 없었다. 계향은 피를 토하는 심정으로 말을 이었다.

"아니다, 아니야. 이 어미가 잘못했다. 이제 다시는 그러지 않으마. 그 선비님을 해치지 않을게. 약속한다."

행화가 슬픈 얼굴로 말했다.

"그리되면 제가 죽을 게 아닙니까."

계향은 달리 대꾸할 방법이 없었다. 바로 그때였다. 한쪽에서 이를 묵묵히 지켜보던 망량이 입을 열었다.

"방법이 아예 없지는 않을 거다."

두 사람이 망량을 쳐다봤다.

"월악산에는 은약사라는 절이 있다. 그곳 주지 스님은 인간임에도 불구하고 그 공력이 나보다 더 높고 강하다. 그는 앞일을 내다보고 마음을 꿰뚫기도 하니 분명 다른 방도를 알 것이야."

행화가 숨을 헐떡이는 중에도 미소를 지었다. 사람을 해치지 않고도 살 방도가 있다니.

"그 말이 사실이냐? 믿을 수 있는 거야?"

계향이 믿기지 않는 듯 다시 물었다.

"이 상황에서 거짓부렁을 할 정도로 한가하지 않아."

그녀는 그를 와락 끌어안았다. 그녀의 꼬리가 또 올라왔다.

"고마워."

"아, 좀 치워. 날 더운데 여우 꼬리는 왜 자꾸 흔들고 난리야."

망량이 그녀를 밀쳐내려는 순간 문이 열렸다. 두 사람은 문을 열고 들어온 사람을 쳐다봤다.

"어……."

연이 탕약 그릇을 들고 그들을 번갈아 쳐다봤다. 그녀는 노기와 질투를 담은 눈빛으로 망량을 쏘아보았다. 조금 전까지만 해도 흔들리지 않겠노라 다짐했건만 어째서 이렇게 마음이 요동치는가.

"그, 그게 아니고……."

망량이 계향을 쳐다봤다. 뭔가 오해를 풀어주기를 바라는 얼굴. 그러나 그녀는 행화에게만 정신이 팔렸다.

"이제 아무 생각 말고 의원님께서 시키는 대로만 하자꾸나. 응? 이 고비만 넘기면 되느니라. 알겠느냐?"

"네, 어머니."

두 사람은 손을 꼭 붙잡았다. 연은 망량을 째려봤다. 아무리 봐도 이 상황에서 계향을 먼저 얼싸안은 쪽은 그가 확실했다. 화가 치밀었지만 둘이 어떤 사이냐고 물을 배짱은 없었다.

'그래, 흔들리지 말자. 내 본분을 잊어선 안 돼. 지금은 환자 앞이라고. 마음을 가다듬어야 해.'

"망량, 넌 나가는 게 좋겠어. 괜히 너까지 있을 필요는 없으니까."

망량은 억울했지만 별 대꾸도 못 하고 쫓겨났다. 연은 자리에 앉아 감초와 검정콩을 달여 만든 탕약을 행화에게 먹였다. 쌀뜨물의 효력 때문인지 행화는 아까보다 마비가 풀려 탕약을 더 수월하게 마셨다. 그러나 안심하기는 아직 일렀다. 여전히 맥박이 엉망이었다.

"일단은 기다려봅시다. 맥이 정상으로 회복되면 다행이지만 심장이 이렇게 마구 뛴다면 충격을 가하거나 가슴 부위를 계속 문질러야 합니다."

연이 행화의 뺨을 쓰다듬었다.

"너는 걱정 마라. 내가 다 알아서 할 테니."

연은 밤을 꼬박 새워 행화를 돌보았다. 온통 땀범벅이
된 행화는 날이 밝아오자 겨우 쌔근쌔근 잠이 들었다.

"다행입니다. 맥이 정상으로 돌아왔어요."

연이 기진맥진한 중에도 환하게 웃었다. 계향은 눈물
을 훔치며 그녀의 손을 꼭 붙잡았다. 얼굴이 곱고 심성
이 착함은 물론이요, 사리 분별이 분명하고 또한 총명하
다. 무슨 사정으로 남장을 했는지 모르지만 망량이가 빠
져들 만한 인물이라 생각했다.

"고맙습니다, 고마워요."

연이 머리를 긁적이며 말했다.

"위기는 넘겼으니 이제 저는 그만 가보겠습니다. 행화
가 한숨 자고 일어나거든 칡뿌리로 즙을 내어 먹이도록
하십시오."

계향이 일어서려는 그녀를 붙잡았다.

"나리, 드릴 말씀이 있습니다."

"네?"

연이 돌아봤다.

"저 역시 망량처럼 사람이 아닙니다."

연이 그 말이 무슨 뜻인지 바로 알아차리지 못하자 계향의 눈빛이 행화처럼 붉게 변했다. 치마 뒤에서 쑥 올라오는 하얀 꼬리! 하나였던 꼬리가 하나, 둘, 셋 늘어나더니 아홉 개로 바뀌었다. 그 모습을 본 연은 놀라다 못해 그 자리에 얼어버렸다.

"꼬리가, 꼬리가 아홉 개……. 그, 그렇다면 다, 당신은 구, 구, 구미호……."

정적이 흘렀다. 그 순간이 마치 천년처럼 길었다.

"네, 그렇습니다. 저는 구미호입니다."

연은 다리에 힘이 풀려 주저앉고 말았다. 눈앞에 벌어진 충격적인 장면 때문에 도망칠 엄두도 나지 않았다. 계향은 안심하라는 듯 녹녹하게 말했다.

"놀라셨지요? 저와 망량은 모두 귀왕의 식솔들입니다. 그래서 서로를 알아본 게지요. 그저 동향(同鄕 : 고향이 같음) 사람이라 생각하고 오해 없으시기 바랍니다."

"마, 망량이랑 가, 같다는 마, 말씀인가요?"

연이 떠듬떠듬하자 계향이 그 순진함에 픽 웃었다.

"네, 그러합니다. 구미호라 하니 기색하셨을 테지만 나리를 해칠 생각은 없으니 마음 놓으십시오."

그녀의 목소리는 솜털처럼 부드러웠지만 듣는 입장에서는 여전히 등골이 오싹했다.

"행화가 깨어나는 대로 은약사로 가려 합니다. 망량이 주지 스님을 뵈면 사람을 해치지 않고도 우리 모녀가 살 방법을 찾을지도 모른다고 했어요. 수기생 어르신께 두 분을 부탁드리고 갈 테니 계시는 날까지 마음 편히 묵으시다 가십시오."

계향이 공손하게 절을 올렸다. 연은 두려움을 누르고 물었다.

"주지 스님을 만나시겠다고요?"

그녀는 그곳에 볼 일이 남은 얼굴이었다. 계향은 은인의 부탁이라면 뭐든 기꺼이 들어줄 용의가 있었기에 반색하며 물었다.

"네, 혹시 무슨 부탁하실 게 있으십니까? 무엇이든 말만 하십시오."

연은 구미호를 목전에 두고 목소리가 떨렸지만 그 기회를 놓칠 수 없어 말을 이었다.

"네, 네. 저, 저 역시 그곳 주지 스님께 드릴 말씀이 있습니다. 지금 서신을 하나 써 드릴 테니 나중에 스님을 뵙게 되거든 전해주십시오. 그리하면 아마도 답장을 써주실 텐데 제게 가져와주시겠습니까?"

계향은 흔쾌히 승낙했다.

"물론입니다. 걱정 마시고 맡겨주십시오."

연은 방 한쪽에 있는 지필묵을 잡아 서신을 써 내려갔다. 내용인즉, 돌연 말도 없이 은약사를 떠나 송구하다는 사과와 돌봐준 은혜에 감사드린다는 것이었다. 또한 약초를 구해야 하나 사정이 생겨 보름날까지 은약사에 되돌아가지 못하게 되었으니 계향이 편을 통해 약초가 있는 위치를 알려달라고 적었다.

"이 무례함을 용서해주셨으면 좋으련만."

그간의 감사와 용건을 겨우 종이 한 장으로 전달하는 것이 죄송스럽기 짝이 없었지만 서신에 적힌 대로 어쩔 도리가 없다. 대명천지에 거리를 활보하기도 어렵거니와 무원과 그 수하들이 주시할 텐데 은약사로 돌아갈 수도 없었다.

"공력이 높은 스님께서 나리의 사정을 어찌 짐작하지 못하시겠습니까? 염려 놓으십시오. 서신의 답장은 꼭 받아드리겠습니다."

계향이 위로하며 답장을 받아주겠노라 약속하니 마음이 한결 가벼워졌다. 이제 보름까지 며칠 남지 않은 만큼 약초의 위치가 중요한 문제였다. 때가 되었을 때 약초만 얻는다면 이 얽히고설킨 모든 문제가 단번에 해결되리라.

"그럼, 부탁드리겠습니다."

그녀가 이제 일어서려 하는데, 계향이 우물쭈물하다가 또 붙잡았다.

"나리."

연이 아직 용건이 남았냐는 표정으로 돌아봤다.

"망량, 망량이도 시간이 넉넉지 않습니다."

그녀는 말을 꺼내놓고 그 자신도 남의 오지랖을 탓할 입장이 아니구나 하고 깨달았다. 그러나 어찌 그 역시 죽어가는 것을 뻔히 알면서 모른 척하랴.

"네? 그게 무슨……."

"나리께서 망량을 아끼시는 듯해서 드리는 말씀입니다. 진정 그를 위하신다면 하루 빨리 봉인을 풀어주셔야 합니다. 그렇지 않으면……."

그녀는 차마 더 말하지 못했다. 그의 화난 눈동자가 보였다.

'그때, 그 눈은 진심이었는데.'

망량은 끝내 자신이 죽어간다는 사실을 알리지 않을 작정인지도 모른다. 요괴와 인간의 연정은 비극적인 결말을 맺는다는 것을 그 자신도 알고 있었기에 그런 것일지도. 계향은 뭔가 여운이 남은 듯한 표정을 지었다.

"아닙니다, 아무것도……."

연이 고개를 갸웃하자 그녀는 말을 아끼며 배웅했다.

문밖을 나서니 새벽 내내 뜬눈으로 기다리던 망량이 달려왔다. 그는 지칠 대로 지친 그녀에게 수고했노라 말을 건네며 따뜻하게 맞았다. 계향은 안타까운 얼굴로 중얼거렸다.

"어찌 그래? 내 꼴을 보고도 부나방처럼 어찌 그래? 불꽃에 뛰어들어봐야 그 생명만 타버릴 텐데."

*

충주목에서 다소 떨어진 한 객주. 무사들이 둘러싼 가운데 설희가 안뜰로 들어섰다.

'어쩔 작정으로 이곳에 데려온 거지? 백현 도련님도 여기 계시다 했는데, 그분은 어디에……'

그녀는 주위를 둘러보았다. 객주 안에는 몇몇 몸종들이 종종걸음으로 제 일을 볼 뿐 다른 손님은 눈을 씻고 찾아봐도 없었다. 객주 하나를 통째로 빌린 것이 틀림없었다. 무사들은 그녀를 객주 깊숙한 곳에 위치한 크고 좋은 사랑채로 데려갔다.

"안으로 드시지요."

몸종이 사랑채 문을 열었다.

"이게 다 뭡니까?"

설희가 어이가 없다는 표정으로 물었다. 방 안에는 만한전석(滿漢全席 : 중국 최대의 연회식)을 방불케 하는 음식이 상다리가 휘도록 차려져 있었다. 그때였다.

"시장하실 것 같아 준비하라 일렀습니다."

예상치 못한 목소리에 설희가 화들짝 놀랐다. 무원이었다.

"앉으십시오."

그는 태연하게 안쪽 자리에 앉았다. 그녀는 무원의 얼굴을 살피며 속으로 셈을 해봤다.

'송재성 나리의 집을 떠난 뒤 이연 도련님, 아니……아가씨를 찾았나? 아니야. 만약 그분을 해쳤다면 나를 바로 보냈을 거야. 굳이 위험을 무릅써가며 나를 붙잡았을 리 없어. 아가씨를 놓친 게 분명해.'

무원은 희미하게 웃었다. 무슨 생각을 하고 있는지 다 안다는 표정이었다.

"일전에는 뵙기를 소원했는데 만나 뵙지 못했지요. 그런데 이렇게 만날 줄이야. 가까이에서 뵈니 마음이 더 설렙니다. 자, 그렇게 서 있지만 말고 어서 앉아보세요."

보통내기가 아니었다. 설희는 그를 노려보며 자리에 앉았다.

"뭘 좋아하실지 몰라 여기 음식 중에 유명한 걸로 좀

차려보라고 했습니다. 드셔보십시오."

무원은 상 위에 있는 음식을 집어 천연덕스럽게 맛을 음미했다.

"흠, 이곳 충주는 꿩 요리와 붕어찜 요리가 유명하다고 해서 평소 궁금했습니다. 과연 맛이 일품이군요. 아가씨께서도 한번 맛보세요. 여름에는 때때로 이런 보양식을 먹어줘야 기운이 나는 법이니까요."

그녀는 꼿꼿하게 앉아 그를 쳐다봤다.

"백현 도련님은 어디 계십니까? 저를 속인 건 아니겠지요?"

무원은 상 한쪽에 놓인 손수건으로 입을 닦고 뭐가 그렇게 급하냐는 듯 씩 웃었다.

"길게 얘기하기 싫으신 모양이지요?"

심장이 터질 듯 무서웠지만 그녀는 기죽지 않고 당당하게 고개를 쳐들었다. 무원이 말을 이었다.

"그래요, 마음이 급하실 만도 하지요. 저도 그럼 다른 얘기 접고 본론만 말하겠습니다. 어디까지 알고 계신지 모르겠지만 제가 원하는 건 이연입니다. 그 도령만 넘겨주면 아가씨도 송백현도 집까지 무사히 돌아가게 될 겁니다."

그녀의 예상이 적중했다. 그는 아직 이연을 찾지 못했

다. 비록 모질게 돌아서기는 했지만 철천지원수도 아니고, 무슨 보복을 하겠다는 억한 심정도 없었다. 그저 다행이라는 안도감만 밀려올 뿐이었다.

"이연은 지금 어디에 있습니까?"

무원이 그녀를 뚫어져라 쳐다봤다.

"나도 모릅니다."

설희가 더 할 말이 없다는 듯 입을 꾹 다물었다. 무원은 빈 잔에 술을 따랐다. 그는 그녀가 입을 열지 않으리라 예상했다.

"그럼, 이연이 여기 이 충주까지 온 이유는 아십니까?"

"모릅니다. 나 역시 이연 도련님을 쫓아 여기까지 오긴 했지만 전혀 아는 게 없고, 심지어 만나지도 못했습니다. 이제 그만 나와 송백현 도령을 보내주시오. 당신이 바라는 건 스스로 해결하고, 무고한 사람들을 괴롭히지 말란 말입니다."

무원은 피곤하다는 듯 눈을 한번 비비고 따라놓았던 술을 들이켰다.

"이럴 때마다 느끼는 거지만 가는 말이 고우면 오는 말도 곱다는 말은 거짓말 같습니다. 가는 말이 고우면 만만하게 보거든요."

그의 얼굴이 살짝 비틀렸다. 낮고 서늘한 목소리.

"문 열어."

스르르, 기다렸다는 듯 안쪽 사랑채 미닫이문이 옆으로 열리더니 무사들이 나왔다. 그들은 두 손이 묶인 한 남자를 데리고 나와 바닥에 패대기쳤다. 남자는 앞을 볼 수 없도록 검은 천을 머리에 씌운 상태였지만, 그가 입은 도포로 보아 백현이 분명했다.

"도련님!"

설희가 너무 놀라 두 손으로 제 입을 가렸다. 도포는 여기저기 찢어진 상태로 드문드문 피까지 묻어 있었다.

"으으······."

그가 고통스러운 신음 소리를 냈다.

"도련님이 이런 곤욕을 당하시다니. 이게 무슨 짓입니까! 멀쩡한 사대부가 도령을 저 지경으로 만든 대가를 반드시 치러야 할 겁니다."

무원은 악을 쓰는 그녀를 흘낏 보더니 여봐라는 듯 백현에게 다가갔다.

"한 번 더 묻겠습니다. 이연은 어디 있습니까?"

설희는 분노에 차서 부들부들 떨 뿐 아무 대답도 하지 못했다. 무원의 입꼬리가 올라갔다.

"무슨 짓을, 무슨 짓을 하려는 겁니까?"

그는 백현의 머리를 잡아채더니 거침없이 가격했다.

백현이 억 소리를 내며 나가떨어졌다. 무원이 야수 같은 눈빛으로 그녀를 응시했다.

'이 일을 어찌해야 하나! 대체 어떻게!'

그는 옴짝달싹 못하는 백현을 마구 걷어찼다. 고통스러운 신음 소리가 흘렀지만 그에게 자비심은 없어 보였다. 그는 도움을 청하는 백현의 손을 지근지근 밟았다. 검은 천에서는 피까지 새어 나왔다. 설희는 더 참지 못하고 소리를 질렀다.

"그만! 그만해요! 말할게요!"

무원이 주먹을 털면서 천천히 뒤돌아섰다. 그의 숨이 거칠었다.

"자, 말씀해보시지요."

"이연 도련님은…… 이연 도련님은 송재성 나리 댁에 계십니다."

그가 가까이 다가갔다.

"그리고?"

무원이 재촉하듯 물었다. 설희는 독사에 물린 생쥐처럼 온몸이 뻣뻣하게 굳었다.

"이연이 여기 온 이유가 뭔지도 말씀하셔야지요?"

"그 이유는, 그 이유는…… 이연 도련님이…… 도련님이…….."

설희가 머뭇거리다가 고개를 떨어뜨렸다. 그 말을 한다면 연의 운명은 어떻게 되는가. 자신을 붙잡던 그 마지막 얼굴이 떠올랐다. 그러나 무원은 그녀의 사정을 봐주지 않았다. 그의 손가락이 설희의 턱을 추켜올렸다.

"마저 말씀을 하셔야지요."

그녀는 눈을 감았다.

"이연 도련님이…… 여자이기 때문입니다."

무원은 그 말에 뒤통수를 얻어맞은 기분이었다. 여자라니, 이연이 여자라니. 생각지도 못한 대답이었다. 무원은 자리에서 일어났다.

"여자?"

"저와 혼인하면 정체가 들통 나기 때문에 도련님은 진짜 남자가 되어야 했습니다. 도련님께서는 여자를 남자로 바꿔준다는 신묘한 약초를 얻기 위해 월악산으로 오신 겁니다."

"하!"

설희의 말에 무원은 어이가 없다는 듯 탄식하더니 실성한 사람처럼 웃었다. 작은 체구에 하얀 얼굴, 유약해 보이던 녀석의 모습이 떠올랐다.

"그 이연이 여자였다? 그리고 진짜 남자가 되기 위해 월악산으로 왔어? 이연의 비밀이 그런 것이었던가, 하하

하! 이거 참 기가 막히고 우스운 일이다! 그런 줄도 모르고 나는 이제까지…… 하하…… 하하하!"

무원은 웃는 듯 우는 듯 한풀이에 가까운 웃음을 뱉었다.

"도련님."

미닫이문 뒤편에 있던 수하가 들어와 허리를 숙이고 물었다.

"송재성의 집을 찾았습니다. 아까 그 집을 수색했을 땐 이연 도련님을 찾지 못했는데, 아무래도 이미 어딘가로 피신한 모양입니다. 어찌할까요? 송재성이라도 겁박하여 데려올까요?"

그는 손을 저었다.

"아니, 아니. 그럴 필요 없다. 일이 수월하게 됐어. 이건 기가 막혀서 말도 안 나올 정도로 수월해. 내가, 내가 날이 밝는 대로 직접 가지. 무고한 사람들을 괴롭히고 싶지 않아서 말이야."

무원이 그녀를 쳐다봤다. 그녀는 경멸스럽다는 표정을 지었다.

"아가씨, 그런 눈으로 보시니 섭섭합니다. 제가 설마 동기생인 송백현에게 무슨 짓을 할 정도로 나쁜 사람이겠습니까?"

무원은 바닥에 쓰러져 신음하는 남자에게 다가가더니 검은 복면을 벗겼다. 순간 가슴이 철렁했다. 재갈을 문 낯선 남자의 얼굴, 그는 백현이 아니었다.

'도련님이 아니잖아!'

남자는 백현과 체구가 비슷한 전혀 다른 사람이었다. 무원은 빙긋 웃으며 어깨를 으쓱했다.

"거 보세요. 제 말이 맞지 않습니까?"

그는 남자의 머리를 바닥에 내려놓고 재갈을 풀었다. 그의 입에서 피가 섞인 침이 줄줄 새어 나왔다. 무원은 안타깝다는 시선으로 그를 내려다봤다.

"그러게 아까 잘 좀 수색하지 그랬나. 내가 분명 다음은 자네라고 그리 당부를 했거늘. 어찌 매번 실수야. 오늘은 귀한 손님들이 오셔서 이 정도로 넘어가니 다행으로 알게, 알았나?"

그는 다른 수하에게 까딱 손짓을 했다. 다시 사랑채 문이 열리고 또 다른 누군가 끌려 들어왔다.

"아가씨!"

백현이었다. 그는 허탈하게 설희를 불렀다.

"도련님, 저는 도련님이…… 도련님이 해를 입으실까 봐 그만……."

설희는 눈물을 주르르 흘렸다. 이제 이연은 어떻게 되

는 걸까. 그녀가 잘못되기를 바란 것은 아니었는데. 백현은 자신의 옷을 입고 쓰러진 남자가 끌려 나가는 것을 보고 일이 잘못됐음을 직감했다.

"이 악랄한 자식! 연이를 해치면 가만두지 않을 거야! 내가 널 가만두지 않을 거라고!"

그는 무원의 뒤통수에 대고 고함을 질렀다. 무원이 걸음을 멈추고 뒤돌아봤다.

"자네가 그렇게 화내는 건 처음 보는군. 잠시 유람 온 셈 치고 푹 쉬게. 뭐 필요한 게 있으면 아랫사람들 부르고. 내 이틀 안으로 두 분 모두 한양으로 잘 모셔다 드릴 테니."

그는 호탕하게 웃으며 사랑채 밖으로 나가버렸다.

*

아침 녘, 무원은 송재성의 집에 도착했다. 재성은 밤새 조카 생각에 입이 깔깔해서 받아놓은 술도 마다한 채 하늘만 올려다봤다.

"백현이, 이 자식. 젊은 패기에 사고를 좀 칠 수는 있다지만 이번에는 쉽게 넘어갈 일이 아니야. 위험한 일에 휘말렸다고……."

그가 고개를 젓는데 갑자기 이웃집 개 짖는 소리가 들렸다. 누군가 낯선 사람들이 이쪽으로 온다는 소리였다.

"아침부터 누가……."

그가 대청마루를 내려서는 그때, 한 남자가 수하들을 데리고 싸리문을 열고 들어왔다. 수하들의 복장이나 생김새를 보니 어제 가짜 통부를 보이며 연을 찾던 그놈들이었다. 그렇다면 이 남자는 연의 그 이복형이라는 자가 틀림없었다.

"송재성 나리 되십니까?"

남자가 재성을 향해 가볍게 절을 했다. 재성은 그의 뒤로 수하들이 기세등등하게 서 있었지만 아랑곳하지 않고 호통을 쳤다.

"자네가 내 조카와 설희를 데리고 간 자인가!"

무원이 부드럽게 미소를 지었다.

"그렇습니다. 인사드리지요. 저는 김무원이라 합니다."

뻔뻔함을 넘어 저 태연자약한 태도는 뭔가. 재성은 기가 막혔다.

"여기가 어딘 줄 알고 또 왔나. 나와 내 조카는 그 이연이라는 도령과 아무 상관도 없는 사람들인데 어찌해서 이렇게 곤욕스러운 일을 치르게 하는 게야! 어서 내 조카를 풀어주게. 그렇지 않으면 자네를 가만두지 않을 걸세."

"저는 제 이복동생인 연이를 찾고 있을 뿐입니다. 그런데 제 동생과는 무관하다고 하는 분들이 자꾸 동생을 감추고 방해하면 어쩝니까? 제 동생을 만나기만 한다면 송백현도 설희 아가씨도 한양으로 무사히 돌려보내드릴 텐데 말입니다."

재성은 얼굴이 붉으락푸르락 변했다.

"이연은 이경태 대감의 유일한 장손이다. 그렇다면 너는 서출일 터, 감히 서출 주제에 동생은 무슨 동생이란 말이냐!"

그의 말에 무원의 이마에 실핏줄이 섰다. 그의 주먹이 부르르 떨리자 수하들이 동요해서 칼을 뽑으려고 했다. 그러나 그는 흥분을 가라앉히고 수하들을 가로막았다.

"서출…….. 그렇지요, 지금은 서출입니다. 나리의 말마따나 언감생심 동생이라고 부를 수도 없지요. 그러나 곧 그리 될 겁니다. 전의감 제조의 손자, 이씨 집안의 장손이라는 그 자리는 제 자리가 될 테니 두고 보십시오."

무원은 싸늘한 목소리로 말을 이었다.

"그렇다고 해서 제가 연이, 그 아이를 어찌할 요량은 아니니 걱정 마십시오. 이렇게 보는 눈이 많은데 제가 설마 어찌하기야 하겠습니까. 그저 나리께서는 연이가 어디 있는지 알고 계실 테니 기별만 좀 넣어주시기 부탁드립니다. 저는 탄금대 인근의 강하 객주에 머무는 중이니 이틀 안으로 찾아와달라고 말입니다."

"싫다면?"

재성의 말에 그가 웃었다.

"거절부터 하는 게 조카분하고 많이 닮으셨군요. 흠, 글쎄요. 오지 않는다? 만약 이연이 오지 않는다면 송백현과 설희 아가씨의 발이 잡히는 건 물론이요, 제가 한양으로 소식을 보내 모두 여기 모였노라 전할 테니 그들 셋 모두 곤경에 처하게 될 겁니다. 아마 송백현도 그 책임을 모두 면할 수는 없을 테지요. 나리도 그건 원하지 않으실 거라 믿습니다."

"이놈이! 뭐가 어째!"

재성이 화가 머리끝까지 나서 무원에게 달려들려고 하자 뒤에 있던 수하들이 그를 가로막았다.

"나리, 노여워하실 것도 걱정하실 것도 없는 일입니다. 연이만 온다면 모든 게 잘 해결될 테니까요. 연이를 해칠 생각은 없습니다. 그저 확인할 게 있을 따름이니 모쪼록 부탁드리겠습니다."

무원은 가볍게 목례를 하고 밖으로 나갔다. 재성이 수하들 손에서 발버둥을 치다가 기력이 달려 제 풀에 지치자 수하들이 그를 놓았다. 그들이 모두 집을 떠나고 나서야 재성은 겨우 대청마루에 앉았다. 놀란 가슴이 진정되지 않고 숨은 자꾸만 헐떡거렸다.

"저런 독사 같은 놈을 보았나. 얼굴색 하나 변하지 않는군. 그나저나 무슨 생각으로 이연을 찾는 거지? 제 말마따나 이제 그 음흉한 속내를 아는 이가 많아 어쩔 수도 없을 텐데. 이씨 집안 장손인 이연을 해쳤다가는 제 명줄도 온당하게 붙어 있지 못할 것을. 무슨 꿍꿍이야."

아무리 해도 짚이는 것이 없었다. 재성은 머리를 싸매고 있다가 자리에서 일어났다. 안타까운 일이지만 남의 집안일에 끼어들어 조카가 곤욕을 치르는 것을 더 이상 보고만 있을 수는 없었다. 어떻게 되든 백현부터 구하는 것이 먼저이기에 그는 당장 기방으로 달려갈 준비를 했다.

'백현이와 설희 아가씨를 구해 오겠다고 약속한 이틀 중 하루가 지났군.'

그는 혀를 찼다. 무원의 수하들이 겹겹이 에워싸고 있을 객주를 그 둘이서 무슨 재주로 뚫고 들어가며, 두 사람을 어찌 구해 온단 말인가. 처음부터 어쩌면 불가능한 약속이었는지도 모른다.

"약속은 오늘까지다. 만약 오늘 밤 안으로 그들을 구

해내지 못한다면 내일 제 발로 찾아가라고 일러야겠어."

*

새들이 지저귀는 소리가 가득한데, 선방(禪房 : 참선을 하던 방) 가운데 가부좌를 틀고 앉았던 노승이 가만히 눈을 떴다. 그는 시간이 되었다는 듯 지필묵을 잡고 종이에 몇 글자를 적은 뒤 선방을 나왔다. 참선 중에는 좀처럼 움직이는 법이 없는 노승이었기에 원주 스님이 이상히 여겨 그를 따라 나와 물었다.

"주지 스님, 어찌하여 참선 중에 나오셨습니까?"

"지난번에 내가 돌미륵 암자를 수리해놓으라고 했는데, 어찌 되었나?"

엉뚱한 말에 원주 스님은 어리둥절해하면서 대답했다.

"네, 축대를 세운 그 이튿날 바로 지붕을 새로 하고 벽과 문도 보수했습니다. 그런데 그 일은 어찌 물으십니까?"

노승은 뒷짐을 지고 산문을 향해 걸음을 옮기며 대답했다.

"그 암자에서 지낼 사람이 드디어 왔군. 자네는 여기 있게. 내 잠시 나갔다 옴세."

노승의 말에 원주 스님이 더 쫓아나가지 못하고 알겠다고 하는데, 그의 공력이 실로 대단했다. 산문 앞에 한 낯선 여인이 어린 여자아이를 부축한 채 머뭇거리는 게 아닌가. 그의 말처럼 암자의 새 주인이 될 사람들일까. 노승은 홀홀 웃으며 산문 계단을 따라 내려갔다.

"이 문을 통과하지 못해 애만 태우고 계셨구려. 내가 바로 그대가 찾는 이곳 주지승이오."

"계향이라 합니다."

그녀는 속으로 감탄했다.

'망량의 말대로구나! 감히 이 노승의 공력을 어림잡을 수조차 없다!'

노승은 힘없이 서 있는 행화의 얼굴을 살폈다. 붉은 기운이 이글거리는 눈동자, 쇠약해진 아이의 몸에서는 요괴의 기운이 금방이라도 터져 나올 기세였다.

"이제까지 사람의 공력을 취해 간신히 그 생명을 이어왔구려. 어린 게 어쩌다가……."

그는 안타까운 얼굴로 어린 행화의 머리를 쓰다듬었다. 계향이 무릎을 꿇었다.

"모두 못난 어미 탓입니다. 스님, 이 아이를 살려주십시오. 부탁드립니다."

노승은 두 손을 모아 합장했다.

"사람을 해쳐서 그 목숨을 이어왔으니 어찌 업이 쌓이지 않았겠소? 그 업을 다 씻어내려면 그대들의 수명이 다할 때까지 선행을 베풀어도 모자라오."

그녀는 통한의 눈물을 흘리며 애걸했다.

"무슨 벌을 주시든 달게 받겠습니다. 이 아이만 살려주십시오."

행화도 파리한 얼굴로 노승의 법복을 잡고 매달렸다.

"잘못했습니다, 스님. 제발 어머니와 저를 구해주십시오. 시키는 대로 뭐든지 다하겠습니다."

그는 백팔염주를 손에 쥐고 관세음보살을 외었다.

"안타까운 중생들이로다. 그대들이 쌓은 악업惡業은 언제고 다시 그대들에게 돌아갈 거요. 단 현생이 될지 내세가 될지 또는 환생의 어느 한 고리에서 받게 될지는 나 역시 모르오. 그러나 죄를 뉘우치고 자비를 구한다면 그대들이 이생에서 선업善業을 쌓을 기회가 생길 거요."

계향이 흐르는 눈물을 닦으며 물었다.

"제가 어찌하면 되겠습니까?"

"월악산의 동쪽으로 가면 돌미륵 암자가 있소. 내 미리 준비해두었다오. 그곳에서 33일 동안 관세음보살에게 기도를 올려 자비를 구하시오. 33이라는 숫자는 관세음보살의 변화무쌍한 모습을 말하오. 그 각각에 자비를 구하되 마음은 일심一心으로 간절해야 하오. 이는 곧 듣는 이와 부르는 이가 하나가 되도록 지극한 정성을 들여 기도해야 함을 말한다오."

계향은 당혹스러움을 감출 수 없었다. 33일은 너무 긴 시간이었다. 만약 행화가 구미호로 탈바꿈한다면 공력의 소모를 견디지 못해 결국 죽을 것이 뻔했다. 노승은 행화의 뺨을 어루만졌다.

"고통스러울 게야. 그러나 돌미륵이 너와 네 어미를 지켜줄 테니 구미호로 변하진 않을 게다. 참아내야 하느니라. 관세음보살은 대자비를 베푸는 분이시니 반드시 마음으로 구하면 달려오신단다. 이게 네게 도움이 되었으면 좋겠구나."

노승은 자신이 손목에 찼던 백팔염주 팔찌를 행화의 손목에 채워주었다. 그녀는 순진무구한 얼굴로 신기한 듯 팔찌를 만졌다. 계향은 애가 탔다. 33일 동안 육신과 영혼이 찢어지는 고통을 겪을 것은 불 보듯 뻔했다. 과연 그 모든 것을 이겨내고 관세음보살로부터 새로운 기회를 받을 수 있을는지, 이제 모든 것은 두 사람에게 달렸다.

'나는 어미야. 어미가 두려울 건 없어.'

그녀는 노승에게 합장하며 절을 올렸다.

"감사합니다, 스님. 참 스님께 전해달라는 서찰을 제가 가지고 왔사온데……."

계향이 품에서 서찰을 꺼냈다. 노승은 서찰을 뜯지도 않고 곧바로 다른 서찰 하나를 내밀었다.

"그대가 무엇을 전하려 할지도 안다오. 자, 여기 그 답을 적었으니 수고롭겠지만 마지막으로 한 번 더 마을로 내려가주시겠소?"

계향은 서찰을 받아 품 안에 넣었다.

'서찰의 답장을 준비할 정도라니.'

희망이 보인다.

"네, 틀림없이 전하겠습니다."

"내가 그대에게 살 방도를 열어주었듯 그대 역시 그러하길 바라겠소."

노승은 뒷짐을 지고 홀홀 웃으며 산문을 향해 걸어갔다.

탈출

재성은 기방에 들어서자마자 계향이를 찾았다. 그러나 그녀 대신 몸종 아이만 나왔다.

"계향이는? 계향이는 어딜 가고?"

몸종 아이는 오히려 이상하다는 표정이었다.

"나리께서 여태 모르셨단 말씀입니까?"

송재성이라 하면 최근 계향의 새 기둥서방이라고까지 소문이 났는데 여태 모르고 있을 리가. 어리둥절해하는 몸종 아이를 채근하며 그가 다시 물었다.

"어떻게 된 거야? 계향이가 어딜 갔는지 어서 말해보거라."

"어젯밤에 행화가 초오를 먹고 죽을 지경이 된 걸 이연 도련님께서 살려내셨습니다. 날이 밝자마자 계향 아씨께서는 수기생 어르신께 기적(妓籍 : 기생들을 등록해놓은 문서)에서 제해달라고 하시며 몸값으로 패물을 주셨다 합니다. 수기생 어르신 말씀으로는 행화가 많이 아파 용한 의원을 찾아간다 하며 떠났다는데 어디로 갔는지는 모른다 합니다."

그는 날벼락이라도 맞은 것 같았다. 어제까지 멀쩡하던 행화는 어찌 된 일이며, 계향이 사라진 것은 또 무슨 일인가. 그러나 그녀도 중하지만 당장은 이연의 행방이 더 급했다.

"그, 그럼 이연은! 이연 도령은 있는가!"

몸종이 고개를 끄덕였다.

"도련님은 별채에 계신데 안내해드릴까요?"

"그래, 내 당장 이연을 만나야겠다. 앞장서라."

재성이 어서 가자는 듯 몸종의 소매를 잡아끌었다. 둘은 허둥지둥 후원을 지나 별채로 갔다.

"이연 도령!"

쩌렁쩌렁한 그의 목소리가 별채 안을 울렸다. 연과 망량은 밤을 꼴딱 새우고 겨우 아침상을 받아 몇 술 뜨던 중이었다.

"나리, 무슨 일이십니까."

두 사람이 문을 열고 복도로 나오자 재성이 씩씩거리며 대답했다.

"그 김무원이라는 자가 내 집을 또 찾아왔네."

연의 눈이 커졌다.

"네? 그게 무슨……."

"오늘 아침에 날이 밝자마자 그가 왔었단 말일세. 그는 설희 아가씨와 내 조카를 데리고 있다면서 자네가 탄금대 옆의 강화 객주로 와주길 바란다고 했네. 만약 이틀 안에 자네가 스스로 찾아오지 않는다면 한양에 사람을 보내 세 사람이 모두 모여 있노라 알리겠다고 하더군."

연은 순간 너무 놀라 휘청했다. 망량이 그녀를 붙잡았다.

"진정해."

망량이 그녀의 얼굴을 살피니 백지장처럼 창백한 데다가 식은땀까지 흘리고 있었다. 극한의 두려움과 불안감 속에서 밤까지 새워가며 지낸 탓일까. 그녀는 이제 한계에 다다른 사람처럼 보였다. 재성도 그런 모습을 본 마당에 차마 달려들어 마구 쏘아붙이지 못했다. 그는 한 풀 꺾인 목소리로 말했다.

"김무원, 그자 말로는 어차피 보는 눈이 많지 않느냐고 했어. 자네를 해치기에는 아는 사람이 너무 많으니 어쩔 도리가 없다고 말이야. 설희나 백현이를 건드릴 일도 없을 거야. 그랬다간 일이 더 커진다는 걸 모르진 않을 테니까. 그가 원하는 게 뭔지 모르겠어. 이제 와서 서출이 장손을 이복동생이라 하며 찾는 것도 우스운 일이고……."

'그는 벌써 연의 비밀을 알고 있군. 두 사람 중 누군가 연이의 비밀을 말한 게 분명해.'

망량이 자신의 품에 기대 있는 연의 얼굴을 쳐다보았다. 그녀 역시 똑같은 생각을 했는지 허망한 표정이었다. 재성은 연을 더 추궁하고 싶었지만 충격으로 휘청거리는 사람을 닦달하기도 뭐해서 용건만 정리해 말했다.

"어찌 되었든 분명 이틀이라고 했고, 이미 하루가 지났네. 오늘 밤 안으로 내 조카와 설희 아가씨를 구해낸다는 약속을 지키지 못한다면 나도 어쩔 수가 없어. 어차피 객주는 그자와 그 수하들이 겹겹이 싸고 있을 것이니 몰래 구한다는 건 어림도 없는 일이야. 그러나 자네가 그곳에 갈 용기가 있다면 굳이 말리지는 않겠네. 자네 좋을 대로 하게나."

그는 남의 집안일에 더 참견하지 않으려는 듯 체념한

말투였다.

"마음 같아서는 당장 관아로 달려가고 싶지만 나도 약속을 했으니 오늘 밤까지는 기다려줌세. 그러나 내일 날이 밝으면 바로 관아에 알려 내 조카를 구할 방도를 찾을 테니 그때는 자네들도 알아서 하게. 내가 여기에 온 건 이 말을 하려고 온 걸세."

그는 안타깝다는 얼굴로 별채를 나가버렸다. 연은 넋이 나간 사람처럼 중얼거렸다.

"이제…… 나는 어떡하지? 아직 보름이 되려면 며칠이 더 남았는데. 그 전에 김무원의 손에 잡힌다면 나는……."

그녀가 휘청거리자 망량이 부축해 방으로 데려갔다.

"이제 어떻게 해야 될까."

초점이 흐릿한 그녀의 눈에 눈물이 그렁그렁하게 차올랐다. 망량은 그녀의 작은 어깨를 껴안았다. 그녀의 양 볼을 타고 눈물이 흘러내렸다. 꼭 감은 두 눈. 어둠 속에서 잠시 어머니의 얼굴이 떠올랐지만 그 얼굴도 곧 멀어졌다. 그 뒤로 백현과 설희의 모습도 보였지만 그것도 곧 무너져 내렸다. 남은 건 김무원, 그를 찾아가는 길뿐이었다.

"더 이상…… 더 이상은 힘들어서 안 되겠어. 이제 다

놓고 싶어. 모든 걸 다 놓고 싶어."

연은 두 손으로 얼굴을 감싸고 어린아이처럼 엉엉 소리 내 울었다. 나이보다 조숙하고 점잖은 그녀 역시 그저 어른의 겉모습을 한 여린 소녀였을 뿐, 그녀가 짊어진 짐이 무척이나 무거웠으리라. 망량은 애달픈 얼굴로 연의 어깨를 끌어안았다. 안 된다는 것을 알면서도, 그 끝을 기다리는 결말이 무엇인지 짐작하면서도 이제는 어쩔 도리가 없었다.

"괜찮아, 하늘을 날아서 들어가야 된다면 하늘을 날아서 들어가면 돼. 호랑이로 변해 싸워야 한다면 호랑이로 변해 싸우면 되고."

연은 눈물을 흘리다 말고 그를 쳐다봤다. 수많은 민들레 꽃씨와 함께 밤하늘을 날던 그때처럼 둘은 서로의 눈을 바라봤다. 망량이 그녀의 이마에 입을 맞췄다. 부드러운 입술의 감촉, 우물 속에서의 입맞춤이 떠올랐다. 심장이 마구 뛰면서 얼굴에 불이 붙은 것처럼 뜨거웠다.

"바, 방금……."

그녀가 더듬거리자 망량이 얼른 품에서 손수건을 꺼내 코에 갖다 댔다.

"이것 봐. 넌 울면 꼭 코 흘리더라. 흥! 해봐, 흥!"

"뭐, 뭐야……."

연이 얼굴을 붉히며 손수건을 치우려고 했지만 그는 어서 코를 풀라는 시늉을 했다.

"아, 흥 해보라니까! 나는 맑고 깨끗하게 살아와서 더러운 건 못 참아. 어서 흥!"

아이 같은 재촉에 할 수 없이 흥 하고 코를 풀자 그는 아무 일도 없었다는 듯 쓱쓱 코를 닦아줬다.

"혼자서 어쩔 생각은 마. 내일 밤 자시(子時 : 오후 11시에서 오전 1시 사이)에 함께 가자고. 내가 북 치고 장구 치고 다 할 테니까 너는 그 옆에 있다가 굿이나 보고 떡이나 먹어."

그녀가 입술이 닿았던 이마에 손을 올리고 쭈뼛거리자 망량이 엉뚱한 생각 하지 말라는 듯 머리를 콩 때렸다.

"정신 차려. 내가 도술 부리면 신기하다고 어버버 하지 말고, 잽싸게 두 사람을 찾아서 네가 데리고 나가야 해. 호랑이 만났을 때처럼 그 자리에 꽝꽝 얼어붙으면 곤란하다고. 그리고 다시 이곳에서 만나. 그 양반들이 바로 한양으로 출발하도록 가마와 말을 준비해놓는 것도 잊지 말고, 알겠어?"

연이 머리를 문지르면서 고개를 끄덕였다. 방금 전 그가 자신의 이마에 입 맞춘 것은 그저 착각인가.

"그럼, 딴생각하지 말고 좀 자둬. 어제 밤새도록 행화

간호하느라 못 잤는데 좀 쉬어야지. 그래야 나중에 기운 내서 움직일 거 아냐."

망량은 아무렇지도 않은 듯 툭툭 털고 일어나 가버렸다. 그가 나간 뒤 연은 멍하게 그가 앉았던 자리를 보다가 또 이마에 손을 대보았다. 부드러운 입술의 감촉이 계속 남았다.

'도대체 왜 이러는 거야. 흔들리면 안 되는데…… 왜 자꾸…….'

그녀의 마음속에서 무언가 문을 두드리는 듯했다. 오랫동안 억지로 욱여넣고 잠가놓은 감정들이 하나둘 올라오면서 그와 함께했던 일들이 파도처럼 밀려왔다.

우물가에서 넘어져 그의 위로 올라탔던 일, 여장을 했을 때 갑자기 문을 열어 그와 입 맞췄던 순간, 사냥꾼의 총에 맞아 쓰러진 그를 안고 울었던 일, 그가 손을 잡았을 때의 그 감촉, 엉엉 울던 자신을 안아주던 따뜻한 품, 마지막으로 그가 계향이와 포옹했을 때 느꼈던 강한 질투심까지.

단순히 정체를 알 수 없는 흔들림이라고만 생각해왔다. 이런 두근거림은 무시해도 좋다고 생각했다. 그러나 자꾸만 깊어지는 마음이 단지 흔들린다고 하기에는 너무 커져버린 게 아닐까. 그 의미를 깨닫는 순간 그녀는 제 입을 가렸다.

"내가 망량이를……."

그 뒷말은 차마 뱉지 못했다.

"아, 아니야. 나는 남자로 태어나서 남자로 자랐고 곧 진짜 남자가 될 거라고. 그런데 그게 무슨……."

그녀는 고개를 저었다. 설령 이게 진심이라고 하더라도 지금 그 감정까지 받아들이기에는 짊어진 부담이 너무 컸다. 게다가 신묘한 약초를 구하기만 한다면 모든 일이 다 해결될 상황에서 얼토당토않은 연정이라니.

"너무 혼란스러워서 제정신이 아닌 걸지도 몰라. 그럴 리가 없잖아."

연은 받아들일 수 없는 감정을 애써 정리하며 이불을 뒤집어썼다. 망량은 방문 앞에 서서 그녀의 말을 묵묵히 들었다. 그녀 역시 어느새 자리한 애틋한 마음 때문에 갈등하고 있는 게 분명했다. 연의 마음을 알게 된 이상 당장 뛰어 들어가 얼싸안고 춤이라도 추고 싶은 심정이었지만 그는 그럴 수 없었다.

'공력이 이미 많이 닳았어.'

그는 왼쪽 팔의 도포를 걷었다. 그의 팔뚝은 이미 반쯤 투명해졌다.

'오늘 밤 도술을 쓰게 된다면…….'

얼마나 공력이 들게 될지 모른다. 하늘을 날거나 호랑이로 변하는 일은 공력의 소모가 상당한데 객주를 겹겹이 둘러싼 무원의 수하들을 모두 물리쳐야 한다. 그러려면 얼마나 많은 공력이 필요할까.

　'만약 공력이 다 닳게 된다면……'

　그 결과는 소멸, 즉 영혼조차 없이 사라져버리는 것이다. 그는 한숨을 뱉었다.

　'부처가 모든 것은 공空이고 또 무無라고 했어. 죽으면 죽는 거고, 사라지면 사라지는 거야. 두려워할 건 없다고.'

　그는 연의 방문을 쳐다보았다. 자리에 누운 그녀의 그림자. 금방 닿았던 이마의 감촉을 되새기며 그 역시 자신의 입술에 손을 대보았다.

　'그래, 아깝지 않을 거야. 아깝지 않아.'

　그는 속으로 되뇌었다. 시간은 흘러 밤이 깊었다. 망량은 시간을 확인했다. 자시가 되기 일각 전, 그는 검은 무명옷으로 환복하고 머리를 질끈 동여맸다. 어쩌면 돌아오지 못할지도 모르기에 그는 붓을 들어 마지막으로 몇 자를 남겼다. '내 돌아오지 않거든 이연에게 전해주시오'라고 봉투 위에 적고 보니 마음이 착잡했다.

　"내가 우둔해서 연이의 소원도 들어주지도 못하고, 그

곁을 떠나지도 못하는구나. 깨달음을 얻으려던 노력도 다 물거품처럼 사라지니 내가 모자란 탓이다."

그는 작게 탄식했다. 그때 연이 그의 방문을 두드렸다.

"준비는 됐어?"

"어? 응."

망량이 황급하게 봉투를 품에 숨기고 자리에서 일어났다. 연은 먼저 차비를 마쳤음에도 잔뜩 긴장한 얼굴이었다.

"혹시 모르니 가지고 있어."

망량은 소매에서 단검이 든 칼집 하나를 내밀었다. 연이 단검 자루를 뽑아보자 한 뼘만 한 칼날이 드러났다. 약재를 자르는 작두나 식칼이 아닌 진짜 검을 쥐어본 것은 처음이었다. 그녀의 눈이 커졌다.

"이건 진짜 단검……."

그는 피식 웃었다.

"무슨 의천검(倚天劍 : 조조의 명검)을 본 조조의 얼굴을 하고 있어? 그건 그저 나무뿌리나 캐던 거야. 급소가 아닌 이상 사람을 상하게 하긴 어려워. 혹시 몰라서 주는 거니까 위급할 때가 아니면 꺼내보지도 마."

연은 그의 말에도 단검이 무슨 보배라도 되는 양 조심스럽게 주머니에 넣었다.

"이제 슬슬 가보자고."

망량이 손가락을 깍지 끼고 우두둑 소리를 냈다. 걱정이라고는 전혀 하지 않는 듯한 장난스러운 얼굴.

'다행이야, 망량이 내 곁에 있어서 정말 다행이야.'

그의 마음이 어떨지 꿈에도 모르고 연도 따라 웃었다. 두 사람은 객주를 나와 탄금대로 향했다. 캄캄한 여름 밤, 만월로 변해가는 달이 떠 있을 뿐 주위는 고요했다. 두 사람은 강화 객주라고 적힌 곳에서 조금 떨어진 풀숲으로 들어갔다.

"정말 외딴 곳이군."

망량이 강가 한편에 자리 잡은 객주를 쳐다보며 말했다. 입구에는 칼을 찬 무사 셋이 경비를 서고 있었다.

"안에는 몇 명이나 지키고 있을까? 객주가 커 보이는데. 안에서 우왕좌왕하다가 형님과 아가씨를 찾지 못하면 어떻게 하지?"

연이 걱정스럽게 물었다. 망량이 길게 휘파람을 불었다.

"밤눈이 밝은 새가 와주면 좋으련만."

그는 매나 독수리가 오기를 내심 기대했다. 팔락팔락, 날개를 퍼덕이는 소리에 고개를 쳐드는데, 웬 종달새 한 쌍이 어깨로 내려앉았다.

"너, 너희들 이 시간까지 안 자고 뭐한 거야?"

그가 당황한 표정을 지었다. 그러거나 말거나 종달새들은 옷에 부리를 문지르며 애교 섞인 인사를 했다.

"그래, 그래. 월광폭포에서의 일은 미안하다. 너희들이 봉사는 아니다 이거구나. 그럼 부탁 좀 하자. 저기 객주 안에서 양반 복장을 한 도령과 아가씨가 머무는 곳이 어디이며, 안에 지키는 사람은 몇이나 되는지 좀 알아봐다오."

그의 말이 떨어지자 종달새들이 훌쩍 날아갔다.

"월광폭포? 너, 거기 왔었어?"

연이 옆에서 듣고 물었다.

"어? 아, 아니. 그, 그럴 리가."

"방금 분명히 월광폭포라고 했잖아. 뭔가 수상한데……."

"아, 아냐. 그런 거. 어, 어! 저기 새들 온다."

그가 시치미를 뚝 떼는데 때마침 종달새들이 돌아왔다. 오늘따라 이 녀석들이 어찌나 예뻐 보이는지. 새들은 작고 귀여운 부리로 지저귀고, 망량은 그 말을 알아듣는 사람처럼 고개를 끄덕였다. 연은 신기한 듯 바라봤다. 망량은 문득 자신을 쳐다보는 그녀의 순진무구한 눈길을 느끼고 피식 웃었다.

"어유, 강아지 같다. 겨우 이거 가지고 넋 놓고 있음 어떡해. 정신 차리라고."

그는 부러진 나뭇가지를 주워 흙바닥에 대고 그림을 쓱쓱 그렸다. 객주 내부가 어떻게 생겼는지 알려주기 위해서였다.

"여기가 저 입구야. 세 사람이 지키는데 바로 안쪽에는 무사 두 명이 더 있어. 마당이 이렇게 있고, 여기가 객주 일꾼들이 자는 곳. 그리고 여기 이 제법 너른 사랑채는 수하 여덟 명이 쉬는 중이라고 하는데, 그들 외에 다른 손님은 없다고 하고. 중요한 건 입구에서 들어가자마자 보이는 건물들이 아니라 이 마당 뒤편에 있는 큰사랑채야. 여기 오른편 방에 김무원이 있고, 그의 방은 우두머리 수하 하나가 지켜. 그리고 송백현과 네 정혼녀는 큰사랑채의 왼편에 머무는데, 세 명의 수하가 망을 보고. 어떻게 되는지 알겠어?"

망량이 괴발개발 그리는 그림을 연이 제대로 이해하는지 물었다. 그녀는 눈에 힘을 주고 긴장한 표정으로 자신은 뭘 어떻게 하면 좋겠냐는 듯 쳐다봤다. 그가 계속 말을 이었다.

"잘 봐, 큰사랑채로 가는 길이 두 개야. 하나는 부엌과 창고가 쭉 늘어선 건물을 돌아 지나가는 길, 다른 하나는 마당 오른편으로 바로 들어가는 길. 아마 내가 난리

를 피우면 큰사랑채의 수하들이 마당으로 뛰어 나올 가
능성이 높아. 너는 그때 돌아서 가는 길로 들어가도록
해. 마음이 급할 때는 빠른 길을 찾으니 분명 그 수하들
이 이 짧은 길을 통해 달려 나올 거야. 그럼 너는 그 수하
들과 부닥치지 않고도 큰사랑채에 도착하는 거지."

입구에 셋, 안쪽에 둘, 거기다가 쉬고 있는 수하 여덟.
큰사랑채에서 뛰어나올 수하가 다섯. 만약 객주의 일꾼
들까지 나온다면 사람 수가 너무 많았다.

"정말 혼자서 되겠어?"

연이 물었다.

"당연하지! 내 걱정은 말고 넌 큰사랑채에 가서 바로
송백현과 네 정혼녀를 찾아. 마당에 나올 쯤에는 거의
다 내가 처리했을 테니까. 너희는 나오는 즉시 도망쳐."

"넌?"

망량이 잠시 머뭇거렸다.

"…… 나야 당연히 알아서 나오는 거고."

"알았어."

연이 고개를 끄덕였다. 종달새들도 날아가고 이제 객
주 입구로 가는 일밖에 남지 않았다. 연이 자리에서 일
어나려고 하자 망량이 그녀의 손을 잡았다. 작고 가느다
란 손가락의 촉감이 부드러웠다.

"연아."

망량이 마지막일지도 모르는 그녀의 이름을 불렀다. 연은 또 무슨 작전을 알려주려나 바짝 긴장한 얼굴로 돌아봤다. 달빛을 받은 여린 얼굴과 고운 턱선, 분홍빛 입술. 이 얼굴을 보는 것이 이제 오늘로 끝일까. 그가 손을 꼭 쥐었다.

"다행이야, 너를 좋아하게 돼서."

연은 그 말에 주춤했다. 긴박한 상황에 이런 고백이라니. 그 순간 망량의 손이 마치 우물 속에서 그랬던 것처럼 그녀를 사로잡았다. 순식간에 부드러운 입술이 와 닿았다. 달콤한 입맞춤. 그러나 너무 짧은 순간이었다. 망량은 안타까운 얼굴로 그녀를 놓았다. 가슴이 울렁거리고 기분이 이상하다. 무언가 묻고 싶었지만 그는 이미 자리에서 일어났다.

"멍하게 있으면 안 된다고 했지."

망량이 수풀을 헤치며 말했다. 여느 때와 다름없는 다정하고 신비한 두 눈동자. 그는 마치 아무 일도 없었다는 듯 저만치 먼저 갔다. 그녀는 그 뒷모습을 바라보며 자신의 입술을 만져보았다. 방금 전 촉감이 선명하게 느껴졌다. 이번에는 분명 착각이 아니었다.

'망량……'

마음이 진정되지 않았지만 멍하게 있을 수 없었다. 연도 자리에서 일어나 망량의 뒤를 쫓아갔다. 그는 객주 입구를 서성이는 수하들 곁으로 갔다. 그들은 점점 다가오는 낯선 사내를 보더니 귀찮다는 투로 말했다.

"방이 없소. 다른 곳으로 가시오."

"비켜라."

망량의 말에 세 사내의 인상이 험악해졌다. 그들은 칼집을 들고 위협했다.

"뭐야, 저리 가라니까! 혼이 나봐야 정신을 차릴 테냐?"

망량이 흥 하고 콧방귀를 뀌자 사내들은 정말 한 대 칠 기세였다. 그러나 그는 눈 하나 깜빡하지 않고 그저 한 손을 높이 들어올렸다.

"이 자식이 진짜!"

한 사내가 망량을 치려는 순간, 망량이 손가락을 부딪쳤다. 그러자 그가 선 자리에 푸른 기운이 화르르 올라왔다. 어떻게 손써볼 새도 없이 요상한 기운이 번개같이 마당 안쪽으로 쑥 들어갔다. 그런데 이게 어찌 된 일인가. 어느새 그가 마당 안에 서 있었다.

"아니, 이 새끼가. 분명히 막았는데 어, 언제…… 야, 이 새끼야! 너 무슨 짓을 한 거야?"

수하들이 영문을 모르겠다는 표정으로 마당을 향해 뛰어 들어왔다. 방금까지 분명 그를 가로막고 있었는데 어떻게 들어온 걸까. 망량이 빙그레 웃었다.

"이런 한양 촌놈들을 봤나. 이게 바로 홍길동이 쓴다는 축지법이다."

험상궂은 수하 하나가 칼집에서 칼을 뽑았다.

"하, 이 새끼 배짱 좀 봐라. 제법 잔재주를 피우는구나!"

그는 망량에게 칼을 겨누며 자세를 잡았다. 당장 그에게 덤벼들 태세였다. 망량은 난감한 듯 머리를 긁적였다.

"칼이라? 나도 뭔가 좀 들고 싸워야겠는데, 평소 사이가 영 시원찮아서 빌려주려나 모르겠구먼."

그는 하늘을 향해 손을 뻗어 진언을 외었다.

"봉청자신장지봉(奉請子神將之棒 : 자신장의 봉을 받들어 청합니다)!"

칼을 든 사내가 실없는 웃음을 터뜨리며 동료들을 둘러봤다.

"이놈 지금 뭐라는 거야? 이거 완전 맛이 간 것 같지 않아?"

그런데 그때 푸른 기운이 화르르 망량의 손을 휩싸더니

144

탱화(幀畵 : 불교의 신앙을 그린 그림) 속의 자신장(子神將 : 쥐 모습의 신장)이 든 봉이 튀어나왔다.

"어, 뭐야? 내가 뭐 헛것을……."

수하들은 웅성거리더니 모두 칼을 뽑아 그를 에워쌌다.

"그래 봤자 나무 봉이라고!"

용기 있는 사내 하나가 망량에게 덤벼들었다. 강철 칼과 나무 봉. 사내는 틀림없이 봉이 부러질 것이라 생각하고 있는 힘껏 칼로 내려찍었다. 그러나 봉은 부러지기는커녕 흠집 하나 나지 않았다.

"이럴 수가!"

사내가 놀라서 물러서자 다른 수하들도 움찔했다. 연은 입구에 서서 언제 들어가야 할지 망설였다. 망량의 도술에 수하들이 꼼짝 못하는 상황이었지만 그들의 눈을 피해 마당 깊숙이 들어갈 정도는 아니었다.

"자, 그럼 몸풀기는 여기까지 하고."

망량은 뒤로 몇 걸음 물러나더니 그를 둘러싼 수하들을 둘러보며 빙긋 웃었다.

"이제 술래잡기 한번 해볼까. 내가 술래 할 테니까 자네들은 다섯 셀 동안 도망치라고. 그게 피차 편할 테니까. 어때? 말 없는 거 보니 다들 하고 싶은 모양인데?"

그가 다시 손가락을 딱 하고 부딪치자 이번에는 그의 몸이 푸른 기운에 활활 불타는 듯했다. 수하들은 처음 보는 해괴한 광경에 놀라서 몇 발짝 뒤로 물러섰다.

"다섯, 넷, 셋, 둘…… 하나…… 땡!"

그때 한 걸걸한 목소리의 사내가 외쳤다.

"그런 눈속임에 누가 속을 줄 알고! 어디 내 칼을 받아 봐라!"

사내는 칼을 들고 망량을 향해 덤벼들었다. 그러자 망량의 몸에서 뿜어져 나오던 푸른 기운이 둥그렇게 솟아 나와 칼을 붙잡았다.

"어억!"

남자가 칼을 뺏기고 소리를 지르자 그 기운은 아예 또 다른 망량으로 변했다. 사내는 얼이 빠져 뒷걸음을 쳤다. 하지만 그게 끝이 아니었다. 푸른 기운은 10여 개로 갈라지더니 그 하나하나가 모두 망량으로 변했다.

"이런, 미안. 내가 깜박하고 말을 안 했네. 술래가 좀 많다고 말이야."

사내들은 칼을 들어 푸르스름한 망량을 향해 휘둘렀다. 칼을 맞은 그의 형태는 흩어져버렸지만 또다시 온전한 망량의 모습으로 나타났다.

"이게 뭐야!"

사내들이 우왕좌왕하며 괴성을 지르자 객주의 손님방과 하인들이 쉬는 행랑채에 모두 불이 켜졌다. 자고 있던 수하들과 몸종들이 모두 일어난 것이 분명했다.

'됐어! 지금이야. 저들이 나오기 전에 들어가야 해.'

연은 얼른 객주 입구로 들어가 몸을 웅크리고 손님방을 지났다. 부엌과 창고로 쓰이는 건물이 나오자 그녀는 숨을 죽이고 종종걸음으로 벽을 따라 걸었다.

"다들 진정하라고! 푸르스름한 놈이 아니라 원래의 저 놈을 공격해야 해!"

뒤에서 망량의 본체를 공격하자는 사내들의 목소리가 들려왔다. 과연 그가 무사히 버텨줄지. 큰사랑채에도 불이 켜지고 마침내 그 앞을 지키던 수하들이 하나둘 칼을 빼 들고 뛰어나가는 것이 보였다.

'형님은 어디에 계신 거지?'

연이 두리번거리는데, 과연 왼편 사랑채 앞을 무사 셋이 지키는 것이 눈에 들어왔다.

'저기구나!'

그때, 갑자기 오른편 방문이 드르륵 열렸다. 연은 재빨리 나무 뒤로 몸을 숨겼다. 밖으로 나온 사람은 다름 아닌 무원이었다.

"무슨 일이냐? 왜 이렇게 소란스러운 거야?"

그는 대청마루를 내려와 섬돌 위에 놓인 신을 신었다. 그러자 그의 우두머리 수하가 대답했다.

"객주에 웬 낯선 놈 하나가 난동을 부리는 것 같습니다."

"취객이냐?"

무원이 성가신 표정을 지었다.

"아닙니다. 지금 객주 안마당에서 무사들과 겨루는 모양인데……."

수하가 대답하기를 망설였다. 뭐라고 대답해야 할지 몰랐다. 이상한 놈이 난동을 부린다고 해야 할지, 재주가 신통하다고 해야 할지. 그는 잠시 머리를 굴리더니 마침내 그럴듯한 단어를 찾아냈다.

"도술을 부린다고 합니다."

그 말에 무원이 갸웃했다.

"도술?"

"네, 지금 그자의 도술에 우왕좌왕하는 모양입니다."

그의 미간이 찌푸려졌다. 기다리는 이연은 오지 않고 낯선 훼방꾼이라니.

"이 시간에 도술을 부리는 낯선 놈이 왔다? 직접 봐야겠군."

어쩌면 그자가 이연과 무슨 상관이 있을지도 모른다. 무원은 방에서 칼을 들고 나왔다. 그는 백현과 설희를 가둔 왼편 사랑채 쪽을 흘깃 쳐다봤다. 연이 놀라서 나무 뒤로 홱 숨었다. 다행히 짙은 어둠 때문에 그녀를 보지 못한 눈치였다.

"저쪽 사랑채를 감시하는 자들까지 모두 움직여선 곤란해."

무원의 말에 그의 수하가 이쪽 셋 중 둘은 남으라는 신호를 보냈다. 무원과 수하 둘이 사라졌지만 여전히 남은 수하가 둘이었다. 연이 겨우 작은 단검 하나로 그들을 모두 처치하기에는 무리였다.

'어쩐다?'

고민할 시간이 없었다. 그때였다. 쾅! 갑자기 사랑채의 문이 부서질 듯 열리며 백현이 튀어나왔다. 무슨 일이 벌어지는지 귀 기울이다가 이때다 싶어 문을 박차고 나온 그의 기지는 적중했다. 문밖을 지키던 수하 둘이 반사적으로 몸을 피했지만 그는 그들 중 하나의 머리를 가격해 쓰러뜨리는 데 성공했다. 급작스러운 공격이었기 때문에 가능한 일이었다. 그러나 남은 한 사람은 만만치 않았다. 그는 백현이 나오자마자 마루 밑으로 몸을 낮추어 피한 뒤 칼을 뽑으려 했다.

"으읏!"

백현이 온몸을 날려 밀쳤다. 챙, 남자의 칼집이 저만큼 날아갔다. 두 사람은 엎치락뒤치락하며 몸싸움을 했다. 하지만 성균관 유생이 무사를 상대하기는 어려운 일이었다.

"어림없다!"

남자는 악을 쓰더니 백현의 배 위로 올라앉아 그의 머리를 가격했다. 나중에 문책을 당할 것이 뻔했지만 그와 설희를 놓친다면 문책 정도에서 끝날 일이 아니었다. 백현은 발버둥을 쳤지만 그는 쉽게 떨어지지 않았다. 너무 얻어맞은 탓인지 머리가 아프고 입안이 찢어져 피가 흐르는 것이 느껴졌다. 곧 정신을 잃을 것 같은 생각이 들었다. 그때였다.

"윽!"

갑자기 미친 듯이 그를 난타하던 남자의 주먹이 멈췄다. 남자의 동공이 훅 커졌다. 남자가 뒤를 돌아보자 등에 꽂힌 작은 단검과 그 뒤에 서 있는 이연이 눈에 들어왔다. 그녀가 이 남자의 등에 칼을 꽂다니.

"여, 연아……."

백현이 놀라서 남자를 붙잡으려고 했지만 너무 얻어맞은 탓인지 머리가 울렸다. 남자는 자신의 등에 꽂힌 단검에 격분한 듯 우악스럽게 몸을 비틀었다.

"네 이놈!"

남자가 괴성을 지르며 연을 향해 달려드는 찰나.

"안 돼!"

퍽. 둔탁한 소리가 들리고 남자가 쓰러졌다. 설희가 부서진 나무토막 하나를 주워 남자의 뒤통수를 가격한 것이었다. 일순간 정적이 흘렀다. 백현이 몸을 추스르며 겨우 일어났다. 방금까지 진탕 두들겨 맞아 온몸이 시큰시큰했지만 정신을 차려야 했다.

연은 칼을 꽂아놓고 부들부들 떨었다. 설희 역시 주저앉아서 온당한 정신은 아니었다. 백현이 자리에서 일어나 연에게 다가갔다.

"괜찮아, 그저 기절한 것뿐이야. 칼을 맞은 부분은 급소도 아니고 저 정도 단검에 찔렸다고 죽지는 않아. 진정해."

그녀는 숨이 목까지 차오르는 것 같았다. 너무나 위급해 보여 달려들긴 했지만 정말로 누군가에게 단검을 꽂을 줄은 몰랐다. 백현은 얼이 빠진 그녀의 뺨을 두 손으로 잡았다.

"연아, 괜찮아. 정신 차려, 정신 차려야 해. 자, 어서 내 눈을 봐."

백현이 그녀를 다그치자 연은 그제야 그를 똑바로 응시했다.

"으아악!"

그때 갑자기 저편에서 사내들의 괴성이 들렸다. 하늘을 보니 객주 마당 위로 푸른 기운이 솟구쳐 올랐다. 퍼뜩 정신이 들었다.

"망량!"

그녀는 자리에서 벌떡 일어났다. 그 혼자 몇 명을 상대할지. 정신을 차리자 이렇게 주저앉아 있을 여유가 없다.

"나가야 해요, 어서."

연이 앞장서고 백현은 설희를 일으켜 부축했다. 그들은 무원이 갔던 길을 따라 나왔다. 마당은 난리가 나서 엉망이었다. 무원의 수하들은 푸르스름한 형태를 공격해봐야 소용이 없다는 것을 알고 망량의 본체를 공격하기 위해 고군분투했다. 그러나 그의 도술 때문에 감히 범접하지는 못했다.

"네놈은 누구냐!"

무원이 큰 소리로 외치며 그의 앞으로 나섰다. 망량이 그를 살펴보았다. 이연과 닮았지만 그보다 훨씬 매섭고 냉정해 보이는 얼굴. 아마도 그녀의 이복형이리라.

"이연을 찾지 마라."

망량이 싸늘히 대꾸했다. 무원은 예상했다는 표정이

었다. 이처럼 신통방통 도술을 부리는 자가 이연을 돕다니. 그녀가 헛소리처럼 들리는 약초를 찾아올 만도 하구나 싶었다. 하지만 망량의 도술로 그의 기세가 죽지는 않았다.

"이따위 잔재주가 얼마나 갈 거라고 생각하나. 아무리 발버둥 친다 해도 여자가 남자로 변하는 일 따위는 일어나지 않아. 너는 이연에게 내 말을 똑똑히 전해라. 이제까지 가문의 장자 행세를 한 죄는 결코 가볍지 않을 터, 허나 순순히 나를 찾아 도움을 구한다면 가엾게 여겨 살길을 열어주겠다고 말이다."

그러나 망량은 엄한 소리로 대꾸했다.

"잔재주라니. 이 난리를 쳤는데도 고작 잔재주라니? 얼마나 더 해야 정신을 차릴 테냐?"

무원을 조롱하며 꾸짖는 망량은 활활 타오르는 푸른 기운에 휩싸여 살벌해 보였다. 그러나 외양과 달리 그의 몸은 점점 돌처럼 굳어갔다. 이제 남은 공력이 별로 없었다.

'큰일이다. 이대로는 얼마 버티지 못할 거야. 연이가 어서 나가지 않으면 안 돼.'

그는 애가 탔지만 무원은 여유 있게 되받아쳤다.

"그렇게 자신 있다면 네 재주가 얼마나 대단한지 한번

보자. 내 일찍이 도술을 부린다는 놈들치고 제대로 된 놈을 본 적이 없다. 그들 대부분은 사기꾼 나부랭이거든. 어디 계속해보거라. 몰매 앞에 장사가 없는 법인데, 네놈이 얼마나 버틸지 궁금하구나."

무원은 자신의 칼집에서 칼을 뽑아 들었다. 그의 수하들도 모두 망량을 향해 칼을 겨누며 다가왔다. 거리가 점점 좁혀졌다. 어떻게든 시간을 끌기 위해 그는 천천히 뒷걸음질 치며 물러났다.

'조금만, 조금만 더……'

자신을 향해 다가오는 수하들을 훑어보는 그 순간, 그의 눈이 멈췄다. 애타게 기다리던 세 사람이 드디어 마당으로 들어오는 것이 보였다.

"저기, 저기가 입구입니다."

연이 입구를 가리켰다. 망량이 그들의 주의를 끌고 있을 때 조용하고 재빠르게 입구를 통과해 나가야 한다. 그러나 거리가 결코 짧지 않았다. 불안했다. 하지만 다른 선택은 없었다. 그저 운이 따르기를 바랄 뿐.

"저를 따라오세요."

연이 입구까지 난 정원수 뒤로 조심스럽게 몸을 숨기면서 움직였다. 백현과 설희도 그 뒤로 허리를 숙이고 움직였다. 그러나 마음과 달리 그들의 옷이 문제였다.

백현은 도포 차림이었고, 설희 역시 긴 치마를 둘렀으니 그 옷차림으로 정원수 뒤의 공간을 지나가기는 걸리는 게 많았다. 후드득, 백현의 세조대 끈이 나뭇가지에 걸리더니 결국 나무 전체가 크게 휘청대면서 요동쳤다.

'이런!'

식은땀이 그의 등을 타고 흘렀다. 그게 끝이면 좋으련만. 뒤이어 나뭇가지의 반동으로 잎까지 우수수 떨어졌다.

"응?"

망량을 에워싼 수하 중 하나가 확 돌아보는데, 그의 눈이 백현과 마주쳤다.

"송백현 도령이 도망치고 있습니다!"

남자가 고함을 내지르자 무원도 고개를 돌렸다.

"역시, 넌 그저 미끼였군."

무원은 일그러진 얼굴로 망량을 쏘아봤다.

"어서 서두르세요!"

설희가 재빨리 백현의 세조대를 나뭇가지에서 풀고 그의 손을 잡아끌었다. 이제 더 이상 나무 뒤를 돌아 갈 필요도 없었다. 어서 그곳을 도망쳐야 했다. 둘은 연을 따라 서둘러 입구로 뛰었다. 그러나 무사들의 눈이 장식으로 달린 게 아니고서야 보고만 있을 리 없었다. 이제 망량과의 싸움은 더 이상 중하지 않았다.

"다른 자는 필요 없다. 이연만 잡아라."

무원의 말이 떨어지기 무섭게 수하들이 입구를 향해 달려갔다. 세 사람은 황급히 입구를 빠져나갔다. 그러나 이대로라면 입구를 빠져나간다고 하더라도 무사들의 손에 금방 잡힐 것이 뻔했다. 망량은 마지막 힘을 모았다.

'이제 끝이다.'

그는 순간 공력이 바닥을 치는 것을 느꼈지만 온몸으로 버텼다. 우두두두. 사내들은 입구를 향해 뛰어가다가 뭔가 잘못됐음을 깨달았다. 땅속부터 울리는 굉음이 발끝으로 전해졌기 때문이다.

"뭐, 뭐야! 무, 무슨 일이!"

사내들이 고성을 질렀다. 푸콰콰콱. 굉음과 함께 지진이라도 난 듯 땅이 흔들리더니 울퉁불퉁한 바위들이 흙을 뚫고 올라왔다. 쩍쩍 갈라지고 솟구치는 바닥들. 연을 쫓던 무사들 모두가 바닥에 나뒹굴었다. 사내들은 더 이상 세 사람을 쫓지 못했다. 쫓기는커녕 제대로 서 있지도 못하고 다들 땅에 반쯤 파묻혔다는 게 옳았다.

'공력이 없어.'

망량의 몸이 휘청거렸다. 그는 들고 있던 봉으로 땅을 짚었다. 다 나았다고 생각했던 어깨가 다시 욱신거리며 온몸이 아파왔다. 총상을 당한 고통에 비할 바가 아니었다. 그러나 정신만은 또렷했다.

'여, 여기서 벗어나야 해. 연이가, 연이가……'

마지막으로 힘이 남아 있다면 그녀가 무사히 탈출했는지 확인하고 싶었다. 망량은 앞으로 발을 내디뎠지만 그의 뜻대로 몸이 움직이지 않았다.

"으으."

쓰러졌던 무원이 바닥을 짚고 일어났다. 그는 눈앞에 떨어뜨린 칼을 쥐었다. 그가 자리에서 일어나는 모습을 본 망량은 어서 피해야 한다고 생각했다. 그러나 이미 기력이 다해버린 그가 할 수 있는 일은 없었다. 무원은 무시무시한 얼굴로 그를 노려보았다. 그의 도술로 연을 놓친 것은 물론이요, 인질로 삼았던 두 사람도 탈출해버렸다.

"네놈이 누군지 모르겠지만 이 일에 대한 책임은 죽음으로 갚아라."

무원이 긴 칼로 망량을 꿰뚫을 듯 달려왔다. 그때였다.

"캬아악!"

온몸에 소름이 돋는 기묘한 울음소리가 객주 마당을 울렸다. 이어지는 강력한 충격. 무원이 나자빠지면서 그의 칼도 날카로운 무언가에 의해 튕겨져 나갔다. 그는 흙바닥에 처박혔지만 이를 악 다물고 몸을 일으켰다.

'방금 그 기묘한 소리는 틀림없이 짐승의…….'

무원은 바닥에 떨어진 칼을 쥐고 고개를 들었다.

"저건!"

어스름한 밤하늘의 달을 지고 나풀거리는 아홉 개의 꼬리.

"구, 구미호!"

그는 너무 놀라 칼을 떨어뜨렸다. 교태가 넘치는 하얀 털은 매혹적이었지만 그 눈은 무시무시해 보였다. 흡사 피에 굶주린 악귀처럼 붉게 이글거리는 두 눈동자!

"이럴 수가…….."

두려움에 질린 무원이 한 걸음 두 걸음 물러나자 구미호가 망량의 곁으로 다가갔다. 긴 봉에 의지해 있던 그는 구미호가 등에 매달리라는 시늉을 하자 쓰러지듯 업혔다.

"연아……."

망량이 고통 속에서 연을 불렀다. 구미호는 그를 업고 담을 넘어 사라졌다. 무원은 모두가 사라져버린 밤하늘을 공허한 눈으로 쳐다봤다. 오늘 밤 벌어진 일들이 하나도 믿기지 않는다는 표정이었다.

"괜찮으십니까?"

뒤도 돌아보지 않고 달려온 탓에 숨을 제대로 쉴 수 없었다. 하지만 객주에 들어서자마자 연은 두 사람이 다친 곳은 없는지 살폈다. 그들은 모두 무탈하다며 고개를 끄덕였다. 백현은 이마에 흐르는 땀을 닦다가 조금 전에 미처 하지 못한 말을 떠올렸다.

"그런데 아까 마당에서 싸우고 있던 사람이 너와 함께 산을 내려갔던 망량이라는 자가 아니냐?"

워낙 급박해서 그냥 도망쳐 나오긴 했으나 마당에서 봤던 광경들을 되짚어보니 이상하기 짝이 없었다. 설희도 의아한 눈초리로 물었다.

"경황이 없어 묻지는 못했습니다만 저 역시 그런 광경은 처음 보았습니다. 도술을 부리는 것 같던데 누구입니까?"

연이 주저하다가 말했다. 어차피 눈으로 보았으니 둘러말할 필요가 없어 보였다. 남자를 여자로 바꿔주는 약초를 찾아 여기까지 온 마당에 말하지 못할 게 뭐 있으랴.

"믿기 어려우시겠지만 망량은 도깨비입니다. 어찌하다 보니 하늘의 벌을 받아 피리에 봉인되었는데, 우연히 제가 그 봉인을 풀어 동행하게 되었습니다."

"도, 도깨비라고요?"

설희는 망량이 도술을 부려 부하들과 맞서던 장면을 떠올렸다. 허황된 소리처럼 들렸지만 귀신이나 도깨비가 아닌 이상 어찌 그런 도술을 부린단 말인가. 게다가 연의 성정에 허풍을 떨 리도, 거짓말을 참말처럼 할 리도 없었다.

"그자가 도깨비였단 말이냐?"

백현은 괴이했던 망량의 푸른 기운을 떠올리며 고개를 절레절레 흔들었다. 어느새 산 저편에서 말간 해가 떠오르는 것이 보였다. 날이 밝을 때까지라고 했으니 재성과의 약속도 지킨 셈이라, 연의 마음이 놓였다.

'다행이야, 이제 망량이만 무사히 돌아온다면…….'

그녀가 안도의 한숨을 내쉬는 순간 별채 문이 벌컥 열렸다. 언제 왔는지 재성이 버선발로 뛰어나왔다. 그는 날이 샐 때까지 목이 빠져라 그들을 기다린 듯했다.

"아이고! 백현아! 어디 다친 데는 없는 거냐! 오늘 아침까지 안 오면 관아에 가려고 했는데 정말 네가 왔구나. 나는 네게 무슨 일이라도 생긴 줄 알고 얼마나 걱정했다고!"

그는 기쁨에 넘쳐 백현을 끌어안고 등을 두들겼다.

"숙부님, 흥분하지 마세요. 아무 일도 없었습니다. 전 괜찮아요."

백현이 그를 진정시키며 말했다. 객주로 돌아온 것이 다행스러운 일이긴 했지만 무원이 또 무슨 마음을 먹을지 모르는 마당에 계속 시간을 지체할 수 없었다.

"일단 설희 아가씨부터 한양으로 돌아가시는 게 좋겠습니다."

설희는 이연을 흘끔 쳐다봤다. 자신을 구하기 위해 객주까지 달려온 그녀를 어떻게 해야 좋을까. 마음이 혼란스러웠다. 연도 그녀의 눈빛을 읽고 심정이 복잡하기는 마찬가지였다.

"아가씨, 가마를 준비해뒀습니다. 지금 바로 한양으로 가십시오."

어떻게 말을 꺼내야 할지 망설이다가 연이 먼저 말을 건넸다. 이미 엎지른 물이었기에 후회는 없었다. 죗값을 받으라고 한다면 달게 받으리라 마음먹었더니 오히려 마음이 편했다. 설희는 말없이 준비해놓은 가마로 향했다.

"저는……."

설희가 연을 돌아봤다. 두 사람이 잠시 서로를 바라보았다. 설희는 주먹을 꼭 쥐었다. 무언가 결심한 사람처럼 다시 입을 열려고 하는 그때, 쿠당탕! 객주의 문이 요란스럽게 열렸다. 마당에 서 있던 사람들의 시선이 모두 거기에 꽂혔다.

"망량!"

계향이 그녀보다 훨씬 덩치가 큰 망량을 힘겹게 부축해 들어오더니 바닥에 뉘었다. 연이 놀라서 달려갔다.

"이게, 이게 어떻게……."

망량이라면 분명 무사히 돌아올 줄 알았는데. 하늘도 날고, 호랑이로 변하고, 온갖 도술을 다 부릴 거라 생각했는데, 어째서 이런 꼴로 돌아왔단 말인가. 계향은 안타까운 얼굴로 말했다.

"망량은 어깨에 있는 경혈에 치명상을 입어 공력이 재생되지 않습니다. 그런데 오늘 그 남은 공력마저 모두 써버렸어요."

"그게 무슨, 무슨 말입니까?"

처음 듣는 소리였다.

"신묘한 기운이 모여 생겨난 도깨비가 바로 망량입니다. 그러니 그 기운, 즉 공력이 다하면 그의 존재는 사라지게 됩니다."

"사, 사라진다고요? 사라진다는 게 무슨 말입니까?"

계향이 슬픈 얼굴로 대답했다.

"…… 죽는다는 뜻입니다."

연은 급작스러운 이 상황을 믿기 힘들었다.

"아닙니다! 그럴 리가 없어요! 그럴 리가! 어떻게 하루 아침에 갑자기 죽는다는 말입니까? 어디가 아, 아픈 거겠지요. 아픈 걸 겁니다. 제가, 제가 진찰해보겠습니다. 틀림없이 아파서……."

그녀는 허겁지겁 맥을 짚기 위해 망량의 손을 잡았다. 그런데 이게 무슨 일인가. 손가락 하나하나가 간신히 푸르스름한 형태만 유지할 뿐 금방이라도 흩어질 것처럼 투명했다. 연이 놀라서 그의 소매를 걷었다. 그러나 그의 팔도 마찬가지였다.

"어떻게 이런 일이! 이건, 이건 말도 안 됩니다."

연은 두 눈으로 보고도 이해가 되지 않아 그의 웃옷도 젖혔다. 옷 속에서 툭 떨어지는 서찰 하나, 그 겉봉에 적힌 글자가 눈에 들어왔다.

"내 돌아오지 않거든 이연에게 전해주시오."

그녀는 무언가에 한 대 얻어맞은 것 같았다.

"장난일 거야. 평소처럼 그저 짓궂은 장난이야."

그녀는 덜덜 떨리는 손으로 서찰을 뜯었다.

연아, 말없이 먼저 가게 되어 미안하다.

나는 벌을 다 치르고 이제 귀왕의 부름을 받아 가게

되었으니 내 걱정은 말아라.

인간세계에서의 마지막을 너와 함께해서 다행이구나.

운이 좋아 다시 만나게 된다면 그때는 너를 알아보게 되면 좋겠다.

아니, 네가 먼저 알아봐다오.

인연이 닿는다면 어떤 모습으로든 다시 만나게 되지 않겠느냐.

비록 아무것도 남지 않는다고 하더라도 말이다.

연은 그제야 강화 객주 앞에서 그가 왜 그렇게 느닷없는 고백과 입맞춤을 했는지, 그때의 그 의미심장한 눈빛의 의미가 무엇이었는지 깨달았다.

"이게 뭐야. 왜 말을 안 한 거야. 왜! 나는 어떻게 하라고, 나는 어떻게 하라고!"

그녀는 망량의 가슴을 흔들며 울었다. 그때였다. 그가 남은 기운을 모두 짜내듯이 고통스럽게 말했다.

"…… 죽기 전에 유서를 먼저 보면 어떻게 해."

그는 겨우 의식이 돌아온 듯 파리한 입술로 미소 지었다. 웃옷 사이로 그의 몸도 투명해지는 게 보였다. 그 투명한 기운은 망량의 목덜미와 한쪽 뺨을 타고 올라왔다.

"망량! 정신이 들어? 정신 좀 차려봐."

망량이 다시 눈을 감았다. 목덜미가 점점 투명해지면서 그의 호흡이 거칠어졌다.

"이건, 이건 어떻게 해야 되는 거야. 어떻게 해야 돼!"

연이 어쩔 줄 몰라 하며 눈물을 흘렸다. 그를 위해 뭐든지 해야겠다고, 그래서 바짝 정신 차려야 한다고 생각하면서도 눈물이 멈추지 않았다. 총상을 입은 그를 안았을 때가 생각났다.

"아니야, 내가 살릴 수 있어. 살릴 거야. 망량, 정신 차려. 내가 지난번처럼 구해줄게."

그녀는 정신 나간 사람처럼 중얼거렸다. 망량은 그런 그녀를 달래듯 부드럽게 말했다.

"바보야, 울지 마. 내가 말했잖아. 착한 영혼은 밤하늘에 별이 된다고. 난 지금 그 별이 되려는 것뿐이야. 그러니 그렇게 두려하지도 무서워하지도 마."

망량이 그녀의 뺨을 어루만졌다. 떨어지는 눈물을 닦아주고 싶었지만 이제 정말 기운이 다해가고 있었다.

"안 돼! 망량! 정신 차려! 안 돼!"

연이 그를 붙잡았다. 그는 평온한 목소리로 말했다.

"마지막으로 널 볼 수 있어서 다행이야."

더 이상 눈을 뜨고 말할 힘도 없었다. 그가 눈을 감았다. 연은 그의 손이 떨어지려는 것을 붙잡았다. 마음속

깊이 자라나는 연정을 감추고 외면해왔지만 지금 이 순간 그녀는 드디어 자신의 마음을 깨달았다. 흘러내리는 눈물 속에서 연은 차마 하지 못했던 말을 그제야 비로소 꺼냈다.

"안 돼! 제발! 죽으면 안 돼! 망량! 나도, 나도 널 좋아한다고. 망량, 제발 눈을 좀 떠봐. 나 아직 말을 못 했어. 고맙다고, 미안하다고, 너를 좋아한다고. 아무 말도 못 했단 말이야. 제발, 눈을 떠."

그녀의 눈물이 망량의 얼굴에 툭툭 떨어졌다. 그러나 흐느끼는 고백에도 그는 미동이 없었다. 이제 그의 얼굴까지 거의 투명해졌다. 의식이 거의 사라져가는 듯했다.

"연아……."

백현은 차마 펑펑 우는 연을 안아주지 못했다. 지금은 아무도 그녀가 망량과 함께하는 시간을 방해할 수 없어 보였다. 설희 역시 그녀의 고백에 놀란 것은 마찬가지였다. 연모하는 마음까지도 꼭꼭 숨기고 남자가 되기 위해 애썼을 그 속내를 생각하니 안쓰러웠다. 계향은 망량의 가슴에 고개를 파묻고 우는 연의 어깨에 손을 올렸다. 오래전 자신의 모습을 거울에 비춰보는 것 같았다. 그녀는 서글픈 목소리로 말했다.

"어차피 인간과 요괴는 이루어질 수 없습니다. 그들의

연정은 늘 비극으로 끝날 뿐이지요. 그래도, 그래도 좋습니까? 정녕 그 끝을 감당할 수 있으시겠습니까?"

연이 울면서 고개를 끄덕였다.

"그가 살 방도가 있다면 살려주세요. 이루어지길 바라지 않겠습니다. 그 곁에 머물지 못해도 좋습니다. 그를 살려만, 살려만 주세요. 부탁입니다."

연이 마지막 지푸라기를 잡는 심정으로 계향에게 매달렸다. 그녀는 한숨을 쉬더니 차고 있던 팔찌를 끌러주었다.

"귀왕의 공력을 바탕으로 만든 팔찌입니다. 한참 공력이 필요했을 때 우연히 이 팔찌를 얻게 되었으나 제게는 별 소용이 없더군요. 그러나 망량은 귀왕의 피리에서 떨어져 나왔으니 필시 팔찌에 담긴 공력을 흡수해서 살아날 겁니다."

연은 그녀가 건넨 팔찌를 받아 얼른 망량의 팔목에 채웠다. 그러자 망량의 팔목에서 푸른 기운이 빛을 발하더니 그의 팔을 타고 스르르 스며들었다. 그의 몸은 잃었던 혈색을 되찾듯 원래의 빛깔과 모양이 천천히 돌아왔고, 옥팔찌는 공중에 흩어지며 형체가 사라졌다.

"망량이 이 팔찌의 공력을 흡수했지만 임시방편일 뿐, 얼마나 그의 목숨이 이어질지는 모릅니다."

계향은 노승에게 받은 서신을 건넸다. 연이 서신을 뜯어보니 '보름달이 뜨는 밤 영봉에 신묘한 약초가 있을 것이오'라고 적혀 있었다. 계향은 눈물을 그친 그녀에게 명심하라는 얼굴로 말했다.

　"이루어지길 바라지 않겠다고 하셨습니다. 그 곁에 머물지 못해도 좋다 하셨습니다. 그 말을 지키십시오. 소원을 통해 망량을 풀어주시고, 아가씨는 원래 가려 했던 길을 가십시오. 그래야 그도 살고, 아가씨도 삽니다."

비밀이 탄로 나다

"언니! 언니!"

노파는 손님에게 보일 비녀와 노리개를 닦다가 호들갑스럽게 뛰어 들어오는 여자를 쳐다봤다.

"왜 그러느냐?"

"지난번에 봤던 손님 있잖소. 그 젊고 잘생긴 도령을 쫓아왔던 손님 말이우. 언니한테 돈을 쥐여주면서 무슨 얘기 했냐고 물었는데, 언니가 그 돈 안 받았잖소?"

노파는 그녀가 누구를 말하는지 금방 눈치챘다. 송백현을 쫓아 장신구 가게에 들어왔다가 그녀를 보자고 했던 무원의 수하 하나가 있었다. 하지만 송백현은 그의 어머니 생신 선물을 사러 왔다고 둘러대고 별일 없이 보냈는데 무슨 일일까?

"그랬지. 그런데 그건 왜?"

"아, 그때 그 손님이 또 왔소. 하도 대문간이 시끄러워서 나갔더니 웬 떠돌이 개 같은 행색을 한 놈이 난동을 피우지 뭐요. 언니를 만나야 된다는 걸 문지기가 막느라 대판 싸우기에 어떤 미친놈인가 해서 봤더니 틀림없이 그때 그 손님이오."

"그자가 나를 만나겠다고?"

여자가 고개를 끄덕였다.

"흠, 좋아. 만나보지. 방으로 들여라."

노파는 서안 위의 장신구를 치우는 대신 여종을 시켜 국밥과 술 한 병을 내오게 했다. 거지꼴로 들어올 남자에게 어울릴 만한 접대였다. 뜨끈뜨끈한 국밥에 탁주 한 병, 몇 가지 찬을 올린 개다리상이 준비되자 곧 추레한 행색의 남자가 방으로 들어왔다. 벌써 반쯤 술에 취한 그는 다리를 저는 데다가 그때와 달리 허리춤에는 칼도 없었다. 남자는 자리에 앉자마자 국밥부터 입에 퍼 넣기 시작했다. 노파는 그가 그릇을 싹싹 비울 때까지 진득하게 기다리다가 물었다.

"무슨 일로 나를 또 보자고 했소?"

그는 탁주를 병째로 들이마시고 입을 닦았다.

"흥, 나를 들여보내주고 밥까지 내주는 걸 보니 당신 그날 정말 송백현과 아무 얘기도 안 했던 건 아니군. 역시 당신이 송백현을 도와주었을 거라는 내 짐작은 맞았어."

분노로 충혈된 남자의 눈이 노파를 뚫어져라 노려봤다. 그러나 세월의 풍파를 겪은 그녀가 그런 일에 두려움을 느낄 리는 없었다. 그녀는 담담하게 대답했다.

"그 일로 내쫓긴 거요?"

"흥, 그래. 내쫓겼지. 내쫓겨도 그냥 내쫓긴 게 아니라 아주 죽도록 두들겨 맞고 쫓겨났지. 송백현, 그 도령을 제대로 감시하지 못했으니까. 그런데 더 웃긴 건 날 이 꼴로 만든 놈도 나랑 똑같은 꼴이 됐다는 거야. 그놈은 김무원이 그렇게 잡고 싶어 하는 이연을 놓쳤거든. 그놈이 병신이 돼서 한양에 돌아온 걸 보니 속이 후련하기도 하고 눈물도 나고."

남자는 키득키득 웃었다. 노파는 이연이라는 이름에 귀가 솔깃해졌지만 내색하지 않고 그의 다음 말을 기다렸다.

"당신, 송백현을 돈 때문에 도와준 건 아니지?"

호락호락 대답할 그녀가 아니었다.

"원하는 게 뭐요?"

남자는 이에 끼인 고기를 손가락으로 빼며 쩝쩝거렸다.

"흥, 대답을 피하는군. 뭐, 돈이 목적이었다면 그때 내가 내민 돈도 얼마인지 확인했겠지. 어쨌든 이제 와서 아무래도 상관없어. 당신 속셈이 뭐든지 간에 송백현과 한 편이라면 당신의 적은 김무원일 테니까."

노파가 대답이 없자 그는 탁주를 다시 목구멍으로 콸콸 쏟아부었다.

"나처럼 병신이 되어 한양에 돌아온 놈을 찾아갔다가 들었지. 지금 송백현, 이연, 김무원, 심지어 윤설희까지 모두 충주에 있다고 말이야. 무슨 사연인지는 몰라도 이연이 충주 월악산으로 갔는데, 김무원이 기를 쓰고 쫓아갔다더군. 어쩌면 그를 죽일지도 몰라. 실제로 전에도 죽이려고 했으니까."

그녀가 되물었다.

"김무원이 이연을 죽이려 한다고 했소?"

남자는 술기운에 흔들거리면서도 미소를 지었다. 자신이 제대로 찾아왔다는 생각이 들었다.

"그래, 그는 이연을 죽이고 자신이 그 집의 대를 이을 적자가 되려고 하지."

눈 하나 깜짝 않던 노파의 얼굴이 흙빛으로 변했다. 그녀는 백현이 이연의 집으로 초상화를 들고 찾아갔다는 보고를 받은 뒤 이연의 집안과 김지홍이 무슨 관계인지 조사해왔다. 이제 겨우 김씨 부인이 그 집을 도망친 후실이고 지홍이 그 오라비였음을 알게 됐는데, 이연이 김무원의 손에 죽는다니.

'이경태 대감을 이용해서 동생의 복수를 할 참이었는데, 이럴 수가!'

노파의 등으로 땀이 한 줄 흘렀다.

'이연 도령 외에 자식이 없는 이상 후사가 없어 답답한 쪽은 이 대감이야. 이연 도령이 죽는다면 필시 그를 해친 김무원의 죄는 묻히게 될 거다. 만약 그 죄가 낱낱이 밝혀진다 해도 그의 동생이 그 자리를 물려받으면 그만이야. 김씨 부인이나 김지홍도 용서받게 될 게 뻔해!'

그녀는 서둘러 장옷을 챙겨 밖으로 나갔다.

"가마, 가마를 준비해라! 이경태 대감의 집으로 가야겠다."

방 안에 앉아 있던 남자가 홀로 앉아 남은 탁주를 홀홀 털어 마셨다.

"김무원, 내가 돌아갈 집이 없어졌듯이 너도 그렇게 되겠구나."

이 대감과 노파가 마주 앉았다. 관직에서 물러났다고 하나 여전히 그는 만나기 어려운 사람이었다. 지금 그를 독대하는 것은 도망친 아들의 후실과 그 오라비의 행방에 대해 할 말이 있다고 긴히 청했기 때문이리라. 이 대감은 저녁 굶은 시어미처럼 오만상을 쓰고 그녀를 쳐다봤다. 그 괘씸한 오누이의 행방이라니, 궁금하긴 했으나 언짢기 짝이 없었다.

"내가 당신을 사랑채로 들인 이유는 알 거요. 긴 얘기 하고 싶지 않으니 그들이 뭘 하며 사는지만 말하시오. 당신이 원하는 보상은 충분히 해드리리다. 하지만 만약 엉뚱한 소리를 했다가는 곤장을 쳐서 쫓을 테니 명심하시오."

노파는 울컥 치밀어 오르는 슬픔을 억누르며 호패를 내밀었다. 그는 이게 뭐냐는 듯한 눈으로 호패를 살펴보았다.

"제 막냇동생의 호패입니다. 실종된 지는 한 10년쯤 됐지요. 이야기를 꺼내자면 좀 깁니다."

"실종?"

이 대감이 의아한 표정을 지었다. 기대한 내용은 아니

었지만 그는 일단 그녀의 말을 들어보기로 했다.

"제가 동생을 통해 처음 김지홍을 보게 된 것은 20년 전입니다. 어느 날인가 우연히 동생의 집에 갔다가 손님이 온 걸 봤는데, 그자가 바로 김지홍이었지요. 그는 잠시 식객으로 있는 차라 하며 같이 고리대금업을 하겠다는 얘기를 하더군요."

노파는 분노에 찬 얼굴로 말을 이어나갔다.

"저는 그치들이 마음에 들지 않았습니다. 돈을 떠나 동생이 김지홍의 여동생인 과부를 흠모하는 눈치였거든요. 제가 동생에게 물어봐도 어디서 뭘 하던 이들인지 말을 하지 않고 나중에는 따로 집을 알아봐준 모양인데, 말은 부산으로 갔다고 하지만 실제로 그런 것 같지는 않았습니다. 무슨 사연이 있었는지는 몰라도 그림자처럼 사는 사람들이었지요."

이 대감은 강씨 부인과 그 오라비가 사라졌을 때의 상황을 더듬어보았다. 제법 신빙성이 있어 보였다.

"그렇게 김지홍은 10여 년을 동생과 함께 일했습니다. 말로는 부산에서 왕왕 올라와 한양에서 머문다고 했지만 그러기엔 너무 잦았지요. 이상하다는 생각은 했지만 별말은 못 했습니다. 그는 동생을 바지 사장으로 삼아 거래처를 많이 늘릴 정도로 수완이 좋았고 동생도 덕을 봤으니까요. 그렇게 10년쯤 되었을 무렵 김지홍 오누이 가족은 드디어 그 그림자 생활을 청산할 모양이었는지 부산에서 상경했다며 한양에 으리으리한 집을 하나 장만하더군요."

노파는 침울한 목소리로 계속 말했다.

"그러던 중 갑자기 동생이 사라졌습니다. 술에 잔뜩 취해 기방을 나와 집으로 가는 걸 본 사람이 있었지만 그 뒤로 동생은 집으로 돌아오지 못했습니다. 기방에서 집까지 오는 길이며 다리 밑이며 인근 야산을 샅샅이 뒤져 찾은 게 이 호패 하나였어요. 피 묻은 호패 하나. 포도청에서는 시체가 나오지 않는 이상 수사를 제대로 할 수 없다고 흐지부지 끝을 내더군요. 저는 동생을 찾아 헤맸지만, 결국 동생은 돌아오지 않았습니다."

이 대감은 그녀가 왜 자신을 찾아왔는지 짐작이 갔지만 서두르지 않았다.

"얼마 후, 동생이 남긴 재산을 처리하려고 김지홍의 집으로 찾아갔는데 그곳에서 포도청의 수사관을 만났습니다. 수사와 관련해 뭔가 물어볼 게 있었다고 둘러댔지만 그게 아니라는 건 딱 봐도 알겠더군요. 술 냄새를 풍기는 그 수사관 옆에는 이미 기생이 두 명이나 붙어 있었거든요. 그리고 생각해봤지요. 과연 동생이 사라짐으로써 가장 좋을 사람이 누구인지."

이 대감은 고개를 끄덕였다.

"더 이상 동업자가 필요하지 않았나 보군."

"아마도요. 동생은 그 집 과부를 개가시켜달라고 여러 번 김지홍에게 말을 했던 것 같습니다. 김지홍으로서는 자신의 과거를 아는 제 동생이 자꾸 성가시게 구는 데다가 더 이상 동생의 도움이 필요하지 않다고 생각했을 거예요. 아니, 오히려 방해만 됐겠지요."

그녀는 통한의 눈물을 흘렸다. 그러나 이 대감은 어이가 없다는 표정으로 실소했다.

"그래서 자네 말은 지홍이 고리대금업으로 한양에서 성공해 살고 있다는 말인가?"

그는 노파를 매서운 눈으로 쳐다봤다.

"당신이 원하는 건 뭐요? 내게 이런 얘기를 하러 온 이유가 20년이나 지난 케케묵은 얘기를 꺼내 동생의 복수를 하려는 거요?"

그녀는 눈물을 닦았다.

"물론입니다. 저는 동생의 복수를 원합니다. 만약 김지홍을 잡게 되거든 그의 처벌은 제게 넘겨주십시오."

이 대감의 주름진 입술이 웃었다.

"내가 왜 그래야 하오? 단지 당신 동생의 일을 불쌍하게 여겨 복수를 하게 도와달라는 거요?"

그들 오누이를 향한 이 대감의 분노가 근 20년의 세월이 흐르며 점차 수그러들었을지도 모른다는 생각은 했다.

"아닙니다. 쇤네는 장사치입니다. 공으로 해달라는 청은 드리지 않습니다. 이제 제가 드릴 말씀이 대감마님께도 중요한 정보가 될 테니 그 값을 쳐달라는 뜻입니다."

"정보? 좋소. 그러나 그 정보가 신통치 않으면 모든 건 없던 얘기가 될 거요."

이 대감은 수락했다. 그녀가 풀어놓을 정보라고 해봤자 뭐 그리 대단한 게 있을까.

"돌아가신 이 교수 나리의 후실이었던 강씨 부인은 두 사내아이를 낳았지요?"

이 대감은 그 질문에 신경이 곤두섰지만 별 내색 없이 고개만 까딱했다.

"그 장남의 이름은 김무원입니다. 가짜 양반이 되면서 성도 바꾸고 진사 시험에 합격해 성균관 유생이 되었지요. 그러나 고리대금업자 외숙부가 아니라 이 댁의 장손 자리가 필요했던 모양인지 그는 지금 이연 도련님을 해치려고 합니다. 이 사실을 알고 계십니까?"

이 대감의 표정이 돌처럼 굳었다. 방금까지 유유하던

그는 온데간데없었다.

"그게 무슨 소리오?"

그는 이 노파가 지껄인 말이 헛소리이기를 바라며 물었다. 그러나 그녀는 총기를 잃지 않고 또박또박 대꾸했다.

"이연 도련님이 아니라면 이 집안의 후사를 누가 잇겠습니까? 대감마님께서는 꿩 대신 닭으로 김무원 도령을 찾아 앉히는 수 외에 다른 방도가 있으십니까?"

이 대감이 놀라서 입을 다물었다. 그들이 하나뿐인 귀한 손자를 해치려고 한다니 당황스럽고 분한 마음이 머리를 뚫고 올라올 지경이었다.

"이연 도련님의 목숨이 경각에 달렸습니다. 도련님께서는 지금 충주 월악산에 계시는데, 김무원 도령이 뒤를 쫓는 중이라 합니다. 또한 충주에는 송백현 도련님과 윤설희 아가씨까지 계시니 당장 구하지 않으면 다른 사람에게까지 큰 화가 번지게 될 것입니다."

"아니! 우리 연이는 지금 수원 외가에 있는데, 충주 월악산이라니?"

이 대감이 또 물었다.

"저 역시 도련님께서 왜 그곳에 계신지는 모릅니다. 하지만 외가에 간 게 아니라면 이 댁 며느님께서는 진작 알고 계시지 않으셨겠습니까?"

"이, 이런 일이……. 일단 화, 확인부터 해야겠소."

"알겠습니다, 그럼 쇤네는 이만 물러가보겠습니다. 저와 했던 약조는 반드시 지켜주십시오."

노파가 절을 하자 이 대감도 지팡이를 짚고 몸을 일으켰다. 풍으로 다리를 절룩거렸지만 그는 지팡이에 몸을 의지해 급하게 사랑채 마루로 나갔다. 몸종 하나가 뛰어와 이 대감이 섬돌 아래 신발 신는 일을 도왔다.

"안채로 가자!"

그의 분노한 목소리가 마당에 울렸다. 며느리가 몰랐을 리 없다. 그녀와 연이가 자신을 속이다니. 어떻게 된 일일까. 당장 그 자초지종을 들어야겠다는 생각밖에 들지 않았다. 안채에 도착한 그는 몸종이고 뭐고 눈에 보이지도 않았다. 쾅, 며느리 방의 문짝을 부서져라 열자 최씨 부인이 놀라서 일어났다.

"아, 아버님."

그녀는 갑작스러운 이 대감의 행동에 혼이 뜬 표정이었다. 그러나 그는 자리에 앉을 만한 마음의 여유도 없었다. 그는 며느리를 무시무시한 눈으로 쏘아보며 물었다.

"연이는 지금 어디에 있느냐?"

그녀의 가슴이 철렁 내려앉았다.

"그, 그게 갑자기 무슨……."

그의 눈을 보니 이미 다 알고 있는 듯했다. 이 대감이 다시 물었다.

"충주 월악산에 가 있는 게 사실이냐?"

그녀는 두 손으로 입을 가렸다. 정말 다 알고 온 게 틀림없다.

"어떻게…… 어떻게 아셨습니까?"

그 말이 떨어지자 이 대감은 화를 참지 못하고 짚었던 지팡이를 병풍에 던져버렸다. 벼락 치는 소리와 함께 병풍이 넘어갔다. 최씨 부인은 드디어 올 것이 왔다는 생각이 들었다. 이 대감은 비틀거리며 한 손으로 벽을 짚었다.

"거길 왜 갔단 말이냐! 사실대로 말해라. 월악산에 왜 있는 건지, 왜 나를 속인 건지!"

그녀는 무릎을 꿇었다. 천 길 낭떠러지를 마주한 심정이었다.

"사, 살려주십시오."

그는 씩씩거리며 고함을 질렀다.

"어서 말해봐라. 연이가 왜 월악산으로 갔는지 말해보란 말이다."

최씨 부인은 고개를 떨어뜨렸다. 이런 날이 올지도 모

른다는 생각은 수도 없이 해왔다. 그녀는 눈을 지르감았다.

"아버님, 제가 죽을죄를 지었습니다. 20년 전, 저는 제 아이와 함께 강씨 부인과 그 오라비의 손에서 살아남을 방도를 찾아야 했습니다. 그래서…… 해서는 안 될 짓을 저질렀습니다."

눈물이 바닥으로 뚝뚝 떨어졌다.

"연이는, 연이는 사내아이가 아닙니다."

이 대감은 자신의 귀를 의심했다. 잘못 들었으려니 했다.

"연이는 계집아이입니다."

오랫동안 숨겨온 비밀이 드디어 입 밖으로 나왔다. 이 대감은 잇따른 충격적인 소리에 머리가 어지러웠다.

"연이가 계집아이라고? 연이가?"

눈에 넣어도 아프지 않을 이 집안의 장손이 계집아이라니. 그는 비틀거리다가 바닥에 주저앉았다.

"아버님! 괜찮으십니까?"

최씨 부인이 이 대감을 부축하려고 하자 그가 팔을 내저었다. 그녀를 용서하지 않겠다는 눈빛이었다.

"혼인을 피하기 위해 도망쳤구나."

그녀는 지푸라기라도 잡는 심정으로 말했다.

"아버님께서 믿지 않으시겠지만 연이가 월악산에 간 이유는 신묘한 약초를 구하기 위해서입니다. 월악산의 한 도력이 높은 스님이 남자를 여자로, 여자를 남자로 변하게 하는 약초가 있다 해서 그를 구하기 위해……."

짝! 그녀의 뺨으로 이 대감의 손이 매섭게 날아와 부딪쳤다.

"아, 아버님……."

"아버님이라고 부르지도 마라!"

그가 벽에 의지해서 일어났다. 그는 비틀비틀 문을 열었다. 안에서 무슨 일이 일어난 것인지 초조하게 기다리던 몸종들이 얼른 달려와 그를 부축했다.

"됐다."

그는 절룩거리며 마당으로 발을 디뎠다. 그가 집안의 가주로 우뚝 서기까지 얼마나 많은 일들을 겪어왔던가. 지금 슬퍼하거나 분노할 여유 따위는 없었다. 우선 윤설희와 송백현의 문제가 급했다. 만약 그 두 사람이 이 일에 휘말려 잘못되기라도 한다면 이제까지 쌓아온 집안의 명예는 실추되고, 약재상으로 벌어들이던 돈줄까지 끊겨 집안이 그야말로 풍비박산 날지도 모를 일이었다. 그 전에 지홍과 강씨 부인을 붙잡아야 했다. 그는 날뛰는 분노를 고요히 누르며 심복에게 말했다.

"약재상단의 행수에게 기별하여 호위 무사를 모두 보내달라고 해라. 처리해야 할 놈들이 있으니."

*

술시, 약재상단 행수가 보낸 호위 무사들이 이 대감의 집으로 도착하자 그는 곧장 가마를 타고 지홍의 집으로 향했다. 수하들을 시켜 알아보니 지홍이 이미 오래전부터 복수를 하기 위해 갖은 노력을 해왔다는 정황이 드러났다. 이 대감은 이가 갈리면서도 노파의 말이 머릿속에 맴돌았다.

'이연 도련님이 아니라면 이 집안의 후사를 누가 잇겠습니까? 대감마님께서는 꿩 대신 닭으로 김무원 도령을 찾아 앉히는 수 외에 다른 방도가 있으십니까?'

그녀의 말처럼 다른 방도는 없었다. 그렇다고 무원을 장손으로 앉혀야 할까. 지홍과 강씨 부인도 용서해야 하나. 갈등이 일었지만 그의 꼿꼿한 자존심이 용서 따위는 허락하지 않았다.

'그 금수만도 못한 인간들은 마땅히 죗값을 치러야 해. 하지만 무원이는…….'

쉽게 결정할 수 없었다. 그때 이 대감의 머릿속에 무서운 생각 하나가 스쳤다.

'저는 동생의 복수를 원합니다. 만약 김지홍을 잡게 되거든 그의 처벌은 제게 넘겨주십시오.'

이 대감은 미소를 지었다. 손에 피 한 방울 묻히지 않고도 그 꼴 보기 싫은 오누이를 처단하고 더불어 집안의 후사 문제까지도 깨끗하게 해결할 실마리가 보였다. 그는 지홍의 집 앞에 도착하자 호위 무사들에게 말했다.

"이 집의 안주인인 강씨 부인과 그 오라비 지홍을 포박하여 마당으로 끌어내라."

호위 무사들은 그의 말이 떨어지자마자 문지기를 두들겨 패고 집 안으로 우르르 달려 들어갔다. 마당에서는 한바탕 소란이 일었다. 상단 호위 무사들과 지홍의 수하들이 얽혀 싸움이 벌어졌는데, 말이 좋아 싸움이지 지홍의 수하들이 일방적으로 당하는 꼴이었다. 숫자도 숫자지만 이 대감이 부리는 상단 호위 무사들은 청나라와 교역을 하며 온갖 해적과 도적들을 상대해왔기에 허투루 칼만 차고 다니는 자들이 아니었다. 지홍의 수하들은 맥을 추지 못하고 추풍낙엽처럼 무너졌다.

"그자들이 혹 도망칠지 모르니 집을 에워싸라."

이 대감은 타고 온 남여(藍輿 : 의자 모양으로 된 뚜껑이 없는 가마) 위에 오도카니 앉아 몸종이 건네는 장죽을 한 모금 빨았다. 이처럼 속이 얹힐 때에는 담배 기운이라도 있어야 했다. 한 식경도 채 지나지 않아 시끄러웠던 지홍의 집이 조용해지고 난리 통에 놀란 몸종들 우는 소리만 들려왔다. 수하들은 방문을 죄다 열고 집 안에 남은 자들을 확인하더니 마침내 지홍과 강씨 부인을 포박해 마당으로 끌고 나왔다.

검푸른 비단옷에 정자관(程子冠 : 사대부들이 집 안에서 쓰던 관)을 쓴 지홍과 여전히 아름답고 교색이 철철 흐르는 강씨 부인. 두 사람은 장죽을 빨면서 앉아 있는 이 대감 앞에 섰다. 실로 오랜만에 만난 세 사람이었다.

"제법 양반 흉내를 내면서 잘 살았나 보군."

이 대감이 자신의 앞에 억지로 무릎을 꿇고 앉은 두 사람을 향해 비아냥거렸다. 지홍이 고개를 빳빳하게 들고 말했다.

"대감마님이 언젠가는 오시리라 생각했습니다."

그는 뻔뻔하게도 당황한 기색이 전혀 없었다.

"자네의 죄는 내 일일이 열거하지 않아도 스스로 잘 알 게야. 포도청에 끌려가나 내 손에 잡히나 별반 다를 건 없을 테니 너무 억울하게 생각하진 말게."

이 대감이 장죽을 몸종에게 넘겼다. 그는 그들을 곱게 보내줄 생각이 없어 보였다. 강씨 부인이 지홍의 눈치를 보더니 말했다. 그의 오라비도 무서운 사람이었지만 이 대감은 그보다 더하면 더했지 덜한 사람이 아니었다.

"무원이는 살려주십시오. 그 애는 아무 죄가 없습니다."

이 대감이 차갑게 말했다.

"지금 그 녀석은 연이를 쫓아 월악산에 갔다는데 아무런 죄가 없다?"

어떻게 저 영감이 연이가 월악산에 간 사실을 알고 있는 걸까. 그러나 여기서 주춤거릴 수는 없다. 지홍은 눈을 부릅뜨고 응수했다.

"이연이 계집아이라는 사실도 알고 계십니까?"

지홍은 이미 무원이 보내온 전서구를 통해 그녀가 여자라는 사실을 알고 있었다. 숨겨놓은 비장의 패를 보이는 그의 마음은 들떴다. 이 따끈따끈하고 놀라운 소식에 이 늙은이는 얼마나 충격을 받을까. 그가 나자빠지는 꼴은 얼마나 재밌고 고소할지.

"잘 아네."

지홍의 입에서 웃음이 싹 가셨다.

"나도 꽤 충격을 받았지."

이 대감은 냉랭하고 무심한 표정으로 말했다. 두 사람은 무덤덤한 그의 반응에 경악했다. 이 대감은 그들의 심정을 헤아리기라도 한다는 듯 얼빠진 두 얼굴을 번갈아 쳐다봤다.

"생각을 좀 해봤네. 연이가 후사를 잇지 못한다면 무원이라도 잡아다 앉혀야겠는데 그러자니 자네들을 용서해야 하나 말아야 하나 여간 고민이 아니네."

그의 말에 강씨 부인의 눈이 반짝였다. 이 늙은이는 지홍의 말대로 무원이를 차마 내치지 못하리라. 무원이를 내칠 수 없으면서 어찌 20년을 키워준 제 친어미와 외숙부에게 죄를 묻는단 말인가. 장손이 된 무원이가 무슨 해코지를 할지 모르는 만큼 그 친어미와 외숙부는 반드시 살려두게 되리라. 그들은 용서받을 게 분명하다. 강씨 부인은 기대에 찬 눈으로 그의 다음 말을 기다렸다.

"그런데 생각해보니 나 말고도 자네들한테 원한 가진 사람이 있더군. 굳이 내 손에 피를 묻히는 수고를 들이지 않아도 되는데 내가 왜 무원이와 등을 져가면서 그러겠나? 나는 자네들을 미끼로 무원이만 한양으로 부르려고 하네. 아마 그 아이가 도착했을 때쯤 자네들은 이 세상 사람이 아닐 거야."

지홍과 강씨 부인의 어깨 위로 절망감이 돌덩이처럼 덮쳐왔다. 하늘이 무너지는 기분이었다.

"그렇다고 너무 상심하지는 말게. 자네들이 그토록 소원하던 대로 무원이는 우리 집안의 장손이 될 테니까.

이 정도면 섭섭지 않은 결말 아닌가?"

이 대감이 그들 두 사람을 조롱하며 껄껄 웃었다. 그는 옆에 서 있는 수하에게 말했다.

"내 마구간에서 가장 날래고 빠른 말을 보내 무원이에게 다음과 같이 전해라. 연이가 여자라는 사실을 알고 내가 노발대발하여 며느리를 내쫓았다고. 하여 지금 무원이를 이 집안의 장손으로 다시 들이고자 무원의 어미와 외숙부를 찾아 극진히 대접하는 중이니 어서 한양으로 돌아오라고 말이다."

강씨 부인이 절규했다.

"이 망할 늙은이! 내가 이대로 죽을 줄 알고! 우리 무원이가 반드시 복수할 거다. 반드시!"

이 대감은 늦가을의 찬바람처럼 말했다.

"저것들은 포박해 별채에 있는 광에 가두어라."

"절대 이대로 끝나지 않아! 절대!"

그녀의 악에 받친 소리에 이 대감은 허허 웃으며 가마를 돌렸다. 피곤한 하루였다.

*

간신히 낯빛이 돌아온 망량을 별채 안으로 옮기느라

사람들이 자리를 떴다. 마당에 남은 사람은 백현과 설희, 둘뿐. 그들은 두 대의 가마 앞에서 머뭇거렸다. 신묘한 약초를 구해 남자가 되려는 연이 아니라 한 남자를 향해 애끓는 고백을 한 그녀를 본 이상 두 사람의 마음은 무거울 수밖에 없었다.

"이제 어찌하실 생각입니까?"

어색한 공기만 흐르는 가운데 백현이 먼저 운을 뗐다. 설희는 잠시 말이 없었다. 연이 남자로 변한들 이미 마음속에 다른 정인이 있는데 평생 그 껍데기만 붙들고 살아갈 자신은 없었다.

"저도 어찌해야 할지 모르겠습니다."

설희가 뾰족한 수를 찾지 못하고 힘없이 말했다. 자신을 구하기 위해 목숨을 걸고 객주로 온 사람인데, 이제 매정하게 고발하지도 못하겠다. 백현도 그녀의 고민을 십분 이해하기에 딱히 더 할 말이 없었다.

"백현아, 그만 가거라. 그 망할 자식이 혹 여길 찾아오기라도 하면 어째? 어서 출발해라."

재성이 망량을 별채에 뉘어놓고 나와 얼른 가마에 타라는 시늉을 했다. 한양까지 가는 길이야 매한가지니 얘기할 기회는 아직 많다. 둘은 재성의 성화에 못 이겨 제대로 작별 인사도 못 하고 가마에 올랐다. 재성과 계향이 객주를 떠나고 반 시진이 흐르자 드디어 망량이 눈을 떴다. 정신을 잃은 시간은 짧았지만 긴 잠을 자고 일어난 사람처럼 머리가 멍했다. 그는 허청거리며 몸을 일으켰다.

"정신이 들어?"

연이 그를 부축했다.

"내가 아직 살아 있다니. 어, 어떻게 된 일이지?"

꼭 죽은 줄 알았는데 도무지 믿기지 않았다. 망량은 자신의 몸을 살폈다. 투명하게 변했던 몸이 원래대로 돌아와 있었다.

"계향 아가씨가 주신 팔찌로 살아난 거야."

그는 미소를 지었다. 계향이도 필시 일이 잘 풀린 게 틀림없었다. 그렇지 않고서야 그를 구할 정신이 없었을 테니. 망량은 자신의 몸을 여기저기 살피더니 환하게 웃었다. 인간들이 흔히 하는, 개똥밭에 굴러도 이승이 좋다는 말이 실감 났다.

"연아!"

그는 기쁜 마음을 감추지 못하고 그녀를 끌어안았다. 다시 보지도, 안지도 못할 거라 생각했기에 이 짧은 순간조차도 감사했다. 그러나 그녀는 그를 꼭 안아주지 못했다.

"망량······."

그의 죽음과 직면했을 때 애달픈 연정을 깨달았지만 이제 와서 어쩌랴. 계향의 말이 비수처럼 날아와 꽂혔다.

'이루어지길 바라지 않겠다고 하셨습니다. 그 곁에 머물지 못해도 좋다 하셨습니다. 그 말을 지키십시오. 소원을 통해 망량을 풀어주시고, 아가씨는 원래 가려 했던 길을 가십시오. 그래야 그도 살고, 아가씨도 삽니다.'

그녀는 눈물을 삼키며 말했다.

"처음부터 함께할 수 없었는데, 왜 이제 알았을까."

그는 안았던 팔을 스르르 놓았다.

"그게 무슨 말이야······."

"예전에 너한테 물었지. 만약 내 소원이 네 봉인을 풀어주는 거라면 그때는 어떻게 되냐고······."

연이 말했다. 망량이 그토록 바라던 소원이었다. 그러나 지금 그의 마음은 어둠 속에 홀로 남은 아이처럼 두려웠다. 그녀가 망량의 뺨을 쓰다듬었다. 그녀 역시 그대로 그의 품에 기대 있고 싶었다. 그러나 그녀는 자신의 감정을 추슬러 담았다.

"너도 알겠지만 나는 남자가 될 거야. 나는 내 운명을 저버리고 너와 함께할 용기가 없어. 겁쟁이라고 욕해도 좋아."

그녀의 소원이 무엇인지 알았지만 그 입을 통해 다시 듣는 기분은 달랐다.

"나는 나의 길을 가고, 너는 너의 길을 가는 게 서로를 위해 좋아."

그는 연의 눈동자를 바라보았다. 맑고 순수한 두 눈이 그를 걱정하는 게 느껴졌다.

"부탁이야. 나를 떠나서 네가 있던 곳으로 돌아가. 이제 너를…… 너를 놓아줄게."

망량은 얼음처럼 굳었다. 무슨 말을 해야 할까. 목숨을 던질 정도로 그녀를 연모하는데, 이제 그녀를 떠나라니. 만약 소원을 들어준다면 봉인이 풀려 귀왕을 만나게 될 테고, 그는 다시 살아나리라. 그러나 천계와 인간계에서의 시간의 흐름은 상대적이라 우주를 꿰뚫어 보는 부처가 아닌 이상 그 시간이 얼마나 걸릴지 모르는 일이다. 즉 망량이 귀왕을 만나고 돌아온다고 해도 그게 단 며칠일지, 수십, 수백 년이 지나서일지는 가늠할 길이 없으니 이는 곧 기약 없는 이별을 뜻했다.

"만약 네가 그 소원을 빌게 되면 우린 다시 만날 수 없을지도 몰라."

망량이 말했다. 연은 고개를 끄덕였다.

"미안해. 하지만 남자가 된 나를 다시 만나 뭘 하겠어.

우린 처음부터 같이할 운명이 아니었던 거야."

그는 찢어지는 마음을 간신히 붙들고 떼를 쓰는 어린아이처럼 다시 말했다.

"차라리 다른 소원을 빌어. 처음 봤을 때 내가 했던 말기억 안 나? 뭐든지, 뭐든지 원하는 걸 다 들어주겠다고 했잖아."

"그럼 네가 죽을 텐데, 나보고 뭘 어쩌라는 거야."

연이 더 이상 참지 못하고 눈물을 터뜨리며 자리에서 일어났다. 망량이 그녀를 뒤에서 껴안았다.

'연이도 나를 좋아해. 그녀도 나를 좋아한다고.'

그는 확신했다. 의식이 사라져갈 때 들려왔던 그녀의 목소리는 꿈이 아니었다. 그녀를 안은 이 순간이 영원하다면 얼마나 좋을까.

"영원히 같이할 운명이 아니라도 좋아. 지금 나는 너와 같이 있고 싶을 뿐이라고."

그의 말에 연이 흐르는 눈물을 닦았다.

"이틀 뒤가 보름이야."

간결한 한마디. 그날이 두 사람의 끝이라는 소리였다.

"망량, 보름달이 뜨면 신묘한 약초가 있는 영봉에서 내 소원을 들어줘. 나를 떠나서 네가 있던 곳으로 돌아가. 내가 남자로 변한 모습을 보지 않았으면 좋겠어, 부탁이야."

연의 목소리에 슬픔이 가득 묻어났다. 그는 그 목소리
에 고개를 묻었다. 두 사람이 있는 별채 창문으로 늦여
름 햇살만이 조용히 스며들었다.

*

이 대감의 명령을 받은 기수는 가장 날래고 빠른 말을
타고 단번에 충주까지 밤을 새워 달려 무원이 머무는 객
주에 도착했다.

"무슨 일이……."

객주 마당은 지진이 휩쓴 듯 난장판이었고, 안에 성한
자라고는 없었다. 늙수그레한 기수는 어리둥절한 얼굴
로 주위를 살폈다. 그러자 무원의 수하 하나가 다가와
물었다.

"뉘시오?"

"아, 여기 김무원 도련님 계십니까? 한양에서 도련님
께 전갈을 보내셨습니다."

기수의 말에 수하가 그를 무원에게 데려갔다. 무원은
안쪽 사랑채에서 돌을 씹은 표정으로 수하들을 살피고
있었다.

'도술을 부리는 자라니! 게다가 구미호까지! 산골짜기 마을의 민담에서나 나올 법한 일들이 어떻게 벌어진단 말인가!'

그는 훤하게 날이 밝은 뒤에도 간밤의 일에 미련을 버리지 못하고 탄식했다. 수하는 통탄에 빠진 그에게 조심스럽게 말했다.

"도련님, 한양에서 전갈을 보내셨다고 합니다."

그는 가슴이 졸아들었다. 지홍과 제 어미가 이 사실을 안다면 얼마나 모질게 몰아붙일지. 앞으로 이 일을 어떻게 수습해야 좋을지. 아무런 대책이 서지 않았다. 무원이 잿빛으로 변한 생기 없는 얼굴로 기수를 돌아보았다. 그런데 그는 생김새도 낯선 데다가 옷차림도 달랐다. 지홍이 보낸 기수가 아니라니, 이자는 누구인가. 무원이 물었다.

"어디서 보내온 전갈이냐?"

기수가 허리를 숙여 절했다.

"저는 한양 이경태 대감 댁에 있는 기수입니다. 대감 나리께서 도련님의 어머니와 외숙부를 모셨으니 얼른 돌아오시라고 전하라 하셨습니다."

"그게 무슨 소리냐?"

무원은 난데없는 소식에 당황한 표정으로 물었다. 기

196

수는 대감이 시킨 대로 전했다.

"이연 도련님이 여자라는 사실을 아시고 대감 나리께서 노발대발하시며 큰마님을 내쫓으셨습니다. 지금 도련님을 이 대감님 댁의 장손으로 맞고자 작은마님과 외숙부님을 찾아 극진히 대접하고 있으니 도련님께서도 속히 한양으로 돌아오시라 당부하셨습니다."

그는 갑작스러운 일에 놀라고 망설여졌다.

'이게 어떻게 된 일이지?'

무슨 꿍꿍일까. 혹 함정은 아닐까. 무원은 머리를 굴렸다. 그러나 아무리 생각해도 자신의 전서구를 받은 지홍이 직접 이 대감을 찾아가지 않는 이상 이 대감이 어찌 연의 비밀을 알게 됐단 말인가. 이자의 말에 의심의 여지가 없었다.

"그 말이 정말인가?"

무원이 다짐을 받듯 기수에게 물었다.

"네."

단춧구멍만 한 기수의 눈이 가늘게 웃었다. 그는 이 대감의 이런저런 명령을 한두 번 받은 게 아니었다. 이 어린 도령 역시 늙수그레한 그의 말에 속아 넘어가버렸다. 아마 무원에게도 이 소식이야말로 지금 상황을 타개할 유일한 탈출구였기 때문에 그저 그 말을 믿고 싶었던 것인지도 모른다.

이연을 놓쳤다는 울분과 부끄러움으로 눌렸던 마음이 모두 풀어졌다. 이제 그는 그토록 꿈꾸었던 이 대감의 장손이 된다. 김무원이라는 가짜 성을 버리고 이무원으로 거듭나게 되리라. 더 이상 괴물 같은 열등감에 묶이지 않고, 고리대금업자의 생질이라는 손가락질을 받지 않게 되리라. 이 대감의 집안에 대고 누가 감히 괄시의 눈빛을 보낸단 말인가. 그를 향하던 멸시와 조롱 섞인 말들이 이제 아첨과 칭송으로 바뀌게 된다.

무원은 가슴속에 흐르는 눈물을 마주했다. 이복동생을 밟고 눌러서 일궈낸 승리, 뻐꾸기가 둥지 속 진짜 어미의 새끼들을 모조리 죽이고 홀로 살아남듯 그는 동생을 진창 속으로 밀어 넣고 드디어 꼭대기에 올랐다. 그는 지홍의 말을 떠올리며 웃었다.

'누구든 결코 바닥에 떨어지고 싶어 하지 않아. 그 전에 밟고, 찍고, 눌러서 올라가지. 그걸 바닥까지 떨어져서 알게 된다면 바보 천치라고 할 밖에. 아래를 내려다볼 필요는 없다. 넌 결국 꼭대기로 올라가게 될 테니까.'

그의 말은 옳았던 것일까. 무원이 자리에서 일어나 기수에게 말했다.

"그럼 한양으로 어서 가지."

무원의 앞에도 마구간에서 가장 빠르고 날랜 말이 섰다. 그는 말의 고삐를 강하게 틀어쥐었다. 남은 일은 박차를 가하는 일뿐이었다.

마지막을 향해

설희와 백현이 탄 가마가 멈췄다. 미시(未時 : 오후 1시에서 3시 사이)가 지났으니 가마꾼들도 요기를 하며 잠시 쉴 시간이 필요했다. 마침 지나는 길은 이천, 백현은 밖으로 손짓하여 이천 행궁(行宮 : 임금이 궁 밖으로 행차할 때 임시로 머무르던 별궁) 근처의 주막 앞에 가마를 세웠다. 그러자 설희가 장옷을 쓰고 가마에서 나왔다.

"시장하실 텐데 잠시 요기하고 가시지요."

백현이 권하여 주막 안에서 따로 상을 펴고 앉았으나 설희는 입맛이 없었다. 앞으로 벌어질 일을 생각하면 밥이 아니라 돌을 씹는 기분이었다. 그녀는 숟가락을 놓고

자리에서 일어났다. 백현도 뜨다 말다 한 숟가락을 놓고
따라나섰다.

"입이 까끌까끌합니다. 밥이 안 넘어가네요."

그가 먼저 말을 건네자 설희가 조용히 고개를 끄덕였
다. 어색한 침묵 속에서 무슨 말을 꺼내야 할지 고민하
던 중에 그의 눈에 정자 하나가 들어왔다. 이천 행궁의
남쪽에 위치한 애련정이라는 정자였다.

"이 정자를 아십니까?"

그는 반가운 얼굴로 설희에게 물었다. 그녀는 말없이
정자의 풍광을 둘러보았다. 정자의 연못 물 위에는 효양
산의 아름다운 나무숲이 그림처럼 비치고 그 앞으로 붉
은 연꽃들이 만개하여 절경을 이루고 있었다. 그녀는 서
거정이 애련정을 보고 지은 시를 외었다.

　　　誰續濂翁說愛蓮
　　　名亭端合古人賢
　　　君應似德平生好
　　　我亦虛心抵死憐
　　　結子已聞圓似斗
　　　開花曾見大於船
　　　更須勤着栽培力

風月前頭興自顚

　　누가 염옹(송나라 때의 도학자로 연꽃의 아름다움을 사랑
　하여 「애련설」을 지었음)을 이어서 애련을 말하였는가
　　정자 이름은 단연코 옛사람의 어짊에 어울리네
　　그대는 응당 덕이 닮아 평생을 좋아하리라
　　나 또한 마음을 비워 죽을 때까지 사랑하리라
　　맺은 열매는 둥글기가 곡식 담는 말 같고
　　핀 꽃은 배 같음을 일찍이 보았노라
　　다시 모름지기 재배하는 데 힘쓰니
　　풍월 앞에 흥이 저절로 미치리라.

　백현은 감탄했다. 애련정에 얽힌 서거정의 시까지 외
우고 있다니. 시구의 아름다움을 알아보는 지혜로움과
시를 외는 총명함이 성균관 선비들보다 한 수 위였다.
두 사람이 얼굴을 쳐다보며 빙긋 웃었다. 그런데 그때
갑자기 애련정 아래로 열두 살쯤 되어 보이는 남자아이
가 불쑥 올라왔다. 아이의 얼굴에는 땟국이 자르르 흘렀
는데 얼마나 먹지 못했는지 뼈마디가 앙상하고 눈은 움
푹 꺼졌으며, 옷은 누더기에 가까우니 보기에 애처롭기
짝이 없었다.

"배가 고파 그러는데 한 푼만 주세요. 아픈 동생들도 굶고 있습니다. 제발 부탁드릴게요."

백현은 아이의 작은 손에 돈을 쥐여주려고 주머니를 뒤지며 물었다.

"네 어미와 아비는 어디 있는 게냐?"

"아버지는 재작년에 전염병으로 죽었고, 어머니는 입에 풀칠은커녕 아버지 살아생전에 졌던 군포의 빚도 갚지 못해 저희를 두고 도망쳤습니다."

어린놈이 얼마나 독하게 살았는지 슬픔조차도 누리지 못하고 무덤덤하게 대답했다.

"동생들은 어디가 얼마나 아픈 게냐?"

설희가 묻자 아이가 또 대답했다.

"작은 동생은 고열을 심하게 앓은 뒤 다리를 쓰지 못하게 되었고, 막냇동생은 계속 먹지 못해 손마디가 나뭇가지나 다름없습니다."

백현이 두 냥을 꺼내 아이에게 건넸다. 아이의 표정이 환하게 밝아졌다. 동냥을 하면서 두 냥이나 되는 큰돈은 받은 적이 없었다.

"이런 큰돈을! 오늘은 배불리 먹고 동생에게 약도 지어줄 수 있겠네요. 감사합니다. 정말 감사합니다."

아이는 연신 머리를 조아리더니 쏜살같이 사라져버렸

다. 백현은 씁쓸하게 아이가 뛰어간 곳을 쳐다보며 중얼거렸다.

"연이가 있었더라면 동생들을 한번 봐주었을 텐데. 아니, 아니. 그 전에 그 어미가 군포의 빚을 탕감받았더라면 저렇게 거지가 되어 떠돌지는 않았을걸!"

설희는 애련정 연못 물이 그녀를 비추듯 그의 말에 스스로를 비추어보았다.

'이연 도련님은 의술로 어려운 이를 돕고, 백현 도련님은 장차 관리가 되어 제도를 바꾸어나가시겠지. 그렇다면 나는…… 나는…… 무엇을 할 수 있나?'

그녀가 할 수 있는 일은 적선과 동정이 다일 뿐. 규방 속에 예쁜 화초처럼 앉아 수를 놓고 지아비를 섬기며 자식을 낳아 기르는 일이 그녀가 따라야 할 올바른 덕목이고 순리였다. 만약 이를 벗어난다면 그때는 어떻게 될까? 죽소에서 이연이 자신에게 물었다. '아가씨는 어떤 꿈이 있으십니까?'라고. 설희의 눈에서 눈물이 뚝뚝 떨어졌다. 그녀는 얼굴을 감쌌다. 서럽고 부끄럽고 안타까운 갈망이 한데 응어리져 눈물로 녹아내렸다.

"가, 갑자기 왜 그러십니까?"

백현이 당황해서 어쩔 줄 몰라 했다. 그렇게 얼마나 지났을까 마침내 떨리던 어깨가 멈추고 그녀가 고개를 들었다.

"그저, 그저 잊었던 게 생각나 울었습니다."

그녀는 볼을 적신 눈물을 닦고 대답했다.

"잊었던 것요?"

백현은 그 상황이 이해되지 않아 되물었지만 그녀는 더 말하지 않았다. 다만 무언가 결심한 듯 작은 주먹을 꼭 쥐고 이를 꽉 깨물었다. 바람이 불어와 나뭇가지들이 흔들리고 호수에는 파문이 일었다. 그러나 그 물결 위에 떠 있는 연꽃은 여전히 빛나고 아름다운 자태였다.

*

어스름한 저녁이 되었을 무렵, 재성이 기방에 들렀다. 그는 연과 망량에게 무원이 부랴부랴 말을 타고 한양으로 떠났고 곧이어 객주의 무사들도 대충 수습을 하고 가 버렸노라고 전했다. 무원의 눈에 띄지 않기 위해 별채에 꼼짝없이 갇혀 지내고 있는 두 사람이 이 소식을 들으면 뛸 듯이 기뻐하겠구나 싶었는데 어찌 된 영문인지 둘은 도통 즐거운 기색이라고는 보이지 않았다.

"자네들, 무슨 일 있는가?"

그의 물음에 연이 고개를 저었다.

"아무 일도 없습니다."

그러나 얼굴은 그렇지 못했다.

"그러지 말고 한양으로 돌아가는 게 어떤가. 목숨이 간당간당하는 판에 여기 남아서 뭘 하려고?"

두 사람이 꿀 먹은 벙어리처럼 말이 없자 그는 답답하다는 듯 말했다.

"하, 거참. 둘 다 그렇게 울상을 하고 앉았으니 정말 눈 뜨고 못 보겠군. 정 그렇다면 이제 쫓기는 몸도 아닌데 오늘 하루쯤은 마음 편히 시내 구경이라도 하지그래. 마침 오늘 여기 관찰사의 장남이 혼인을 해서 잔치가 아주 어마어마하게 열렸어. 듣자 하니 해시(亥時 : 오후 9시에서 11시 사이)에는 충주목 앞에서 성산화(星散火 : 조선 시대 불꽃놀이에 사용하던 화포)를 터뜨릴 모양이던데."

"성산화?"

망량이 물었다. 처음 듣는 얘기였다.

"그래, 하늘에서 불꽃이 펑펑 터지는 걸세. 군사 신호 목적으로 만든 화약 무기지만 큰 행사가 있으면 종종 놀이로 쓰이기도 하지. 오늘 꼭 구경해보라고. 그 성산화를 터뜨리는 게 궁중에서 제야 행사에서나 한 번씩 터뜨릴 정도로 비싸기 때문에 아마 자네 죽기 전에 또 보기는 어려울 게야. 나도 계향이가 떠나지만 않았어도 같이 볼 텐데……."

재성이 수염을 쓸어내리며 쓸쓸하게 말했다. 그는 별 생각 없이 한 말이었지만 두 사람은 그 '죽기 전에 또 보기는 어렵다'는 말에 뜨끔해서 서로를 쳐다봤다.

"나리."

밖에서 재성을 부르는 객주 몸종의 목소리가 들려왔다. 늘 유쾌하고 재치가 넘치니 어느 양반이 또 그를 술동무 삼아 찾는 모양이었다.

"나는 그만 가봄세."

그가 자리를 뜨자 연은 초조함에 입이 말라 물을 한 잔 마셨다.

"성산화 보러 가자."

망량이 먼저 말을 꺼냈다. 연은 물을 먹다가 하마터면 뿜을 뻔했다. 호기심이 가득한 해맑은 목소리, 그의 눈이 반짝거렸다. 이런 순간까지 아이 같다니. 연이 아연한 표정을 짓자 망량이 말했다.

"헤어지는 날까지 뚱하게 지낼 거야?"

그의 말처럼 연도 헤어지는 날까지 울상을 짓기는 싫었다. 하지만 망설여졌다. 내일모레가 되면 영영 이별일 텐데 그저 웃고 즐거워해도 되는지.

"예전에 나한테 고맙다면서 내 소원 들어준다고 했

지?"

망량이 씩 웃더니 한쪽 벽에 걸려 있는 고운 치마저고리를 연에게 건넸다. 무원의 눈을 피하기 위해 여장을 하면서 입은 옷이었다.

"이건 왜?"

연이 옷을 받아 들고 물었다.

"오늘은 그거 입어. 내 소원, 그걸로 할래."

그녀는 싫다는 대꾸를 하려다가 말았다. 내일모레가 지나면 그녀는 남자가 되고, 그 역시도 떠난다.

'이게 마지막이야.'

연은 군소리 없이 옷을 가지고 방으로 들어가 곱게 차려입었다. 마지막으로 하는 단장, 고운 댕기와 예쁜 저고리도 그와 함께하는 시간도 이제 정말 마지막이었다.

"준비 다 됐어."

그녀가 단장을 마치고 나오자 망량의 커다란 손이 그녀를 덥석 이끌었다. 스르르, 따뜻한 손이 깍지를 끼며 들어왔지만 연은 그 손을 거부하지 않았다. 재성의 말처럼 죽기 전에 또 보기 어려운 그 광경을 망량과 함께 보고 싶었다. 처음이자 마지막이 될지 모르는 남자와 여자, 그 두 사람만의 시간. 수줍게 피어난 설렘이 마음속을 온통 휘저었다.

"와아!"

연이 망량의 손에 이끌려 객주를 나오자 작게 탄성을 질렀다. 재성의 말처럼 충주는 온통 축제 분위기였다. 남사당패의 요란스러운 풍물 소리가 들려오고, 진귀한 물건을 사고파는 상인들의 손놀림이 바빴다. 주막 거리에는 환한 불빛 사이로 맛있는 음식 냄새도 솔솔 풍겼다.

"이제 막 술시가 됐으니 성산화를 터뜨리려면 아직 한 시진이 남았어. 충주목까지 천천히 구경하면서 걷자."

망량이 연의 손을 잡아끌자 지나가는 행인들이 흘끔 쳐다봤다. 부부 사이에도 손을 잡고 걷는 남녀는 없었으니 단연 눈에 띄는 행동이었다. 연이 장옷 사이로 그를 책망하며 손을 빼려고 했지만 그는 손을 놓지 않았다.

"싫어, 안 놓을래."

"하지만 사람들이 자꾸 보잖아."

"어차피 넌 장옷 써서 얼굴 팔리는 건 나야. 그러니 좀 가만히 있어."

어쩔 수 없이 망량의 손에 잡혀 가다시피 했지만 걸으면 걸을수록 그 손이 좋았다. 늦여름 수목의 향을 실은 바람이 불어오는 달천을 따라 두 사람이 걷는 길은 달콤했다. 아무 말을 하지 않아도 서로의 마음이 손끝으로 전해졌다. 그렇게 다리를 건너 충주목 앞에 다다르자 왁자

지껄한 가운데 한 남자가 소리 높여 외치는 게 들렸다.

"자자, 힘 좀 쓴다는 장사들은 모두 와서 한번 겨뤄보시오. 돈을 걸어도 좋소. 씨름판에서 최후까지 살아남는 으뜸 장사에게는 소 한 마리를, 그 버금은 옥가락지 한 쌍을, 딸림에게는 쌀 한 섬을 드립니다!"

그가 외치자 덩치 좋은 남자들이 웃통을 훌훌 벗고 나섰다. 그러자 여인네들이 아우성을 치면서 구경했다. 한쪽에서는 갱엿과 인절미, 개떡 따위의 주전부리를 팔았고, 노름꾼들은 돈을 걷어 세어보기 바빴다. 망량은 심장이 두근거렸다. 씨름이라면 사족을 못 쓰는 것이 도깨비의 본성이었다. 그는 저도 모르게 손에 땀이 차올라 잡았던 연의 손을 놓았다.

"어? 어. 따, 땀이 나서."

옷에 손을 문지르면서도 눈은 자꾸 씨름판으로 향했다. 남자들이 겨루는 모습을 보자 더 마음이 다급해졌다. 한 남자가 다른 남자를 엎어치기로 모래판 위에 눕히자 승자가 손을 번쩍 들어 올리며 의기양양한 표정을 지었다. 구경꾼들은 함성을 지르며 박수를 쳐댔다.

"씨름이 하고 싶구나?"

연이 물었다. 그녀 역시 도깨비들이 씨름이라면 환장한다는 얘기를 모르지 않았다. 망량의 동공이 커졌다.

잠깐 나가서 씨름을 해도 괜찮겠느냐는 얼굴이었다.

"알았어, 다녀와."

연이 구경꾼 자리에 가서 기다리겠노라 손짓하자 망량이 모래판 앞으로 걸어 나갔다. 6척이 넘는 훤칠한 체구에 잘생기고 시원한 얼굴의 사내가 웃통을 벗자 떡 벌어진 어깨와 단단한 근육이 드러났다. 구경을 하던 여인네들이 뺨을 발그레 물들이며 저마다 탄식하니 연은 그 사이에서 킥킥 웃음이 나왔다.

모래판에서 씨름을 주관하는 남자는 점수를 기록하는 자에게 망량의 이름을 적게 한 뒤 그를 대기하게 했다. 다들 황소만 한 어깨에 우락부락한 몸집을 자랑하며 나오다 보니 도전자가 쉬이 나오지 못해 다섯 명만 이겨도 1등은 거뜬해 보였다.

"으라차차!"

씨름판 위의 사내들의 땀 냄새 나는 한판이 계속해서 벌어졌다. 망량의 차례가 되자 그도 앞으로 나갔다. 바지에 묶은 샅바를 단단히 쥐고 모래 위에서 두 남자가 엉겨 붙었다. 그러나 남자는 망량의 상대가 되지 못했다. 망량이 힘을 주어 그를 메치니 마치 바람 앞에 풀잎처럼 쓰러져버렸다. 그다음도, 그다음도 마찬가지였다.

"와아!"

망량의 연승에 사람들이 소리를 질렀다. 여자들은 어느 집 총각이냐며 망량의 호구조사에 들어갔지만 그를 아는 사람은 아무도 없었다. 출중한 외모의 미남자가 괴력의 소유자이기까지 하니 여자들은 모두 넋을 잃은 표정이었다.

"드디어 결승이오!"

투전꾼들의 돈이 짤랑짤랑 소리를 내며 쌓이는 소리가 들렸다. 저만치서 일꾼 셋이 황소를 끌고, 쌀가마를 지고, 쟁반에 옥가락지를 담아 왔다. 망량은 상대편의 샅바를 팽팽하게 잡고 일어섰다. 상대는 망량보다 키는 작지만 어깨가 훨씬 벌어지고 살집이 두툼했다. 남자는 잔뜩 긴장한 얼굴로 망량의 샅바를 움켜쥐고 위협하듯 흔들었다. 씨름 우승에 걸린 황소의 가치를 생각하면 절대 질 수 없었다. 황소만 하나 있다면 어려운 소작농 형편에 큰 보탬이 되리라. 그 생각에 남자의 팔뚝에 힘이 불끈 솟았다.

그러나 망량도 호락호락하지 않았다. 숲에서 길을 잃은 사람과 밤새 씨름을 하고 인근 산과 연못에 사는 도깨비와 밥 먹듯이 겨루며 수백 년을 살아왔다. 그에게는 이 남자의 작전이 한눈에 보였다.

'바로 승부를 볼 태세구나. 나보다 작고 덩치가 좋으

니 안다리를 걸려고 할 거야.'

그때, 남자가 안다리를 턱 걸면서 맹렬하게 공격을 해 왔다. 망량은 속으로 그럼 그렇지 하며 억세게 버텼다. 남자의 다리에 힘이 쭉 빠지며 공격이 멈췄다. 이제 망량의 차례였다. 그는 들배지기로 남자를 들어 넘기려는 시늉을 했다. 남자는 아차 하며 있는 힘을 다해 두 다리로 버텼다. 그때 바로 걸어오는 바깥다리. 남자가 휘청했다.

'걸려들었군!'

망량이 의기양양하게 미소를 짓는 순간, 아차차! 남자의 육중한 손아귀가 샅바를 붙잡더니 바깥다리를 감아올렸다.

"억!"

망량이 휘청하더니 쿵 소리와 함께 모래판으로 자빠졌다.

"이, 이럴 수가……."

사람들의 환호성 속에 그는 망연자실한 표정으로 일어났다. 연이에게 멋진 모습을 보여주고 싶었는데, 저보다 키가 작은 인간에게 깜박 넘어가다니 속상하고 분해서 못 살겠다. 남자는 덩실덩실 춤을 추더니 급기야 모래판에서 큰절을 올렸다. 망량은 쓸쓸히 저고리를 집어

들고 내려왔다.

"망량."

연이 그의 곁으로 다가왔다.

"어? 어."

그가 풀 죽은 얼굴로 저고리를 걸쳤다.

"멋있었어."

그녀가 빙긋 웃었지만 하나도 기분이 나아지지 않았다.

"내가 씨름에서 질 줄은 몰랐어. 인간에게 지다니, 굴욕도 이런 굴욕이 없군. 야차들이 이 얘길 들으면 얼마나 놀려댈지."

그때 씨름을 주관한 남자가 쟁반을 들고 다가왔다.

"아, 2등이 여기 계셨군. 아쉽게 2등이 됐지만 잘하셨소. 2등 상품은 옥가락지 한 쌍인데 어떠시오?"

2등, 2등, 2등. 망량의 얼굴이 붉으락푸르락했다. 도저히 그 상황을 인정하고 싶지 않았다. 그때였다.

"예쁘다."

연이 환한 얼굴로 옥가락지를 집었다.

"응?"

망량이 그녀를 쳐다봤다.

"예, 예뻐?"

"응."

그는 픽픽 웃음을 흘리며 머리를 긁적이더니 가락지를 집어 내밀었다.

"그, 그럼 한번 껴봐. 이거 한 쌍이니까 너 하나, 나 하나 끼면 되겠다."

"정말?"

망량이 가락지 중에 하나를 내밀어 연의 왼손 약지에 끼워주었다. 꼭 들어맞는 반지. 그녀의 연분홍 입술에 기쁨이 묻어났다.

"고마워! 정말 예쁘다. 자, 너도 껴봐."

연이 남은 가락지 하나를 망량의 오른손 새끼손가락에 끼워주었다. 역시나 손에 꼭 맞았다. 망량이 빙긋 웃었다. 두 사람의 눈빛이 서로를 따뜻하게 바라보았다. 달천 길을 함께 걸은 시간처럼 말하지 않아도 서로의 마음을 알았다.

'당신을 은애합니다.'

그 순간 검은 밤하늘에서 펑, 펑, 우레 같은 소리와 함께 불꽃이 터지기 시작했다. 붉은 불꽃, 푸른 불꽃이 하늘 높이 솟아올랐다가 둥근 빛을 그리며 땅으로 내려왔다. 사람들은 처음 보는 낯설고 아름다운 광경에 넋을 잃고 하늘만 올려다봤다.

"별이 부서져 내리는 것 같아."

연이 중얼거렸다. 예쁜 콧날 위로 커다란 눈망울이 하늘을 올려다보고 있었다. 망량의 손이 저도 모르게 장옷에 닿았다. 장옷은 미끄러지듯 땋은 머리를 타고 떨어졌다. 그는 모두가 불꽃에 정신을 잃은 틈을 타 그녀의 입술을 가볍게 훔쳤다. 꿈처럼 짧은 순간이 스치고 지나갔다. 망량은 처음 만난 그 순간처럼 신비롭고 다정한 눈동자로 그녀를 응시했다. 연의 볼이 밤하늘의 붉은 불꽃만큼이나 달아올랐다. 마음이 두근거리고 설렜다. 반지를 나눠 낀 손이 서로를 붙잡는 순간 그들은 또다시 깨달았다.

'언제까지나 함께하고 싶다.'

그러나 두 사람 모두 차마 그 말이 목구멍으로 넘어오지는 않았다. 이 달콤한 오늘이 지나면 영영 이별이라는 사실을 알기에 그랬다. 점점 둥글게 차오르는 밤하늘의 흰 달, 그 아래로 아름다운 불꽃들이 호수의 파문처럼 퍼졌다.

*

지홍과 강씨 부인은 이 대감의 집으로 이송되자 두 손

이 묶여 별채 구석방으로 통하는 지하 광에 갇혔다. 햇빛이 들지 않아 눅눅하고 습한 공기, 버리기는 아깝지만 딱히 쓸 일도 없어 보이는 오래된 약재 냄새, 그 벽을 따라 얼룩덜룩한 곰팡이와 검붉은 자국들. 짐승이든 사람이든 가두는 데 용이하도록 칸칸마다 나누어진 감옥 같은 방. 별채의 지하 광은 한여름에 들어가도 으스스하고 소름이 끼치는 공간이었다.

"오랜만이군."

지홍이 중얼거렸다. 20년이 흘렀지만 그는 이 장소가 익숙했다. 주인을 배신한 몸종들이 종종 들어와 문초를 겪던 곳이었고, 그 자신이 그런 일을 맡아 하기도 했다.

"그러고 보니 죽지 않을 정도로 두들겨 맞은 적도 있군. 네가 이 교수의 눈에 든 그 이튿날이던가?"

그가 씁쓸하게 말했다.

"이렇게 죽을 수는 없습니다. 우리 큰아들 무원이를 만나야 해요."

강씨 부인은 지홍의 옆 칸에서 축 늘어진 채 흐느꼈다. 단 하루 만에 그녀의 외모는 빛을 잃었으며 정신도 말짱하지 않았다. 그녀는 계속 제 오라비와 큰아들만 찾았다. 지홍이 이따금씩 그녀를 불렀지만 강씨 부인은 그 목소리를 제대로 알아듣지 못하는 듯했다.

한편 그들을 가둔 이 대감은 사랑채에 앉아 불안한 표정으로 광 열쇠와 단검 한 자루를 만지작거렸다. 무원이가 올 때가 다 되었는데, 기다리는 손님은 왜 소식이 없는지 마음만 자꾸 조급해졌다. 그때였다.

"방물장수 노파가 왔습니다."

몸종의 보고에 이 대감은 속으로 됐다 싶었다.

"어서 들라 해라."

노파 역시 얼마나 기다려온 순간인지 모른다. 간밤에 지홍과 강씨 부인의 집이 쑥대밭이 되었다는 소식을 들었을 때 얼마나 기뻤던가. 오늘 아침 그녀는 복수를 코앞에 두고 동생에게 제를 올리고 오는 길이었다.

"늦어서 죄송합니다."

노파가 공손하게 말했다. 그녀는 눈치 빠르게 서안 위의 열쇠 꾸러미와 단검 자루를 보았다. 이 대감이 그녀에게 준비한 물건들을 내밀었다.

"자네 기다리다가 눈 빠지겠군. 약속한 복수를 치르게 해주겠네. 나도 내 손에 피를 묻히고 싶지는 않아서 말이야."

노파는 이 대감의 음흉한 얼굴을 읽었다. 반듯하고 곧은 유학자의 가면 뒤에 숨겨진 냉정하고 무서운 성품. 많은 사람을 상대해왔지만 이런 능구렁이 같은 자는 처음이다. 그녀는 이미 품에 단도를 품었지만 그의 선물을 거절하지 않고 챙겼다. 그러나 이상한 생각이 들었다.

'칼까지 준비하다니, 의외로군.'

노파가 인사를 하고 나가려는 그때 갑자기 바깥이 시끌시끌해졌다.

"김무원 도련님이 오셨습니다!"

그 말에 이 대감이 노파를 향해 매서운 눈을 치켜떴다.

"서두르게! 시간이 별로 없으니."

노파는 고개를 끄덕이고 몸종이 안내하는 대로 별채를 향해 걸었다. 아무리 생각해도 찜찜했다. 김무원은 그의 어미와 외숙부가 이곳에 있다는 사실을 모르는 걸까. 이 대감의 속셈은 무엇일까. 해괴한 생각만 들었다. 그때 안채에서 울분을 토해내는 목소리가 들려왔다. 노파는 걸음을 멈추었다.

"이거 놔라! 아버님을 좀 봬야겠다. 우리 연이는, 우리 연이는 지금 생사조차 모르는데 무원이를 장손으로 앉히겠다니! 어찌 이러실 수가 있단 말이냐! 아무리 내가 죄인이라고는 하나 20년 동안 연이를 친손자처럼 키우신 분이 어떻게 무원이를!"

대성통곡의 내용을 들어보니 이 집의 정실부인인 최씨 부인이 틀림없었다. 노파는 의구심이 생겼다. 그녀의 말에 따르면 이 대감은 김무원을 이 집 장손으로 앉힐 결심을 한 모양인데 어째서 그 친모와 외숙부를 해치려는 걸까. 만약 김무원이 이 사실을 알게 된다면 할아비고 뭐고 당장 이 대감을 죽이려고 들 텐데.

'서두르게! 시간이 별로 없으니.'

그 순간 이 대감의 말이 떠올랐다. 노파는 깨달았다.

'나를 이용하려 하는구나! 김무원을 장손으로 앉히고 지저분한 후환이 생기지 않도록 말이야. 그들을 죽이는 즉시 이 대감은 시체를 별채 안방에 뉘어놓고 위장할 게 뻔하다. 나는 현장에서 붙잡혀 관청으로 넘겨질 거야. 이미 그들에게 원한을 품었으니 살해 동기가 충분하다는 판결이 내려질 거고 증좌로 이 단검도 대령하겠지. 지금쯤 이 대감은 김무원을 앉혀놓고 내가 일을 치르기만 기다리겠구나.'

그녀는 죽는 게 두렵지는 않았다. 이미 자신은 늙었고, 오늘 죽으나 내일 죽으나 여한이 없었다. 그러나 이처럼 그의 계획대로 이용만 당하고 버려지고 싶지는 않았다. 노파는 혹시나 몰라서 준비해둔 주머니를 만져보았다. 작은 기름병과 부싯돌, 준비해 오길 잘했다. 그녀는 몸종의 안내를 받아 별채 앞에 도착하자 이 대감에게 받은 열쇠 꾸러미 중 하나를 문구멍에 꽂았다. 오랫동안 기다려온 복수를 할 시간이었다.

광 안으로 들어가자 이를 갈며 기다려온 상대가 저편 옥 안에 꽁꽁 묶여 있는 것이 보였다. 노파가 그를 향해 다가갔다. 지홍의 뱀 같은 눈이 그녀를 향했다.

"나를 기억하는가?"

노파가 물었다. 지홍은 그녀를 한동안 응시했지만 전혀 모르겠다는 얼굴이었다.

"고리대금업자 일을 하다 보니 워낙 원한 진 사람들이 많아서 그리 말하면 모르오. 누구인지 알아듣게 밝히시오."

빈정거리는 목소리에 그녀의 분노가 더욱 치밀어 올랐다.

"장억수."

지홍은 그제야 그녀가 누구인지 알아봤다. 오래전 자신이 죽인 은인이자 친구요, 또한 골칫거리의 누이.

"당신이었군."

그의 말에 노파의 입술이 힐끗 올라갔다.

"내가 복수한다고 하지 않았더냐. 그때 너는 나를 비웃었지만 이제 입장이 바뀌었구나. 아무리 내 동생이 너와 네 누이를 귀찮게 했다 해도 오갈 데 없는 너희를 숨겨주고 살 방도를 찾아준 건 내 동생인데! 너희는 은혜도 모르는 버러지들이다. 죽어도 싸."

지홍이 콧방귀를 뀌며 웃었다. 그는 죽음이 두렵지 않은 얼굴이었다.

"흥! 처음에 우리 식구들을 도와준 건 인정하지만 당신 동생의 욕심이 과했소. 그는 내 누이가 재가를 하지 않으려 하자 추행하려 들었고, 사업에서 손을 떼는 조건으로 준 사례금도 모자라다고 욕심을 부렸지. 그를 죽인 일은 안타깝소만 과거를 들먹거리며 협박까지 하니 어쩔 수 없었소. 나도 살기 위해 그랬을 뿐이오."

노파의 손이 부들부들 떨렸다.

"내 동생을 모욕하지 마라. 네 누이를 이용해 넌 그 아이를 가지고 놀았다. 10년 동안 장가도 가지 않고 저 애 딸린 과부만을 바라보았고 고리대금업자로 있으며 차마 네가 나서지 못하는 일들을 처리했어. 너는 내 동생의 단물만 쪽쪽 빨아먹고 필요 없어지니 버렸던 게지. 넌 그런 인간일 뿐이야."

"코에 걸면 코걸이고 귀에 걸면 귀걸이인가."

지홍이 킬킬거렸다. 노파는 품에서 기름병과 부싯돌을 꺼냈다.

"그래, 웃어라 웃어. 죽는 그 순간까지 네놈이 그 가증스러운 낯으로 웃을지 지켜보마."

그녀는 기름병의 뚜껑을 열어 오래된 약재 뭉텅이에
뿌렸다. 기름은 약재를 덮은 누런 무명천 아래로 스며들
었고 곧 머리가 지끈한 냄새를 풍겼다. 지홍은 그제야
그녀가 불을 지르려고 한다는 것을 깨달았다.

"죽이려면 나만 죽이면 되잖소! 어째서 불을 지르려는
거요!"

지홍이 외쳤다. 노파는 그가 한 말을 그대로 옮기며 대
꾸했다.

"어쩔 수 없는 일이야. 나도 살기 위해 그러는 거니까."

강씨 부인이 창살 사이에 매달려 애원했다.

"살려주세요. 부탁이니 우리 아들 좀 만나게 해주세요.
제가 잘못했습니다. 정말 억수 그 사람에게 못 할 짓을
했으니 제발 좀 살려주세요."

노파가 강씨 부인을 쏘아봤다.

"너도 똑같아. 10년을 바라봤어, 10년을. 그런 내 동생
을 너는 이용만 해먹고 미련 없이 버렸지."

그녀는 기름이 묻지 않은 무명천에서 마른 약재 한 줌
을 꺼내 부싯돌을 탁탁 켰다. 불은 금방 붙었다.

"이 미친 할망구야! 우리 아들이 가만 안 둘 거야! 가
만 안 둘 거라고! 내가 이대로 죽을 줄 알아? 당신도 장
억수처럼 갈가리 찢어 죽일 거야! 갈가리 찢어 죽일 거

라고!"

강씨 부인이 악을 썼다. 노파는 불씨를 톡 떨어뜨렸다. 고작 기름 한 병을 부었을 뿐이지만 활활 퍼지는 불의 위력이 대단했다. 그녀는 문을 향해 걸어가다 말고 마지막으로 지홍과 강씨 부인을 돌아보았다. 반쯤 넋이 나간 여인은 울부짖었고, 뱀 같은 눈을 한 사내는 크게 웃고 있었다. 그녀는 그들이 갇힌 창살을 향해 열쇠를 던졌다. 챙그랑, 열쇠가 바닥에 떨어졌지만 손에 잡히지 않는 거리였다.

"쯧쯧, 역시 자네들 운은 다했군."

노파가 돌아서서 문을 열고 나갔다.

"일은 다 처리했소?"

별채에서 노파가 나오자마자 밖에서 기다리던 몸종이 그녀를 붙잡았다. 대감의 말대로 그녀를 포박할 생각이었다. 노파는 다급한 얼굴로 연기했다.

"큰일이오! 불이오! 불! 안에 불이 났소!"

그녀의 말에 몸종의 눈이 휘둥그레졌다. 그는 얼른 별채에 들어가 광문을 열었다. 광 한쪽에 쌓인 약재 포대가 활활 불타는 것이 보였다.

"불이다! 물을 가지고 와라! 어서!"

그들은 미처 노파를 붙잡아 포박할 시간이 없었다. 잘

못했다가는 별채 광은 물론이요, 건물이 통째로 아니 집이 통째로 불탈지도 모를 일이었다. 게다가 그들은 이미 20년 전에 그와 비슷한 일을 겪은 사람들이었다. 몸종 둘이 옷을 벗어 불을 덮어보려고 시도했지만 소용이 없자 그들은 다른 몸종들을 불러다 쉴 새 없이 물동이를 날랐다. 노파는 그 소란을 틈타 유유히 밖으로 나왔다. 불은 쉽게 잡힐 줄 모르고 점점 더 거세졌다.

"이 일을 어쩝니까?"

몸종이 그 윗사람에게 묻자 그는 고민을 하다가 대답했다.

"별수 있나. 대감마님께 알리게. 이렇게 집을 홀랑 다 태워먹는다면 우린 다 죽은 목숨이야."

그 말에 어린 몸종 하나가 이 대감의 사랑채로 달려갔다.

"대감마님! 큰일 났습니다."

황급한 목소리가 들리자 이 대감이 창문을 열었다.

'시간을 끄느라 고생을 했는데 드디어 일이 끝난 모양이구나. 그 둘을 별채 안방에 나란히 뉘어놓으라 했으니 이제 무원이를 데리고 가서 놀란 연기를 해야 할 차례인가.'

그는 자신의 앞에 마주 앉은 무원을 쳐다보며 흐뭇하

게 웃었다. 키도 크고 훤칠한 외모에 글재주도 뛰어나고 영특하니 어디를 봐도 연이 못지않았다.

"무슨 일이냐?"

그가 여유로운 목소리로 물었다.

"불! 불이 났습니다!"

예상치 못한 대답에 이 대감은 잘못 알아들은 사람처럼 물었다.

"뭐, 뭐라?"

"불이 났습니다. 별채에 불이 났단 말입니다!"

몸종의 말에 무원이 벌떡 일어났다. 별채에 자신의 어미와 외숙부가 있노라 방금 얘기를 전해 들었는데 그곳에 불이 나다니. 그는 방문을 박차고 나와 별채를 향해 뛰어갔다.

"어머니!"

무원은 별채에서 치솟는 불길을 보고 고성을 지르며 달려갔다. 이 대감도 급한 마음에 체면이고 뭐고 몸종의 등에 업혀 별채로 향했다. 무원이 별채 안으로 뛰어 들어가려 하자 몸종들이 그를 붙잡았다.

"도련님, 저길 들어가는 건 죽겠다는 뜻입니다. 절대 못 들어가세요."

무원은 몸종을 헤치고 그 안으로 들어가려고 발버둥

쳤다. 이 대감은 그 모습을 보고 고함을 질렀다.

"안 된다, 무원아! 그 안에는 들어가면 안 돼!"

집안을 이어갈 장손이 저기를 들어가겠다니. 이 대감은 피가 거꾸로 솟았다. 자신이 판 함정에 스스로가 빠지고 만 꼴이었다.

"무원아! 절대 안 돼!"

이 대감이 외쳤지만 그는 몸종을 뿌리치고 별채의 불길 속으로 뛰어들었다. 이 방 저 방 문을 죄다 열어봐도 연기만 자욱할 뿐 한 치 앞도 보이지 않는데 멀리서 사람 소리가 들려왔다.

"살려주세요! 우리 아들을 만나야…… 아아악!"

여자의 비명 소리에 무원의 눈이 돌아갔다. 제 어미였다.

'저기 광에서! 광에서 나는 소리다!'

무원이 광문을 열었다. 순간 무시무시한 불길이 그의 손을 덮쳤다.

"으아악!"

그는 손을 부여잡았다. 그러나 고통스러워할 시간도 없었다. 숨도 쉬기 힘든 공간. 그는 도포 자락으로 입을 틀어막고 광 안을 살폈다. 감옥 같은 방 안에 외숙부가 꿈틀거렸고, 그 반대편에 제 어미가 쓰러져 있는 것이 보였다. 무원은 먼저 제 어미가 갇힌 방문을 열려고 했다. 하지만 문은 단단히 잠겨 있었다. 무원은 있는 힘을 다해 문을 당기다가 결국 뒤로 자빠졌다.

"으윽!"

그는 바닥에 나뒹굴었다.

'어떻게 하지!'

그 순간 그의 손에 무언가 잡혔다. 열쇠 꾸러미였다. 무원은 열쇠 꾸러미의 열쇠를 모두 넣어 돌려봤다.

"제발!"

한참을 씨름하는데 달칵 하는 소리와 함께 문이 열렸다. 무원은 잽싸게 제 어미를 일으켜 안았다.

"어머니! 정신 차리세요!"

그러나 강씨 부인은 이미 의식이 없었다. 무원은 그녀를 등에 업고 열쇠 꾸러미로 다시 지홍이 있는 방문을 열었다.

"숙부님! 어서 일어나세요!"

지홍은 꿈틀거리며 일어났다. 불길 속에서 기력을 잃었지만 그 순간 그의 눈은 또다시 번뜩였다.

"무원아, 네가 왔구나. 난 네가 결국 해낼 줄 알았지. 해낼 줄 알았어."

그때였다. 쿠콰콰쾅, 건물을 지탱하던 기둥에 불이 붙어 천장이 무너져 내렸다.

"피해!"

단발마의 짧은 고함 소리가 광 안에 울렸다. 천장의 육중한 돌 더미 사이로 지홍이 고통스럽게 버둥거렸다. 그의 하체는 이미 돌 더미에 뭉개진 뒤였다. 무원 역시 피맺힌 목소리로 절규했다.

"으아악!"

불기둥 중 하나가 무원의 머리 위로 떨어져 그의 왼팔과 어깨, 목덜미, 뺨을 모두 지졌다. 지홍은 그 고통 속에서도 무원을 바라봤다. 불기둥은 손을 뻗으면 닿을 거리였다. 그는 마지막 남은 힘으로 불기둥을 덥석 잡았다. 두 손에 불이 활활 붙었지만 이제 상관없었다. 무원이 그를 보았다.

"가라."

지홍이 웃었다. 그는 입에서 주르륵 피를 흘리며 더 이상 버틸 힘이 없는 듯 그대로 고꾸라졌다. 무원은 지옥 같은 고통 속에서도 쓰러진 제 어미를 다시 등에 업었다. 혼탁한 연기를 가르며 그는 한 발 한 발 출구를 향해 걸었다. 보이지도 들리지도 않았다. 그저 출구가 어디인지도 모른 채 걸음을 옮겼다. 어깨에 업은 어미의 무게조차도 느껴지지 않았다. 멍한 머릿속엔 자신의 목소리만이 계속 메아리쳤다.

'어디서부터 잘못된 걸까? 어디서부터 잘못되어 내가 이 지옥을 걷는 걸까. 죄를 지었으니 벌을 받게 된 건가. 그래, 보인다 보여. 괴물이 다시 나를 찾아오는 게 보이는구나. 그래, 나는 너에게 졌다! 이제 네가 나를 차지하는구나. 이제 네가……'

무원이 열린 문틈으로 비틀비틀 걸어 나왔다. 사람들의 비명 소리가 웅웅 들려왔다.

"무원아! 무원아!"

이 대감의 목소리였다. 그러나 무원은 더 이상 버틸 힘이 없었다. 두 다리에서 힘이 쭉 빠졌다. 어깨 위를 짓누르는 제 어미의 무게가 느껴졌다. 털썩, 모든 게 끝났다는 것을 깨닫는 순간 그는 바닥에 쓰러졌다.

그 후 약방 의원들이 달려와 두 사람을 치료하며 온갖 좋다는 약재를 아끼지 않고 모두 썼다. 그러나 이 대감의 바람과 달리 두 사람은 마치 긴 꿈을 꾸는 사람들처럼 꽤 오랫동안 깨어나지 못했다.

의원은 혹 의식을 찾는다 하더라도 무원이 입은 화상이 심해 예전 같은 모습으로 살지는 못할 것이라고 했다. 팔이나 어깨는 그렇다 치더라도 목덜미와 뺨에 입은 화상은 옷으로도 가릴 수 없으니 평생 흉측한 모습으로 살게 될 것이라며 혀를 찼다.

이 대감은 한쪽 얼굴이 일그러져 괴물처럼 변한 무원을 보고 땅을 치며 후회했다. 하지만 이미 때는 늦었다. 호방하고 잘생겼던 그의 얼굴은 다시 웃지 않으리라. 이 대감은 아쉬운 마음에 청나라에서 유학 중인 그의 동생에게 기별을 넣었다. 하지만 답신은 오지 않았다. 그는 외숙부가 이 대감의 집에서 죽었고 그 어미와 형도 혼수상태라는 이야기를 듣고 잠적해버렸다. 아마 무원이 깨어나 온전하게 지낸다는 소식이 전해지지 않는 이상 그가 제 발로 나타날 일은 없으리라.

"모든 건 이렇게 돌고 도는구나."

이 대감은 자신의 욕심이 부른 쓰디쓴 결말을 바라보며 탄식할 뿐이었다.

*

설희는 오랫동안 감았던 눈을 뜨고 가마의 창문을 열었다. 백현의 가마가 북촌의 동편으로 사라진 후 그녀는 처량한 자신의 신세를 탓하며 눈물을 흘렸다. 이제 정말 그녀의 사정을 아는 사람은 아무도 없었다. 그러나 좌절하고 싶지는 않았다.

'이제부터 시작이야.'

그녀는 눈물을 닦고 반쯤 열린 가마 창문을 활짝 열었다. 어느새 밤하늘에는 달빛 한 줄기가 흐르고, 한양의 거리에는 여기저기 등불이 환하게 걸렸다. 이렇게 한양의 밤을 감상하는 게 마지막일지도 모른다는 생각에 가슴이 저릿해졌다. 집 앞에 도착하는 그 길이 왜 이리 짧은지.

"며칠 동안 산사에서 고생이 많으셨나 봅니다. 얼굴이 아주 핼쑥해지셨어요."

몸종들이 반기러 나왔는데도 그저 씁쓸할 따름이었다.

"아버지께서는 사랑채에 계시는가?"

"아직 퇴궐하지 않으신 모양입니다. 아마 한두 식경 내로는 도착하실 겁니다."

"그래, 그럼 내 방에 가 있을 테니 아버지 오시는 대로 기별 주게."

설희는 자신의 방으로 가서 문을 열고 들어갔다. 며칠 동안 비워둔 방에서는 여전히 향긋한 냄새가 났다. 가구는 반들반들 윤이 났으며, 고운 옷가지들은 가지런히 정리되어 있었다. 그녀는 자신의 물건들을 애달픈 눈으로 바라보며 지필묵을 꺼내 앉았다.

'송백현 도련님께.'

그녀가 종이의 제일 첫머리에 적은 글이었다. 손이 떨

렸다. 이 글이 부디 늦지 않기를 바라는 마음으로 그녀는 먹물을 찍어 다음 글자를 옮겼다. 정갈한 글자들이 하얀 종이 위에 검은 수처럼 새겨지는 동안 그녀는 눈물을 뚝뚝 흘렸다. 그러나 후회는 없었다. 그녀는 글쓰기를 마치자 서신을 봉투에 넣어 봉한 뒤 행랑채에서 가장 날랜 머슴을 찾았다.

"이 서신을 즉시 북촌 동편에 사는 권독(勸讀 : 조선 시대 세손에게 학문을 가르친 종5품의 관직) 송진성의 외동아들 송백현 도령에게 전하게."

머슴이 서신을 품에 넣고 사라진 뒤 설희의 곁으로 언년이가 쭈뼛거리며 다가왔다.

"아가씨, 오, 오셨어요? 대, 대감마님께서 아가씨 찾으세요."

설희가 그녀를 돌아봤다. 그새 이 아이도 마음이 편치 못했는지 얼굴이 반쪽이 되었다.

"그래, 나 없는 동안 고생했구나."

설희가 미소 지었다. 그 얼굴에는 한 치의 분노나 경멸도 섞여 있지 않았다. 언년이는 그녀가 모든 것을 용서했다는 사실을 깨달았다. 설희는 무거운 걸음을 옮겨 아버지가 있는 사랑채로 향했다. 사랑채의 불빛이 어느 때보다 밝아 보였다.

"아버지."

설희가 문을 열고 들어가자 윤 대감이 반갑게 그녀를 맞았다.

"그래, 어서 오너라. 너도 좀 전에 도착했다면서? 저녁은 먹었고?"

"네."

윤 대감은 오랜만에 보는 딸의 얼굴에 한껏 들떠 싱글벙글했다.

"조정에 네 혼담 얘기가 다 퍼졌지 뭐냐? 모두 딱 맞는 배필을 찾았다고 입을 모아 칭찬하더구나. 이번에 이 서방이 과거 시험만 급제하면 정말 아비가 소원이 없겠어. 네가 드린 불공이 효험이 있어야 할 텐데 말이다."

이연을 이 서방이라고까지 칭하는 아버지를 보며 설희는 마음이 아팠다. 그러나 이미 그녀의 마음은 돌처럼 굳어진 뒤였다. 그녀는 가지고 온 비단 주머니를 바닥에 내놓았다.

"그게 뭐냐?"

윤 대감이 물었다.

"아버지, 드릴 말씀이 있어요."

"응?"

윤 대감은 뭐라도 들어줄 사람처럼 활짝 웃었다.

"저, 이연 도련님과의 혼사를 파기해주십시오."

그가 고개를 갸웃했다.

"뭐라? 방금 뭐라고 했느냐? 뭐, 뭘 파기한다고?"

"이연 도련님과의 혼사를 파기해주십시오. 저는 그분과 혼인하지 않겠습니다."

윤 대감은 뒤통수를 맞은 듯했다. 이미 납채와 함께 50만 냥을 받아 빚을 다 갚아버렸고, 고위층 집안의 선남선녀가 혼사를 앞둔다는 소식이 조정 신료들 사이에 다 퍼진 뒤였다. 그런데 이제 와서 혼사를 무른다니 이게 무슨 소린가.

"너, 너, 대체 그게 무슨 소리냐? 도, 돈이야 그렇다 치더라도 너도 알다시피 네가 그 도령과 결혼하지 않으면 네 혼삿길은 영영 막히게 돼. 게다가 이 애비 얼굴은 어떻게 하고? 너 무슨 생각으로 그런 말도 안 되는 소리를 하는 거냐!"

"이연 도련님과 아무 일도 없었던 건 아버지도 잘 아시지 않습니까? 제게 잘못이 있다면 용기가 없었을 뿐입니다. 이 혼담을 거절할 용기가 없었고, 저 역시 꿈이 있노라 말할 용기가 없었습니다. 하지만 더 이상은 아닙니다."

윤 대감이 분노와 슬픔을 가득 담아 소리를 버럭 질렀

다. 믿었던 딸에 대한 배신감으로 그는 이성을 잃은 사람처럼 변했다.

"네가 지금 제정신이야! 혼인을 파기하면 비구니가 되는 길밖에 없다. 넌 이 집에서 예전처럼 살지 못해. 그래도 좋단 말이냐?"

설희는 윽박지르는 아버지의 목소리에 몹시 떨렸지만 용기를 냈다.

"아버지, 저는 세상의 굴레를 쓴 소처럼 그저 운명에 끌려다녔지만 이제 그 굴레를 벗고 싶습니다. 온실 속의 화초보다 들녘에 흔들리는 잡초로 살고 싶습니다. 제발 저를 그만 보내주세요."

그녀는 떨리는 손으로 비단 주머니를 끌렀다. 뭐가 들었느냐고 물었던 그 주머니에서 나온 것은 다름 아닌 가위였다. 윤 대감은 가슴이 철렁 내려앉았다.

"너, 너 지금 뭐하려는 거냐. 아, 안 된다! 안 돼!"

그가 자리에서 엉거주춤 일어났다. 그러나 그녀는 멈추지 않고 가위를 들었다. 이 길만이 제 아비의 미련을 잘라내는 방법이었다. 싹둑 하는 소리와 함께 그녀의 곱게 땋은 머리카락이 잘렸다. 붉은 비단 댕기가 매달린 머리채가 바닥을 뒹굴었다. 방 안은 얼음물을 끼얹은 듯 침묵만이 흘렀다. 윤 대감은 딸의 얼굴을 바라보았다.

그의 눈에 딸은 더 이상 기품이 넘치지도 고귀해 보이지도 않았다. 금지옥엽처럼 키운 막내딸은 그곳에 없었다. 대신 머리카락이 마구 잘린 한 젊은 여자가 눈물을 흘리며 그를 향해 절을 올렸다.

"부디 항상 강녕하십시오."

윤 대감은 넋이 나간 사람처럼 바닥에 털썩 주저앉았다.

"네가, 네가 어떻게…… 네가 어떻게……."

설희가 밖으로 나오자 하인들도 놀라서 일제히 길을 비켰다. 그녀는 자신의 방으로 돌아가 쑥대강이 같은 머리를 묶고 간단하게 꾸려두었던 보따리를 들었다. 밖으로 나오니 밤공기가 차갑게 그녀의 뺨을 스쳤다.

"이제 어디로 가야 하나."

그녀는 비 오는 날 정처 없이 길을 헤맸던 자신을 떠올렸다. 그러나 이번에는 달랐다. 마음이 홀가분했다.

"목적지가 없다는 말은 어디를 가도 좋다는 말이지. 드디어, 드디어 난 자유구나."

설희가 쓸쓸하게 미소 지었다. 밤하늘에 둥실 떠오른 달이 처음 꿈을 떠올렸던 날처럼 그녀를 향해 빛났다.

*

백현은 집으로 돌아가서도 마음이 편치 않아 계속 정원을 서성거렸다.

"아무래도 마음에 걸려. 설희 아가씨는 별일 없으신 걸까."

그는 애련정에서 눈물을 흘리던 그녀를 떠올리며 안타깝게 중얼거렸다. 총기 넘치던 얼굴이 그처럼 슬퍼 보이다니 무슨 생각을 했던 걸까. 어찌 된 일인지 마음이 자꾸만 복잡하고 걱정은 깊어졌다. 그때 밖에서 그의 몸종이 정원으로 들어왔다.

"도련님, 서찰이 하나 왔습니다. 윤설희 아가씨께서 급하게 보내셨다는데……."

그는 서찰을 건네받았다.

'저런! 역시 무슨 일이 있구나!'

서찰을 뜯자 편지 한 통이 나왔다.

송백현 도련님께

저는 잊었던 제 꿈을 쫓아가려 합니다.

이제까지 누렸던 모든 복록들이 계절이 바뀐 봄꽃처럼 스러지겠지만 이 또한 덧없는 인생의 한 조각이 아니겠습니까. 이연 도련님께서 모든 걸 내려놓고 결심했던 그 마음을 저는 왜 이제야 이해하게 된 걸까요?

아버지께 혼사를 파기해달라 말씀드리고 한양을 떠나려고 합니다. 아마 이곳에 더 머무르지 못하겠지요. 온실 속의 화초가 되느니 바람에 흔들리는 들꽃이 되는 게 어쩌면 더 어려운 일일지도 모릅니다. 하지만 대신 꿈이라는 날개를 얻을 테니 언젠가 하늘을 나는 작은 새가 되리라 그려봅니다.

부디 이연 도련님께 이 소식이 늦지 않게 전해지기를 바랍니다.

감사했습니다.

윤설희

백현은 그녀의 편지를 읽자마자 아차 싶었다.

'혼인을 파기하고 떠나려는 생각이었어!'

그녀가 애련정을 보며 눈물을 흘린 이유가 무엇인지 깨닫자 그는 당장 말을 달려 설희의 집으로 향했다.

'제발 늦지 않았기를!'

백현은 윤 대감 댁의 대문을 두드렸다. 그러자 안에서 한 여종이 눈물을 흘리며 나왔다. 그녀는 설희의 몸종이었다.

"서, 설희 아가씨 계시오?"

언년이는 그가 누군지 단박에 알아봤다. 예전에 이연 도령의 집 앞에서 설희 아가씨와 만난 그 도령이었다. 그녀는 기꺼이 용서를 베풀어준 아가씨가 불행해지기를 바라지 않았다. 그녀는 진심으로 주인을 제대로 섬기지 못한 제 죄를 뉘우쳤다.

'어쩌면 이분이 우리 아가씨를 도울 수 있을지도 몰라.'

언년이는 마지막 희망을 향해 애원하듯 말했다.

"아가씨께서는 한 식경 전에 대감마님 앞에서 머리를 자르고 집을 떠나셨습니다. 이제 집에 돌아오시지도 못할 텐데 방 안을 살펴보니 패물도 그대로 두고 옷가지만 한 벌 챙겨 나가셨습니다. 우리 아가씨 어쩝니까? 이게 다 제가 잘못해서, 제가 잘못해서 생긴 일입니다. 제발 저희 아가씨 좀……."

백현은 그녀가 머리를 잘랐다는 말에 놀랐지만 계속 우물쭈물할 시간이 없었다.

"한 식경이면 멀리 가지 못하셨을 거요. 혹시 어느 방향으로 가셨는지 아시오?"

언년이가 남쪽 방향을 가리켰다.

"저쪽으로 가셨습니다. 이 아래로 계속 내려가다 보면 강이 나오니 나루터의 사공에게 삯을 주고 건너셨든지,

오른편 길을 둘러 다리를 건너셨을 겁니다."

그녀의 말이 떨어지자마자 백현은 남쪽을 향해 말을 몰았다. 연이에게 달려가는 일도 급했지만 그 전에 설희를 붙잡고 싶었다. 곱고 귀하게만 자란 여인이 이 밤중에 머리를 자르고 떠나는 그 심정이 어떠할지, 왜 자신은 아까 그녀의 마음을 눈치채지 못했는지 후회와 동정심이 밀려왔다.

"이랴!"

말을 재촉해 길을 따라 내려가자 사공 여럿이 나룻배의 손님을 기다리는 모습이 보였다.

"혹시 방금 젊은 여자 한 명이 강을 건너지 않았소?"

백현이 다급하게 물었다.

"아, 혹시 옷은 곱게 잘 차려 입었는데 머리는 짧게 묶어서 좀 이상해 보이는 양반집 규수 말이오?"

늙은 사공 하나가 방금 전 유심히 살펴보았던 한 처자를 떠올리며 되물었다. 백현이 고개를 끄덕였다.

"맞소."

"그 여자라면 저 길을 따라갔소."

사공이 우측으로 가는 길을 가리켰다. 백현이 감사 인사를 하고 서둘러 말을 달렸다. 바람에 그가 쓴 갓이 흔들리더니 결국 벗겨져 목에 달랑달랑 매달렸다. 그러나 백현은 아랑곳하지 않았다. 지금은 그녀를 찾는 일이 제일 급했다. 그때 어둠 속에서 한 여자가 장옷도 쓰지 않고 길을 따라 걷는 모습이 눈에 들어왔다.

"아가씨!"

백현은 한달음에 달려가 그녀 앞에 섰다. 놀란 여인이 그를 쳐다봤다. 그녀는 짐작대로 설희였다.

"도련님, 어떻게……."

울어서 퉁퉁 부은 눈. 그가 말에서 내렸다.

"걱정했습니다."

설희는 자신의 짧은 머리가 민망해 황급히 장옷을 쓰려고 했다.

"어서 이연 도련님께 가셔야 합니다. 혼인이 파기되었으니 약초는 이제 필요 없다고. 어서 알리셔야 해요."

그녀의 목소리가 떨렸다.

"같이 가세요."

백현이 말했다.

"하지만 저는 더 이상 그분과……."

그가 설희의 손을 덥석 잡았다.

"연이하고는 상관없어요. 걱정했다고요. 제가 아가씨를 걱정했단 말입니다. 아가씨께서 어디로 어떻게 사라질지 몰라서 계속 아가씨 생각만 했단 말입니다. 아시겠습니까?"

그의 단호한 목소리에 설희가 멈칫했다. 백현도 그녀
가 주춤거리는 것을 느꼈다. 그는 잡았던 손을 놓았다.
어색했다.

"저도 제가 왜 이러는지 모르겠습니다."

그 말을 뱉는데 얼굴이 확 달아올랐다. 하지만 이대로
그녀를 보낸다면 그는 오늘 밤 내내 그녀 걱정만 하리
라.

"제가 어쩌면 좋겠습니까?"

그녀가 물었다. 백현은 머리가 복잡했다.

"제, 제가…… 제가 걱정하지 않아도 될 때까지 제 곁
에 계세요."

그는 그렇게 말을 내뱉고도 속으로 후회했다. 스스로
도 방금 한 말의 뜻이 뭔지 이해할 수 없었다.

"네?"

설희가 그를 쳐다보았다. 선량하고 따뜻한 눈동자가
안절부절못하는 것이 느껴졌다. 그녀는 처음 그의 말을
따라 연을 찾아가기로 결심했던 일을 떠올렸다.

"제가 계속 횡설수설하네요."

백현이 머리를 긁적였다. 설희는 그의 솔직하고 순진
한 모습에 미소를 지었다.

"알겠습니다. 저도 같이 가겠습니다."

백현의 표정이 환해지자 그녀가 수줍게 말했다.

"제 머리도 머리지만, 도련님께서도 갓을 좀 고쳐 쓰셔야겠어요."

백현의 머리는 바람에 날려 상투가 반쯤 기울고 잔머리가 몽땅 올라와 봉두난발이었다. 설희가 못 참겠다는 듯 픽 웃자 백현도 제 머리를 만지더니 허허 웃었다. 확실히 엉망은 엉망이었다. 백현은 머리를 고치고 갓을 새로 썼다. 설희가 그 옆에서 그를 도왔다. 그는 그녀가 더 묻지 않은 것이 무척이나 고마웠다. 설희 역시 자신을 걱정하며 붙잡아준 백현이 고마웠다. 말하지 않아도 마음이 통하는 것을 느끼며 그들은 서로를 바라보았다.

"타세요."

백현이 예전에 그랬듯 말안장 위에 먼저 올라앉아 손을 내밀었다. 설희가 그의 따뜻한 손을 잡았다. 그는 그녀를 끌어올려 자신의 앞에 태웠다. 바로 등 뒤에 앉은 이 남자의 품이 전과는 다르게 느껴졌다.

"빨리 가야 하니 이번에는 쉬지 않고 갈 겁니다. 여주에서 말을 갈아타고 밤새 달려야 하는데, 괜찮으시겠습니까?"

백현의 목소리가 어깨 바로 뒤에서 들려왔다. 그의 숨

결이 느껴질 정도였다.

"네."

설희가 귀 밑으로 흐르는 머리카락을 넘겼다. 심장이 두근거렸다. 기분이 묘했다. 백현 역시 오늘따라 그녀의 나풀거리는 머리카락에서 나는 냄새가 이렇게 좋았나 싶었다.

"그럼, 출발하겠습니다."

백현은 가볍게 박차를 가했다. 이제 단 하루, 내일 밤 달이 뜨기 전에 연을 만나 혼인이 파기되었음을 알려야 한다. 백현은 망량을 붙잡고 엉엉 울던 연을 떠올렸다.

'내가 지금 가마! 네 삶을 포기하지 마라. 여인으로서의 삶도 너의 삶이다. 연아, 네 삶을 절대 놓지 말고 기다려다오!'

•이별

해가 뜨기 직전에 망량은 잠에서 깼다. 연은 여전히 눈
을 뜨지 못했다. 어젯밤 그들은 성산화 구경을 하고 집
으로 돌아온 그대로 함께 손을 잡고 누웠다. 서로의 눈
을 바라보며 이제까지 살아온 과거, 좋아하고 싫어하는
취향 같은 시시콜콜한 이야기를 나누었다. 그러나 더 이
상 망량은 입을 맞추지도 끌어안지도 않았다. 자신이 떠
난 후의 일을 생각하면 시간이 지날수록 그는 더 조심스
러워졌다.

'내가 떠난 후에도 힘들지 않으면 좋을 텐데.'

그는 그녀의 뺨을 어루만졌다. 쌔근거리는 모습이 어

린아이처럼 순해 보였다.

'이 얼굴을, 코를, 뺨을, 입술을, 턱을 모두 기억하마. 바람이 불어 네 향기를 맡게 된다면 난 널 찾게 될 거야. 아무리 시간이 흘러도, 몇 번의 환생을 거치더라도 우린 꼭 다시 만나게 될 거다. 꼭.'

그는 잠든 그녀의 머리카락을 쓰다듬으며 자신의 기억을 심어놓는 짧은 주문을 걸었다.

"숙주수념지력(宿主隨念智力 : 과거세의 일을 잊지 않고 낱낱이 기억하는 힘)."

그러자 그의 손끝으로 푸르스름한 공력이 흘러나와 연의 머리카락으로 스며들었다. 그녀가 어떤 모습으로 바뀌더라도 그 자신의 기억이 이 순간으로 인도하리라. 그는 해가 뜰 때까지 그저 그녀를 바라보았다. 가만히 누워 있을 뿐인데도 시간은 너무나 빨리 흘렀다. 햇살은 어김없이 방 안을 비췄고, 연은 곧 눈을 떴다. 자신을 바라보는 망량의 눈동자. 그가 아쉬운 표정으로 말했다.

"이대로 조금만 더 보고 싶었는데……."

연이 눈을 비비며 일어났다.

"언제 일어났어? 나 계속 보고 있었던 거야?"

"아냐, 나도 좀 전에 깼어."

망량이 부스스한 그녀의 머리를 장난스럽게 쓰다듬었

다. 마지막 순간까지 씩씩한 모습이어야지, 다짐하며 그는 자리에서 벌떡 일어났다.

"자, 이제 일어났으니 밥 먹고 월악산 올라갈 차비하자. 영봉은 월악산에서도 가장 높은 봉이야. 산 입구에서부터 두 시진은 넉넉히 잡고 올라가야 된다고. 그리고 가는 길에 보여줄 곳도 있고."

"보여줄 곳?"

연이 묻자 그가 빙긋 웃었다.

"응, 네가 보면 좋아할 만한 곳이야."

망량은 어젯밤 잠들 때처럼 여전히 들뜨고 신 나는 표정이었다. 하지만 그녀도 알고 있었다. 오늘이 마지막으로 함께하는 날이고, 더 이상 허투루 쓸 시간이 없다는 것을. 막바지에 다다른 두 사람은 일각이 소중하고 의미 있음을 새삼 느꼈다.

그들은 떠날 차비를 하고 객주의 수기생에게 며칠간 식객으로 머물게 해줘서 고맙다는 인사를 한 뒤 재성의 집에도 들렀다. 작별 인사를 전하자 그는 아쉬워하면서도 언제고 기회가 되면 다시 보자고 말했다. 두 사람은 은약사에도 들러 인사했다. 해온은 망량이 먼 곳으로 떠난다는 말에 엉엉 울기까지 했다. 그러나 노승은 만나지 못했다. 대신 원주 스님이 그들에게 노승의 안부를 전해주었다.

"주지 스님께서는 며칠 전 두 분을 한 번 더 보고 싶다는 말씀을 하셨지요. 하지만 그 또한 부질없는 욕심이라 하시고는 오늘 아침에 독방 수행에 들어가셨습니다. 요 며칠 기력이 많이 쇠하신 데다가 계실 날이 얼마 남지 않았다고까지 하셔서 걱정입니다."

그는 한숨을 쉬더니 품에서 서찰을 하나 꺼내 전했다.

"참 주지 스님께서 마지막으로 전하라 하신 서찰입니다."

"서찰요?"

연이 서찰을 받아 펼쳤다.

會者定離 去者必返(회자정리 거자필반 : 만남이 있으면 헤어짐이 있고, 떠난 자는 반드시 돌아온다).

의미심장한 말이었다. 그러나 이 선문답 같은 말이 무엇을 뜻하는지 어찌 짐작이나 하랴. 다만 긴 인연의 꼬리 중에 다시 만날 기약을 암시하는 것이리라. 두 사람은 노승의 말을 위안 삼으며 합장했다. 이제 이 절과도 이별이었다. 산문을 나오자 이곳에 처음 왔던 때가 떠올랐다. 하룻밤 꿈처럼 지나온 날들. 망량은 시무룩한 연의 어깨를 두드렸다.

"괜찮아, 기운 내. 이제 모든 일이 끝나면 집으로 돌아
가게 될 거고 어머니도 만나게 될 거야. 뭐, 내 마음에는
안 들지만 네 혈육이나 다름없다는 그 샌님 같은 양반도
볼 테고 말이지."

망량이 샐쭉한 표정을 지었다.

"백현 형님이 신경 쓰였구나?"

연이 픽 웃었다.

"그래, 신경 쓰이다 못해 투기했다. 웅? 나 보는 데서
대놓고 끌어안지를 않나?"

"사돈 남 말은. 그쪽도 계향 아가씨와 얼싸안고 분위
기 좋더만?"

연이 망량의 팔을 꼬집었다. 두 사람은 서로 눈을 빗뜨
고 쳐다보다가 웃음이 터져 까르르 웃었다. 오랜만에 맛
보는 굴참나무 숲 냄새에 기분이 좋았다. 망량은 숲길을
거닐며 풀꽃을 꺾어 연의 머리에 꽂아주기도 하고 제 머
리에 꽂기도 했다. 즐거운 시간은 산을 오를수록 점점
빠르게 흘러갔다. 얼마나 지났을까. 연은 문득 새소리가
점점 더 커지는 것을 알아챘다. 망량이 휘파람으로 그
소리에 화답했다.

"내가 보여주고 싶다는 곳에 거의 다 왔어."

그는 굴참나무 숲 주변으로 난 수풀을 헤치고 들어가 연에게 손을 내밀었다. 망량이 가려는 곳은 길도 없는 오래된 숲길이었다. 연이 그의 손을 잡고 한 발 두 발 따라 들어갔다. 한참을 따라 걸으니 웅장한 나무들 뒤편에 꽃이 흐드러지게 피어 있었다. 분홍빛 고운 상사화였다. 연이 걸음을 멈췄다.

"예쁘다."

망량이 돌아보자 연은 상사화에 코를 대고 달콤한 냄새를 맡았다.

"참 신기해. 잎이 없는 꽃이라니. 어디서 이런 고운 꽃이 왔을까?"

망량이 대답했다.

"상사화의 꽃에는 전설이 있어. 꽃은 잎을 생각하고, 잎은 꽃을 생각하지만 둘이 절대 만나지 못하는 얘기지."

"전설? 무슨 이야기인데?"

연이 흥미롭다는 눈으로 다음 얘기를 기다렸다.

"이야기를 하자면 이래. 옛날에 어느 효심 깊은 아가씨가 있었는데 아버지가 돌아가시자 극락왕생을 빌기 위해 어느 절을 찾아갔대. 아가씨는 백 일 동안 탑돌이를 했는데, 그 절의 스님이 남몰래 이 고운 아가씨를 지켜봤지. 스님은 아가씨를 은애하게 됐지만 혼자 애만 태웠고 아가씨가 떠날 때까지 아무 말도 하지 못했대. 탑돌이를 마친 아가씨가 집으로 돌아가자 스님은 결국 시름시름 앓다가 명을 달리하게 됐는데, 그다음 해부터 스님의 무덤가에 꽃이 피기 시작했어. 하지만 신기하게도 잎이 먼저 나고 그 후에야 꽃이 피었는데, 그 둘이 결코 같이 피지는 않았어. 사람들은 슬픈 스님의 넋이 꽃이 되었다고 생각해서 상사화라는 이름을 붙였지."

연이 슬픈 얼굴로 상사화를 바라보았다.

"상사화, 이룰 수 없는 사랑이라는 뜻이구나."

어쩌면 자신의 처지를 그리 꼭 닮았을까. 연은 꽃을 꺾으려던 손을 거두었다. 그저 전설이라 할지라도 스님의 애달픈 사랑을 꺾고 싶지 않았다. 그때였다. 새들이 지저귀는 소리가 휘리리 하고 숲 속을 울리더니 곧 망량의 어깨 위로 작은 새들이 날아들었다.

"오랜만이야. 잘 지냈니?"

그는 새의 머리를 손가락으로 쓰다듬었다. 부리를 문지르는 녀석, 어깨를 타고 총총 오르는 녀석, 계속 지저귀는 녀석, 모두가 그의 관심을 끌기 위해 야단법석이었다. 망량은 기이한 휘파람 소리로 새들과 대화했다. 연이 그를 바라보았다. 홀로 새들과 교감하는 그의 모습은 어둑한 숲 속에서 더욱 신비로워 보였다.

'그래, 너는 나와 달라. 상사화가 그러했듯 나 역시 너를 놓아주어야 해.'

망량이 어깨 너머로 그녀를 바라보았다. 하지만 그녀의 아련한 눈빛에 아무 말도 하지 않았다. 그는 새들을 거느리고 숲을 따라 몇 걸음을 더 나아갔다. 그녀는 그를 쫓아 걸었다. 풍경은 점점 범상치 않게 달라지더니 마치 신선들이 머물다 갈 곳처럼 기기묘묘하게 변했다.

"세상에!"

연이 탄성을 질렀다. 숲 한가운데 커다란 나무가 마치 하늘을 찌를 듯이 당당한 위용을 자랑하며 서 있었다. 단 한 번도 보지 못한 엄청난 광경. 그녀는 입을 딱 벌리고 나무를 올려다봤다. 수십, 수백 갈래로 뻗어 있는 가지와 그 위에 나란히 앉은 온갖 종류의 아름다운 새들.

"내가 가장 아끼는 나무야."

망량이 나무를 쓰다듬었다. 그는 마치 나무의 결 하나하나의 숨을 다 읽는 듯했다.

"아름다워……."

연이 넋을 잃은 사람처럼 말했다.

"어릴 때는 여기서 자주 놀았지. 이 나무 옆에 있으면 왠지 마음이 편했어. 귀왕 영감님 말로는 내가 이 나뭇가지로 만든 피리에서 태어났다고 하더군. 신기한 일이지."

망량은 연의 손을 잡아 나무 기둥에 갖다 댔다. 오래된 숨결이 그녀의 손에서 느껴지는 듯했다.

　"너에게 이 나무를 보여주고 싶었어. 환생이나 윤회, 인연 같은 말로 설명하고 싶지는 않았거든. 그런 말보다 약속을 하고 싶었어. 너를 다시 만나겠다고, 내가 이 나무를 다시 만났듯이 언젠가 다시 만나게 될 거라고 약속하고 싶었어. 난 널 반드시 기억할 테니까."

　연은 눈물이 왈칵 쏟아지려는 것을 간신히 참았다. 그가 왜 이곳을 보여주려고 했는지, 무슨 말을 전하고 싶었는지 그 마음을 깨달으니 더욱 가슴이 아팠다. 헤어지고 싶지도, 손을 놓고 싶지도 않았다. 그러나 이제 해는 기울고 있고 기필코 밤은 오리라. 그녀는 망량을 향해 새끼손가락을 내밀었다.

　"약속, 약속해."

　망량은 어린 시절의 그녀를 마주한 기분이었다. 그러나 그녀는 훨씬 강하고 아름답게 성장했다.

　"나도 널 기다릴게. 꽃과 잎이 만날 때까지, 영원히 피고 지는 상사화처럼 널 기다릴 거야. 그러니까 다시 만난다고 약속해."

　오래전, 그들이 했던 첫 약속처럼 망량은 그녀의 손가락에 손을 걸었다. 함께 나눠 낀 옥반지가 사랑의 맹세를 증명하듯 반짝였다.

*

백현과 설희가 탄 말이 재성의 집 앞에 도착하자 마루에 앉아 책을 읽던 재성이 눈이 휘둥그레져서 뛰어나왔다.

"아니, 여긴 또 왜 온 거야!"

"저, 그게……."

백현이 어디서부터 말해야 할지 몰라 망설이자 설희가 장옷을 벗었다. 재성은 자신의 눈을 의심했다. 허리까지 내려오던 곱게 땋은 머리가, 그 머리가 없었다.

"아, 아가씨 머리가…… 무슨 일입니까? 이게 어떻게 된 거예요?"

설희가 대답했다.

"이연 도련님, 아니 아가씨와의 혼약을 파기하고 집을 나왔습니다."

재성은 머리가 멍했다. 혼약 파기에 집을 나오다니, 게다가 이연이 아가씨라니. 이 무슨 해괴망측한 소리인가.

"뭐? 아가씨라니?"

일은 급한데 자초지종을 다 설명하자면 얘기가 너무 길어질 것 같았다. 설희가 대답했다.

"나리, 설명은 제가 차차 해드리겠습니다. 지금 백현 도련님께서는 이연 아가씨를 만나야 합니다. 혹시 아가씨께서 어디 계신지 아십니까?"

재성이 백현을 향해 말했다.

"어? 어 그래, 그렇잖아도 오늘 오전에 망량이라는 친구와 들렀어. 이제 여길 떠난다고 인사차 왔다고 하더라고. 어디로 가냐고, 한양으로 가냐고 물으니까 월악산 영봉에 들러 약초를 하나 구해서 간다고……."

백현이 설희를 쳐다봤다. 그녀가 고개를 끄덕였다. 어서 출발하라는 신호였다.

"그럼 저는 연이를 찾으러 다녀오겠습니다."

백현이 쏜살같이 사라졌다. 부디 너무 늦지 않기를, 그녀는 그 뒷모습을 향해 기도했다.

*

시간은 가차 없이 흘렀다. 어둠은 흐르는 물처럼 산을 타고 내렸고, 해는 그 아래로 떨어졌다. 월악산이 다시 밤의 장막 안으로 빨려 들어가기 시작했다.

망량은 준비해 온 등을 꺼내 들고 연의 손을 끌어 영봉으로 향했다. 여름이 지나간 자리에 초가을 바람이 서늘하게 불어왔다. 두 사람은 달이 차기 시작한 깎아지른 바위를 말없이 올랐다. 그토록 기다리던 보름달이 월악산의 절벽 위로 높이 걸리자 만물이 그 아래에서 빛났다. 연은 가장 높은 바위틈에 단단히 뿌리를 내린 붉은 꽃을 발견했다.

"저건……."

망량이 꽃을 바라보았다. 붉은 꽃잎이 보름달을 향해 서서히 열리고 불그스름한 틈으로 신비로운 빛이 비쳤다. 그는 그 신묘한 약초를 알아보았다. 월악산의 산신인 그도 천계에서 풍문으로만 들었을 뿐 이 약초를 실제로 본 것은 처음이었다.

"신묘한 약초, 5백 년에 한 번 핀다는 꽃이 오늘에야 피는구나."

연이 꽃을 향해 다가갔다. 염원하던 신묘한 약초의 꽃이 지척에 피어 있었다. 이 꽃을 취하면 그녀는 소원하던 대로 진짜 남자가 되리라. 그러나 그녀는 꽃을 꺾지 않고 망량을 바라봤다. 꽃을 취하기 전에 그를 보내야 했다. 두 사람은 말없이 마주 섰다. 이제 정말 이별이었다.

"연아."

망량이 그녀의 이름을 불렀다. 잊고 싶지 않은 이 얼굴을, 코를, 뺨을, 입술을, 턱을 모두 기억하려고 그녀를 바라보았다. 그 순간 연이 그에게 입을 맞추었다. 짧고 강렬한 입맞춤. 처음이자 마지막으로 여인으로서 낸 용기였다. 찰나였지만 이제까지 함께했던 날들이 그들을 훑고 바람처럼 지나갔다. 연의 작은 손이 비틀거리며 그를 놓아주었다. 그녀의 보석 같은 눈동자에서 눈물이 흘러내렸다.

"내 소원은…… 내 소원은…….."

망량은 고개를 흔들었지만 그녀의 소원을 막을 수는 없었다.

"내 소원은…… 피리의 봉인이 풀리는 거야. 너는, 너는 이제 자유야."

연의 말이 떨어지기 무섭게 푸르스름한 기운이 망량의 몸에서 폭발하듯 솟구쳤다. 그의 남은 공력이 모두 연의 소원을 들어주기 위해 소진되었다. 그는 소멸되던 때처럼 온몸이 투명해졌다. 순간 망량은 섬광과 같은 가르침을 얻었다.

'아, 이것이었나!'

깊은 탄식이 그를 꿰뚫었다. 귀왕의 가르침이 무엇인지 그는 비로소 깨달았다. 원하는 대로, 바라는 대로 모든 것을 누리며 살아왔던 그의 삶에도 가질 수 없는 무언가가 있다는 것을 깨닫는 순간 망량은 자신의 무지함을 뉘우쳤다. 삶이란 수용할 수 없는 것들을 받아들이는 것이며, 자유를 얻기 위한 대가가 얼마나 크고 무거운지 그는 비로소 알게 되었다. 그러나 정신은 아득하게 멀어지기 시작하며 몸은 공중으로 붕 떠올랐다.

"망량!"

연이 눈물을 흘리며 그를 향해 손을 내밀었다.

"연아!"

그도 마지막 힘을 짜내 그 손을 잡으려 했다. 두 사람의 손은 닿을 듯 말 듯 했다. 그러나 그들 사이를 방해하듯 세찬 바람이 불어닥쳤다.

"아앗!"

연이 웅크리는 그 순간 망량은 푸르스름한 빛이 되어 밤하늘 아래 부서져 내리던 성산화처럼 사라져버렸다. 그녀는 허공에 손을 휘저었다.

"망량……."

연이 무릎을 털썩 꿇었다. 그가 정말 눈앞에서 사라져버렸다. 방금까지 그녀의 손을 이끌고, 어깨를 끌어안고, 입을 맞추던 그가 이제 영영 떠나버렸다. 울음이 터져나왔다. 가슴을 치고 땅을 쳤다. 하지만 아무 일도 일어나지 않았다. 다정하게 위로하던 목소리는 다시 들리지 않으리라. 위험에 빠진 그녀를 위해 돌아오지도 않으리

라. 그녀는 목이 쉬도록 격격 울다가 고개를 들었다. 흐릿한 눈앞에 약초가 보였다.

'내게 남은 건 빈 껍데기 같은 삶, 그뿐인가.'

쓰러질 지경인 그녀는 무릎으로 엉금엉금 기어 약초를 향해 다가갔다.

"이게 내 운명이라면, 이제까지 지은 내 죄를 갚을 길이라면……."

연은 붉은 약초의 꽃을 땄다. 손이 덜덜 떨렸다. 주위가 온통 깜깜해지고 아무 소리도 들리지 않았다. 세상에 혼자 남겨진 사람처럼 적막한 외로움이 그녀를 덮쳤다. 그녀는 입을 벌리고 붉은 꽃을 들었다.

'이것으로 내 인생은 끝나는구나. 짧았던 여인으로서의 삶이 끝나는 거야. 안녕, 안녕, 이연!'

그 순간, 누군가 그녀의 팔목을 낚아챘다.

"연아! 안 된다!"

연은 갑작스러운 고함 소리에 놀라 눈을 떴다. 먹먹한 눈앞에 누군가 그녀의 팔목을 잡고 흔드는 것이 보였다. 그녀는 헛것을 본 사람처럼 중얼거렸다. 한양으로 떠났던 백현이, 송백현이 그녀의 눈앞에 있었다.

"여, 여긴 어떻게……."

"정신이 드는 게냐!"

백현이 그녀를 와락 끌어안았다. 그는 가쁜 숨을 몰아쉬며 말했다.

"다 끝났다! 다 끝났어! 설희 아가씨가 혼약을 파기했다. 이 소식을 전하기 위해 밤낮을 달려왔어. 늦을까 봐, 이미 늦었을까 봐 얼마나 걱정했는지 모른다. 이제 남자로 살지 않아도 돼. 이연으로, 네가 말하던 그 이연으로 살면 된다."

그녀는 쥐었던 꽃을 스르르 놓았다. 힘이 다 빠지는 느낌이었다.

"이연으로…… 이연으로…… 살아도 된다고요?"

"그래!"

백현이 그녀의 등을 두드렸다. 바람이 불었다. 연은 자신이 놓친 붉은 꽃을 물끄러미 바라보았다. 붉은 꽃잎은 바람에 실려 한 장, 두 장 달빛 속으로 사라졌다. 남자로 살아야 한다는 족쇄가 풀리는 순간이었다.

*

"어머니, 죄송합니다."

연이 초췌한 최씨 부인을 향해 눈물로 절했다.

"아니다, 네가 무사히 돌아와서 다행이야. 나는 네가

혹시라도 잘못될까 봐 가슴을 쥐어뜯으며 후회했단다. 남자면 어떻고 여자면 또 어떻겠니? 그저 이날까지 목숨 부지하고 산 것만으로도 감지덕지인걸. 차라리 모든 게 다 끝났다고 생각하니 마음이 홀가분하구나."

최씨 부인은 딸을 얼싸안았다. 실로 오랜만에 이루어진 모녀의 상봉이었다. 그러나 기쁘고 반가운 마음도 잠시, 두 사람의 캄캄한 앞날이 마음을 짓눌렀다. 작은사랑채에 머무르는 무원과 그 어미가 어제 오후에 정신을 차렸고, 연은 남자가 되지 못하고 돌아왔다. 이제 남은 것은 이 대감을 속인 죄를 달게 받는 일뿐이리라.

"마님, 도련님, 대감마님께서 사랑채로 오시랍니다."

밖에서 여종이 와서 말했다. 이 대감이 외출에서 돌아와 두 사람을 찾는 게 분명했다. 근 20년을 속여온 죄를 이 대감은 어찌 물을지. 두 사람은 천근만근한 걸음으로 사랑채에 당도했다. 그곳은 폭풍 전야처럼 고요하고 냉기가 흘렀다.

"대감마님, 큰마님과 도련님 오셨습니다."

"들라고 해라."

이 대감의 카랑카랑한 목소리가 울렸다. 드르륵, 문을 열고 죄인처럼 두 사람이 들어가 무릎을 꿇었다. 그는 오랜만에 보는 연을 본척만척하며 방금 받아 온 문서를 서안 위에 조용히 내려놓았다.

"납채를 도로 받아 오는 길이다."

그가 싸늘하게 말했다.

"혼약이 파기됐어. 그 집 아가씨가 병이 깊어 자리보전했다는데 그건 핑계 같고. 소문에는 다른 도령과 정을 통해 도망을 쳤다더군. 어차피 우리 쪽에서도 혼인은 못할 처지였으니까 그 집에 준 돈은 돌려받지 않기로 했다. 대신 교역을 금지하던 몇몇 약재 품목을 풀어주기로 합의를 봤지. 좋은 거래였어."

그의 냉랭한 목소리가 연의 가슴을 후벼 팠다. 근엄하고 무서운 할아버지였으나 그녀에게만은 늘 특별했던 그였다. 그러나 지금 이 순간 그는 사라지고 없었다. 마주 앉은 이 대감은 이 집안의 냉철한 가주로서 그녀를 쏘아봤다.

"너와 네 어미에 대해 생각해봤다. 아무리 생각해도 괘씸한 일이야."

이 대감의 말에 최씨 부인이 바닥에 넙죽 엎드렸다.

"죽을죄를 지었습니다. 이 모든 건 제가 자초한 일이니 어떤 처벌이라도 달게 받겠습니다. 연이는 용서해주십시오."

"어떤 처벌이라도 달게 받겠다? 연이를 용서해달라?

흥."

이 대감이 차갑게 코웃음을 쳤다. 그때 밖에서 여종의 목소리가 들려왔다.

"대감마님, 무원 도련님 오셨습니다."

"들라 해라."

그는 기다리던 사람처럼 말했다. 또다시 문이 열리고 무원이 들어왔다. 그는 화상을 가리느라 복면을 써 겨우 눈만 보였다. 무원은 화상으로 인한 통증 때문에 미칠 지경이었지만 이를 꽉 깨물고 이 대감 앞에 무릎을 꿇었다.

"병세가 호전되었다고 듣긴 했다만 아직은 힘든 모양이구나?"

이 대감의 물음에 그가 엎드려 절했다.

"살려주십시오."

외숙부가 죽고, 가짜 양반으로 위세하던 모든 기반이 무너졌으며 간신히 정신을 차린 어미는 완전 다른 사람이 되어버렸다. 그는 이제 도망치려야 도망칠 곳도 없었다. 게다가 이연을 죽이려 한 죄 또한 가볍지 않으니 그가 제 어미와 함께 목숨이라도 부지하려면 엎드려 빌어야 할 처지였다.

"네 어미와 달리 넌 정신을 온전히 차린 모양이구나. 네가 어떤 처지인지 잘 알고 있으니 말이다."

이 대감이 세 사람을 훑어보았다.

"너희 셋이 다 망쳐버렸다. 내가 가장 바라고 또 그렇게 되리라 믿어 의심치 않았던 걸 모두, 모두 뒤집어엎었어. 어쩌면 한평생 이 집안을 이끌기 위해 저질렀던 내 업보의 결과인지도 모르지. 하지만 분명한 건 내가 괴로운 것처럼 너희들도 스스로의 행동에 응당 책임을 져야 한다는 거다."

셋 다 말이 없었다. 스스로의 죄를 잘 아는 까닭이었다.

"무원아, 고개를 들어라."

그가 복면을 쓴 얼굴을 간신히 들었다.

"복면을 벗어라."

이 대감의 말에 그가 멈칫했다.

"어서 벗어."

단호한 명령에 그가 떨리는 손으로 복면을 벗었다. 연과 최씨 부인은 놀라 입을 가렸다. 복면 아래로 일그러진 왼쪽 얼굴이 드러났다. 흉측하기 짝이 없어 도저히 예전 그 사람이라고 보기 어려웠다.

"훌륭한 핑계거리야."

이 대감이 흡족한 목소리로 말했다. 무원이 고개를 떨어뜨렸다.

"이제 네가 이연이다."

그 말에 세 사람이 모두 놀랐다.

"아랫사람들 입단속이야 쉬운 일이야. 멀리 몇 사람을 보내도 좋고, 다리를 부러뜨려도 괜찮지."

이 대감이 창문을 연 뒤, 서안 옆에 두었던 장죽에 불을 붙이고 한 모금 들이마셨다. 그는 담배 맛을 음미하며 말했다.

"네가 연이로 사는 거다. 집에서 불이 났고, 넌 그 바람에 화상을 입어 복면을 쓸 수밖에 없는 게지. 1년만 조용히 공부나 하며 지내도록 해라. 과거 시험만 합격한다면 그 뒤엔 네가 상상조차 못했던 날개를 달아주마."

무원의 눈동자가 떨렸다. 괴물이 된 그에게 그토록 원하던 장손의 자리를 이 대감이 약속했다. 그러나 그는 알고 있었다. 그것이 평생의 형벌이 되리라는 것을.

"하지만 넌 죽는 날까지 네 이름으로 불리지 못할 게다."

무원의 공허한 눈동자에서 눈물이 흘렀다. 그는 인생을 송두리째 빼앗겼다. 아마도 열등감이라는 괴물로부터 죽는 날까지 벗어나지 못할지도 모른다. 이 대감은 담배 연기를 길게 뿜었다.

"연아, 너는 이 시간부로 네 이름을 버리고 떠나라. 떠나서 다시는 돌아오지 마라. 너에게는 유산도, 명예도 아무것도 없다. 그리고 자부(子婦 : 며느리)는 계속해서 이 집에 남아라."

두 사람은 깜짝 놀랐다.

"네 입으로 네가 자초한 일이라 하지 않았느냐. 그 죄를 달게 받겠노라 하지 않았더냐. 이제 네 자식을 무사히 보내주는 대가를 치러라. 너는 네 원수와 그 아들을 보살피면서 살아야 한다. 무원이가 이연의 인생을 사는 것을 지켜보며 말이다."

"하, 할아버지! 하지만…… 하지만……."

연이 다시 엎드렸다. 제 어미와 이대로 생이별이라니. 그러나 최씨 부인은 모든 것을 감내하는 얼굴로 묵묵히 눈물을 흘렸다. 비참하고 슬픈 처분이었으나, 어쩌면 늘 죄책감으로 얼룩졌던 그녀의 삶을 속죄할 마지막 기회이리라.

"명에 따르겠습니다."

이 대감은 쓸쓸하게 장죽을 내려놓고 세 사람이 각각 제 처소로 사라지는 모습을 지켜봤다.

"아, 이 죄 많은 늙은이에게 어울리는 벌이로다."

그는 깊이 탄식하며 창문을 닫았다.

*

    연은 떠날 차비를 마치고 제 어미 앞에 앉았다. 최씨 부인은 치마와 저고리에 댕기를 맨 자신의 딸을 바라보며 눈시울을 붉혔다. 그동안 예쁜 딸아이로 살게 해주지 못해 죄스러웠던 마음이 그녀의 고운 모습 앞에 뭉그러졌다.

"충주로 가겠다고?"

최씨 부인이 물었다.

"네, 백현 형님, 아니 백현 오라버니의 숙부님이 충주에 계시는데, 그분께 신세를 졌습니다. 집으로 돌아오기 전에 그분께서 제 딱한 사정을 들으시고 혹 갈 곳이 마땅치 않게 되면 도와주시겠다고 하셨습니다. 그리고 충주에는……."

연이 잠깐 머뭇거리다가 곧 웃는 얼굴로 말했다.

"기다리는 사람이 있습니다. 다시 볼지 어떨지는 모르지만."

최씨 부인은 마음이 놓이는 얼굴로 고개를 끄덕였다.

"그래, 도와줄 사람이 있어 안심이구나."

이번에는 연이 물었다.

"어머니께서는 정말 여기 계셔도 괜찮으시겠습니까?

김무원은……."

"내 걱정은 마라."

그녀는 평소와 다름없이 온화하게 말했다.

"어찌 되었든 나 역시 죄를 지었고, 이제 그걸 갚게 되니 오히려 마음이 가볍구나. 무원이, 그 아이가 우는 걸 보니 그저 가엽고 안타까웠단다. 게다가 약방의 의원 말로는 제 친어미가 정신을 차리긴 했지만 백치가 되어 무원이를 네 아버지로 착각한다는구나. 만약 나마저 떠난다면 이 집에서 그 아이를 누가 돌봐주겠니? 마음을 열지는 모르겠지만 무원이가 이 집의 주인이 될 때까지 나라도 곁에 있어주고 싶어."

연이 마지막으로 최씨 부인을 끌어안았다. 그녀가 연을 포근하게 품으며 말했다.

"아버님 몰래 충주에 한 번씩 가도록 하마. 우리 연이, 씩씩하고 당차게 자랐으니 이 어미 없어도 잘할 게야."

다정한 품, 연한 분 냄새. 그녀의 품에서 또 언제 이 냄새를 맡는지. 모녀가 그렇게 석별의 정을 나누고 헤어지니 이 또한 슬프기 짝이 없었다. 그러나 연은 제 어미의 말처럼 당당하게 집을 나섰다.

"이제 시작이야. 이씨 집안의 장손이 아닌, 과거의 이연이 아닌, 이제 진정 나라는 사람으로 사는 거야."

그녀는 눈물을 머금고 충주로 향했다.

*

재성은 종이에 크게 세 글자를 적고 뿌듯한 얼굴로 말
했다.

"이시은李施闇, 은혜를 베푸는 사람이라는 뜻이네. 듣자
하니 전에도 죽소에서 거지들을 치료했다며? 여기서도
딱한 사람들 많이 도우라고 지어주는 이름이네. 다행히
인근에 의원은 있어도 의녀가 없어 사대부가 여식들이
치료를 받지 못해 곤란한 경우가 왕왕 생겼네. 개원을
하면 그럭저럭 입에 풀칠하고 살 만은 할 게야."

재성은 연이 새로이 쓸 이름을 지어 그녀에게 내밀었
다. 수수해 보이는 쑥색 무명옷에 단정하게 땋아 내린
머리, 보따리 하나를 가슴에 안은 연은 시골 처녀처럼
순박하게 웃었다.

"감사합니다, 나리."

"뭐, 이런 걸로. 어찌 되었든 충주에서 살기로 했으니
앞으로 곤란한 일이 생기거든 언제든 말하게."

재성은 안타까운 얼굴로 대꾸했다. 보면 볼수록 그녀
가 딱했다. 어쩌면 그가 남녀의 유별함과 반상의 차별을

경멸하기 때문에 연의 사정에 더욱 동정이 갔는지도 모른다. 게다가 그 역시 부귀영화와 명예를 등지고 세상을 떠나왔으니 그를 닮은 모습이 어찌 애달프지 않았을까. 그러나 재성은 씩씩하게 자리에서 일어났다. 이럴 때일수록 더 기운을 내야 했다.

"자! 그럼 새로운 이름을 얻었으니 새로운 삶을 살아야 하지 않겠는가? 마침 우리 집에서 그리 멀지 않은 곳에 집을 마련했으니 같이 보러 가세."

그는 쾌활하게 여기저기 동네 구석구석을 소개하며 이웃 아낙들에게도 염치없이 말을 걸어 자신의 먼 외가 친척 된다며 그녀를 잘 부탁했다.

"자자, 여기라고."

재성은 마침내 작은 초가집 앞에서 멈췄다. 그의 집과 마찬가지로 싸리문 곁으로 꽃나무가 여기저기 심어져 있었고, 세 칸짜리 방에 따로 헛간과 부엌이 있었다. 그런데 어찌 된 일인지 누군가 이미 살고 있는 모양이었다. 부엌에서 모락모락 피어오르는 연기 한 줄기. 그는 깜빡했다는 얼굴로 그녀를 돌아봤다.

"아, 미처 말을 못 했군. 여기 이미 사람이 산다네. 자네도 아는 사람이지."

그때 부엌에서 한 처자가 삶은 감자 한 소쿠리를 들고

나왔다. 연은 깜짝 놀랐다.

"아가씨!"

몽당한 머리에 때가 묻은 무명옷을 입었지만 고운 얼굴에 귀티가 흐르는 외양은 틀림없이 설희였다.

"도, 도련…… 아니, 아가씨!"

설희도 반가운 얼굴로 달려 나왔다. 그녀가 머리를 자르고 집을 나와 백현을 따라 충주까지 왔다는 이야기는 들었지만 직접 만나지는 못했다. 게다가 이 집에 살고 있을 줄이야.

"놀라셨습니까?"

설희가 웃으며 물었다. 연이 머리를 긁적였다. 똑같이 치마저고리를 입고 섰으니 이상하고 어색했다.

"저 역시 머리가 짧아 민망합니다. 참, 안으로 들어와 보세요. 아가씨께서 쓰실 방을 보여드리겠습니다."

설희가 마루 위로 올라가 문을 열었다.

"안에 청소를 하고 이불도 제 손으로 바느질을 해서 대충 마련했는데 솜씨가 서툴러서 엉망입니다."

연이 들어가보니 신경 쓴 흔적이 역력했다. 그런데 이게 무슨 냄새인지, 갑자기 무언가 타는 냄새가 났다.

"이게 무슨 냄새야? 어디서 누룽지 타는 냄새가 나는데."

재성의 말에 설희가 두 눈을 동그랗게 뜨고 박수를 쳤다.

"어머! 어머! 밥 탄다. 이를 어쩨."

그녀가 부리나케 부엌으로 들어가니 재성이 배를 잡고 껄껄 웃었다.

"살림이 서툰 두 사람이 만났으니 앞으로 참 볼만하겠구면. 이 집 놀러 오면 밥이나 얻어먹을지 모르겠어."

두 사람이 한집에서 살게 되었으니, 사람 일은 이처럼 알다가도 모르는 일이라. 한때는 혼인을 할 뻔했던 그들이 함께 텃밭을 일구고 밥을 짓고 밤에는 미역을 감으러 다니니 세상에 둘도 없는 벗이 됨은 물론이다. 때때로 텃밭을 제대로 가꾸지 못해 재성의 도움을 구하거나 동네 아낙들의 참견을 받아 먹을거리를 마련했지만, 두 사람은 모두 명민하고 용감했으며 그런 새로운 경험이 즐거웠다.

또한 그들이 이루고자 한 꿈도 차차 이루어지니 연은 이시은이라는 의녀로서 여인들을 진료하며 때때로 의원을 찾지 못하는 어려운 사람들을 위해 일했다. 설희 역시 필명으로 신분을 숨기고 글을 써나가며 가끔 재성과 백현을 통해 세간에서 어떤 평을 받는지를 전해 들었다.

그리하여 새로운 삶은 강물처럼 또 흘러갔다. 하지만

날이 가고 달이 기울어도 연이 마음으로 기다리는 이는 돌아오지 않았다. 어둠이 내리고 밤하늘에 무수한 별들이 뜨고 질 때마다 그녀는 떠난 정인을 떠올렸다.

"망량……."

연은 조용히 그의 이름을 불렀다. 함께 나눠 낀 가락지를 어루만지며 그가 쓴 서찰을 몇 번이고 다시 읽어보았다.

'운이 좋아 다시 만나게 된다면 그때는 너를 알아보게 되면 좋겠다. 아니, 네가 먼저 알아봐다오. 인연이 닿는다면 어떤 모습으로든 다시 만나게 되지 않겠느냐. 비록 아무것도 남지 않는다고 하더라도 말이다.'

그녀는 수십, 수백 번을 읽어 모두 외워버린 구절을 다시 곱씹었다. 과연 그는 돌아올까. 이생에서 다시 만날까. 그리워하며 보낸 밤은 어느새 세 번의 보름이 지났고, 연과 설희의 작은 집에도 겨울이 찾아왔다.

"눈이야."

설희가 창문을 열고 말했다. 연도 고개를 빼고 밖을 내다보니 차가운 공기 속으로 하얀 꽃송이가 내려 바닥에 사근사근 쌓이고 있었다.

"계십니까?"

문득 들리는 소리에 연이 창문을 활짝 열었다.

"누구……."

연의 말문이 막혔다. 뜻밖의 손님, 다름 아닌 계향이었다. 그녀는 핼쑥한 모습으로 행화와 함께 연이 꾸린 작은 진료소 안으로 들어왔다.

"오랜만입니다, 아가씨."

연이 마당으로 뛰어나와 그녀와 행화를 데리고 안으로 들어왔다. 얼음장처럼 차가운 손과 빨갛게 달아오른 두 뺨. 연이 두 사람에게 차를 내놓고 그들을 살폈다. 구미호 같은 요괴도 사람처럼 추위에 벌벌 떠는 걸까. 이상하다. 계향은 기운이 다 빠진 얼굴로 맥없이 웃었다.

"이상해 보이십니까? 이제 저도 요괴가 아니라 사람입니다."

계향의 말에 연이 고개를 갸웃했다.

"네?"

"주지 스님께서 행화를 살리려면 관세음보살의 대자비를 구하라 하여 33일간 돌미륵 암자에서 기도를 올렸습니다. 그 33일 동안 요괴의 힘을 억누르지 못해 죽을 지경이 되었지만 우리의 간절함이 닿았는지 과연 보살님이 찾아오셨습니다. 그분께서는 요괴의 힘을 거두시면서 두 번의 보름이 지나는 동안 차차 인간으로 변하니 그 후에 산을 내려가 인간세계에서 선업을 쌓으라 하셨지요."

행화가 제 어미 옆에 붙어 수줍게 말했다.

"아가씨께서 어렵고 가난한 병자를 돌보신다고 들었습니다. 미력이나마 저희도 돕겠습니다."

계향이 빙긋 웃었다.

"부탁드립니다. 폐를 끼치지 않겠습니다. 그저 돕게만 해주십시오."

"저야 감사할 따름이지요."

연이 선뜻 승낙하자 그녀는 감사 인사를 한 뒤 품에서 서찰 하나를 꺼냈다.

"돌미륵 암자에서 내려오는 길에 우연히 원주 스님을 뵈었습니다. 마을에 부고(訃告 : 사람의 죽음을 알림)를 알리러 내려가는 길이시더군요."

"부, 부고라니요?"

계향은 슬픈 표정으로 서찰을 건넸다.

"주지 스님께서 입적(入寂 : 부처의 경지인 열반에 들어 이생에서 죽음을 뜻함)하셨다고 합니다."

연은 놀라서 서찰을 펼쳤다.

심선 스님 입적, 이달 보름 정오에 다비식 거행.

그녀는 부고를 받아 들고 눈물을 흘렸다. 노승이 전한 서찰의 글귀가 떠올랐다.

'會者定離 去者必返.'

연은 부고를 붙들고 먹먹한 가슴을 어찌지 못해 한참 울었다. 계향도 행화도 슬픈 표정으로 함께했고, 설희가 그 곁에서 위로했다. 과연 노승의 말대로 만남과 헤어짐 뒤에 또다시 만날 인연이 있을는지, 그녀는 기약 없는 기다림 속에서 홀로 남겨진 기분이었다.

다시 시작되는 이야기

은약사 안은 인산인해였다. 그간 노승의 덕을 본 많은 사람들이 모두 눈물을 흘리며 그의 마지막 길을 배웅하러 와서 영결식이 열리는 대웅전 앞마당은 꽉 들어찼다. 한 줌 흙처럼 간소하게 보내달라는 노승의 마지막 말을 따라 영결식은 간단히 치러졌고, 다비장까지의 행렬에도 겨우 두세 개의 깃발만 세웠다. 각지에서 온 선방 수좌 스님들이 법구가 모셔진 연화대에 불을 놓으며 "스님 불 들어갑니다"라고 외치자 곧 짙은 연기가 하늘 위로 올랐다.

"스님, 성불하십시오."

연은 주지 스님의 마지막 가는 모습을 지켜본 뒤 합장하고 산문을 걸어 나왔다. 그녀는 산문 앞에 앉은 해온을 발견하자마자 목이 메었다. 그는 마른 나무 위에 쪼그리고 앉아 우두커니 하늘을 쳐다보고 있었다.

　"해온아."

　연이 그를 불렀다. 해온은 작은 손에 입김을 호호 불었다. 그는 몇 번이나 절에 불공을 드리러 온 그녀를 기억하고 있었다.

　"아가씨도 오셨군요. 이연 도련님하고 먼 친척 된다고 하셨지요? 참 많이 닮으셨어요. 도련님 한번 뵈면 좋으련만. 잘 계신지 보고 싶네요."

　연은 그의 말에 콧잔등이 시큰한 것을 참고 대답했다.

　"응, 잘 계신다고 하더라. 오늘 못 와서 미안하다고 꼭 전해달라고 하셨어."

　이미 원주 스님이나 몇몇 스님들은 그녀의 정체에 대해 대충 낌새를 챘으나, 남자들만 지내는 절에서 여인이 유숙했다는 소문이 날까 봐 쉬쉬했고, 이 어린 녀석은 꿈에도 그런 줄은 모르는 눈치였다.

　"춥지 않니?"

　연이 물었다.

　"하늘이 컴컴한 게 또 눈이 올 모양이에요. 전 눈 오는

거 좋아하거든요. 매일 눈이 내렸으면 좋겠어요. 치우는
건 힘들지만, 그래도 눈 내리는 모습을 보면 이상하게
따뜻한 기분이 들어서요."

해온이 해맑은 얼굴로 대답했다.

"주지 스님이 안 계셔서 슬프겠구나."

그녀가 해온의 발그레한 뺨을 쓰다듬었다. 그는 코를
훌쩍이며 작은 새 같은 입으로 대답했다.

"저도 제 할 일을 다 했으니 이제 돌아가야지요. 주지
스님은 분명 성불하셨을 테니 또 뵙게 될 거예요. 그러
니 슬플 게 뭐 있나요?"

"응? 뭐라고?"

연이 무슨 소리인지 알아듣지 못하고 되묻자 그는 절
레절레 고개를 흔들었다.

"아무것도 아니에요. 전 그만 가볼게요. 우리 다음에
또 만나요."

해온이 빙긋 웃더니 그녀에게 손을 내밀었다. 연이 그
손을 붙잡자 그는 개구쟁이처럼 싱긋 웃고는 저만치 산
문 안으로 뛰어갔다.

"해온아!"

연이 그를 쫓아 들어가려 했지만 사람들 틈으로 사라
진 아이의 뒷모습은 보이지 않았다. 그때 그녀의 이마에

내려앉는 차가운 무언가.

"눈이구나."

또다시 하늘에서 하얀 꽃송이들이 사뿐사뿐 내렸다. 연은 눈이 내리는 길을 따라 숲으로 들어갔다. 오랜만에 걷는 숲, 그녀는 망량과 함께했던 길을 다시 걸었다.

"그 나무는 어떻게 변했을까."

그녀는 내리는 눈을 아랑곳하지 않고 한 걸음 두 걸음 마른 나뭇가지들을 헤치고 나아갔다. 그와 함께했던 추억을 찾는 마음은 처음 이곳에 왔을 때처럼 두근거렸다. 상사화가 흐드러지게 피었던 길을 지나자 잎이 다 떨어진 굴참나무 숲이 보였다.

"아, 그래. 이 나무였어."

연이 마침내 그와 함께 왔던 나무를 찾아 그 곁으로 다가갔다. 그러나 망량이 떠난 빈자리는 너무 컸다. 나뭇가지는 앙상했고, 그 위에는 새 한 마리 없었다.

"망량."

그녀는 나무에 손을 얹고 그의 이름을 불렀다.

"연아."

금방이라도 그가 등 뒤에서 나타나 자신을 부를 것 같았다. 그러나 등 뒤로 내리는 것은 부질없는 하얀 눈송이뿐.

"망량!"

연은 큰 소리로 외쳤다. 차마 소리 높여 부르지 못했던 그 이름을 더 크게, 더 크게 불러보았다.

"망량! 돌아와! 망량! 내가 기다리고 있어! 돌아와! 망량!"

그녀의 눈에서 눈물이 와락 터졌다. 그녀는 나무를 붙들고 엉엉 울었다. 차가운 겨울바람을 타고 흰 눈꽃들이 춤을 추듯 휘날렸다. 그리고 그녀의 목소리도 그 바람 속에서 함께 날아갔다.

*

"망량!"

그 목소리에 꿈틀하며 눈을 떴다. 오랜 잠이 깨는 순간이었다.

"이제 일어난 게냐?"

망량은 눈을 끔벅거리며 바둑판 앞에 앉은 두 사람을 번갈아 쳐다봤다.

"어, 어떻게 된 겁니까?"

그가 떠듬떠듬 물었다. 귀왕은 바둑판을 뚫어져라 노려보더니 결국 돌을 던졌다.

"이 바보 녀석이 그대 말대로 깨달음을 얻었으니 어찌 한 수만 물려달라고 계속 조르겠소. 내가 바둑에서 졌습니다."

그는 맞은편에 앉은 혼령에게 패배를 시인했다. 혼령은 홀홀 웃더니 황금빛 후광을 뿜으며 자신의 모습을 드러냈다.

"세상에!"

망량은 깜짝 놀라 뒷걸음질 쳤다. 그는 은약사의 주지로 있던 노승이었다.

"그간 잘 있었느냐."

"어, 어찌 여기 계십니까. 게다가 스님의 몸에서 나는 후광은 부처의 빛인데 이게 어떻게⋯⋯."

그가 당황하는 모습을 보고 노승이 빙그레 웃었다.

"드디어 부처가 되셨군요."

귀왕이 노승을 향해 합장했다.

"비록 전생에서는 욕심에 묶여 윤회의 굴레를 벗어나지 못했지만 이제 삼라만상이 결국 무無라는 것을 깨달았습니다."

"당신을 묶었던 그 욕심은 무엇이었습니까?"

귀왕이 물었다.

"아주 오래전 저는 어미를 구하려다 물에 빠져 죽은

적이 있습니다. 저는 죽으면서도 홀로 남는 제 어미를 잊지 못해 슬퍼했고 그만 영혼이 둘로 흩어지고 말았지요. 그리고 절반의 영혼은 환생의 굴레로 돌아갔으나 그 나머지 절반은 제 어미가 아끼던 피리에 남게 되었습니다. 제 어미는 제 죽음을 슬퍼하다 비구니가 되었고 후에 큰 깨달음을 얻어 귀왕이 되셨지요."

그의 말에 귀왕이 눈을 지그시 감고 고개를 끄덕였다. 눈앞의 노승은 전생에서 자신의 아들이었으니 우주의 인연이란 이처럼 알다가도 모르는 일이었다.

"그 후 당신께서는 우연히 부처에게 바쳤던 그 피리를 다시 얻으셨고 옛 인연을 소중히 여겨 귀하게 품으셨습니다. 그리고 그 피리에 있던 제 반쪽 영혼이 망량이라는 도깨비로 새롭게 태어나게 되었지요."

망량은 노승의 말에 입을 떡 벌렸다.

"그, 그게 무슨 말입니까? 제가, 제가 스님과 본래 하나의 영혼이었다는 말입니까? 제가요?"

그러자 귀왕은 조용히 하라는 듯 부리부리한 눈으로 망량을 쏘아봤다. 노승이 홀홀 웃으며 말을 이었다.

"저는 몇 번의 환생을 거듭하며 제 혼이 둘로 흩어진 것을 깨닫고 원래의 모습을 찾기 위해 노력했습니다. 그러나 결코 그 뜻을 이루지 못했지요. 그러던 중 지난 생에 한순간 깨달음을 얻어 귀왕을 만나게 되었습니다. 저는 이것이 절호의 기회라 여겨 당신께 내기를 걸었지요. 제 반쪽 영혼을 돌려받아 완전한 자아를 이루기 위함이었습니다."

망량은 머리가 아팠다. 아무리 부처가 되었다 하나 자신의 영혼이 노승과 합쳐진다니 청천벽력 같은 소리였다. 노승이 다시 미소를 지었다.

"망량, 네가 놀랄 일은 없다. 나는 죽는 순간에야 내 욕심이 부질없음을 비로소 깨달았지. 결국 내가 소유할 수 있는 건 아무것도 없으며 나 또한 아무것도 아님을 말이다."

노승의 몸에서 사방으로 광채가 뿜어져 나왔다. 그는 부처가 되어 이제 이 세계를 떠나 우주로 향하고 있었다. 그의 자비롭고 평화로운 목소리가 울렸다.

"귀왕께서는 내게 약속을 하였으니 이제 지켜주시기 바랍니다. 나의 영혼이 자유를 찾았듯 또 다른 나에게 새로운 인생을 베풀고 싶습니다. 그대의 가신이 아니라 스스로의 삶을 꾸려나가도록 그를 인간으로 만들어주십시오."

"명을 받들겠습니다."

귀왕이 고개를 끄덕이며 합장했다. 망량은 그 앞에 무

릎을 꿇었다.

"저를 인간으로 만드신다고요? 그게 정말이십니까? 그렇다면, 그렇다면 연이를 만나게 해주십시오. 공력이 사라져도 좋고 수명이 짧아도 좋습니다. 그저 연이를, 연이를 다시 만나게 해주십시오. 부탁드립니다."

귀왕은 어이가 없다는 얼굴로 픽 웃었다.

"이런 못난 놈을 보았나. 소원 들어주라고 보냈더니 여자하고 눈이 맞아서는……."

"약속대로 깨달음을 얻지 않았습니까?"

망량이 떼를 쓰듯 말했다. 귀왕은 자식을 떠나보내는 어미의 마음으로 그를 바라보았다.

"네 녀석을 다시 만났으면 좋겠구나. 선업을 쌓으면 또 만날지니 늘 다른 사람을 돕고 베풀며 살아야 한다. 알겠느냐?"

그가 미소 짓자 망량이 고개를 끄덕였다.

"이 아이를 인간으로 만들 테니 부처께서는 부디 자비를 베푸소서."

귀왕은 망량을 향해 두 손을 뻗었다. 화르르, 그의 몸에서 푸른 기운이 용솟음치더니 귀왕의 손으로 빨려 들어갔다. 순간 망량이 휘청했다.

"윽!"

공력이 바닥났을 때처럼 기운이 쭉 빠져 망량이 바닥에 쓰러지자 귀왕은 그의 가슴 위에 손을 얹었다.

"다시 볼 게다. 인연이란 그러한 것이니라."

순식간에 망량이 누웠던 바닥에 소용돌이치는 공간이 뻥 하고 뚫렸다. 그 속으로 한도 끝도 없이 떨어지는데, 그때 노승의 목소리가 웅웅 울렸다. 부처만이 우주를 꿰뚫으니 이제 망량의 환생은 그의 자비로 말미암아 이루어지리라.

"환생의 굴레를 지나면 네 모든 기억은 사라진다. 그러나 네가 걸었던 도술은 반드시 네 영혼을 찾아 돌아올 테니 두려워하지 마라. 결국 떠난 자는 그 자리로 돌아가게 된단다."

환하게 비치는 빛 속에서 망량은 자신의 두 눈을 가렸다. 의식이 점점 멀어지고 귓가를 맴돌던 소리도 희미해졌다. 그리고 마지막 목소리가 들렸다.

"해온아, 너도 수고했다. 청의동자의 굴레를 던지고 산신의 반열에 오르는 걸 허락하마. 이제 너를 새로운 월악산의 산신으로 임명하노라."

"분부 받들겠습니다."

해온의 목소리를 끝으로 망량의 의식이 아득하게 사라졌다.

*

눈물을 그친 연이 겨우 정신을 추슬러 일어서려는데
갑자기 바람이 불어왔다. 눈송이가 잔뜩 실린 바람이었
다.

"아앗!"

그녀는 온몸을 움츠렸다가 눈을 떴다.

"바람이 거세지려고 하나?"

눈물을 닦으며 돌아가려는 그때 등 뒤에서 바스락 마
른 나뭇가지를 밟는 소리가 들렸다.

"으응?"

연이 커다란 나무 둥치의 뒤편을 살그머니 살피는 순
간, 이게 무슨 일인가. 나무 뒤편에 한 남자가 쓰러져 있
었다. 연의 입에서 탄성이 터져 나왔다.

"망량!"

연은 달려가 그를 끌어안았다.

"어떻게, 어떻게 된 거야? 망량, 정신 좀 차려봐."

연은 그의 뺨을 만지고 흔들어 깨웠다. 남자가 눈을 게
슴츠레 떴다.

"뭐야, 시끄럽게."

그는 눈물을 주렁주렁 흘리는 연을 보더니 놀란 표정

으로 멈칫하며 일어났다.

"어, 어. 이거 왜 이러시오."

남자가 일어나 도포에 묻은 눈을 털었다. 그는 연을 생
전 처음 보는 사람처럼 경계하는 눈빛이었다.

"댁은 누구시오?"

"나야, 망량. 나, 나 모르겠어?"

연이 매달리듯 말했다. 남자가 그녀의 얼굴을 찬찬히
살펴봤다. 어디서 많이 본 듯한 얼굴이었지만 기억이 떠
오르지 않았다. 그보다 자신이 누구인지조차 잘 모르는
눈치였다. 주위를 둘러보니 여기가 어디인지, 왜 여기에
있는지도 모르겠다.

"나를 아시오?"

남자가 되물었다. 연은 그 물음에 뭐라 대꾸해야 할지
몰라 머뭇거렸다. 그는 기억을 잃은 걸까. 아니, 망량이
맞기는 한 걸까.

"여기가 어디오?"

남자는 어리둥절한 표정으로 말했다. 그의 곁으로 산
새 한 마리가 날아와 지저귀었지만 남자는 휘파람을 불
지 않았다. 그저 멀뚱히 여기저기 둘러볼 뿐이었다. 산
새는 총총거리며 그 주위를 돌더니 이상한 모양인지 퍼
덕거리며 날아가버렸다.

"망량, 새소리, 새소리가 안 들려?"

연이 물었다.

"내 이름이 망량이오? 새소리? 새소리가 들리는지 물은 거요? 당연히 귀가 달렸으니 소리야 들리는 거 아니겠소. 그게 무슨 질문이오?"

정말 그가 맞나 싶은데, 그때 그의 새끼손가락에 옥가락지가 보였다. 그녀는 그의 손을 덥석 잡았다.

"망량, 네가 맞구나. 정말, 정말 돌아와줬어."

"뭐, 뭐하는 거요!"

망량은 연을 품에 보듬기는커녕 밀쳐내며 놀란 표정을 지었다. 아리따운 아가씨가 느닷없이 친한 척을 하니 그의 얼굴이 벌겋게 달아올랐다.

"나, 나 기억 안 나?"

"나를 아는 게 맞는 거요?"

망량이 다시 물었다. 연이 그를 와락 껴안았다. 망량이 대경실색한 얼굴로 그녀를 떼냈다.

"왜 자꾸 이러는 거요! 백주 대낮에 아무리 보는 사람이 없기로서니, 당신 미쳤소? 나를 안다면 내가 누구인지부터 말해보시오. 내가 누구요?"

연은 무척 기뻐 눈물이 터졌다. 비록 그녀를 알아보지는 못하지만 그가 돌아왔다는 것만으로도 감격스러웠다.

"네가, 네가 그랬잖아. 운이 좋아 다시 만나게 되면 그때는 내가 먼저 알아봐달라고. 인연이 닿는다면 어떤 모습으로든 다시 만나게 되지 않겠냐고."

그녀는 그가 서찰에 쓴 이야기를 했다.

"그게 무슨 소리요? 아, 내가 누군지 말해보라니까."

"망량. 월악산의 산신이자 도깨비였고, 내 정인이었던 사람."

연의 말에 그의 표정이 떨떠름해졌다.

"이 아가씨, 아무래도 정신이 좀 이상한 거 같아."

망량이 그녀를 두고 뒤돌아섰다.

"망량!"

연이 뒤에서 그를 불렀다.

"나를 다시 만나겠다고, 나를 반드시 기억하겠다고 약속했잖아."

망량이 뒤돌아봤다. 휘이이, 바람이 불어와 그녀를 훑고 그를 스쳐갔다. 이상한 기분이 들었다. 바람 속에 실려 온 무언가가 그를 붙잡는 기분이었다.

"기억하겠다는 약속을 했다고?"

다시 봐도 낯익은 얼굴, 바람에 섞인 묘한 기운은 무엇일까. 그녀의 향기인가. 눈처럼 희고 고운 얼굴에서 흐르는 눈물, 그녀는 정말 나를 아는 걸까. 다시 바람이 그를 훑었다.

'이 얼굴을, 코를, 뺨을, 입술을, 턱을 모두 기억하마.
바람이 불어 네 향기를 맡게 된다면 난 널 찾게 될 거야.
아무리 시간이 흘러도, 몇 번의 환생을 거치더라도 우린
꼭 다시 만나게 될 거다. 꼭.'

망량은 바람에서 들려오는 소리에 놀랐다. 자신의 귀
를 의심했지만 그것은 분명 자신의 목소리였다. 그는 연
을 향해 다가갔다. 살구 같은 고운 뺨 뒤로 흩날리는 머
리카락, 가슴팍에 모은 손에 끼워진 옥가락지. 그녀는
누구일까. 그는 머뭇거리다가 연을 향해 손을 내밀었다.
따뜻하고 부드러운 볼에 그의 손이 닿자 연이 그 손을
꼭 붙잡았다.

"상사화처럼 너를 기다리겠다고 약속했어."

크고 맑은 눈동자가 그를 바라본다. 어디서, 어디서 본
걸까. 망량이 그녀의 눈가와 뺨과 입술을 어루만졌다.
기억이 돌아오지 않았지만 그는 깨달았다. 그가 찾는 사
람이 그녀라는 사실을. 망량이 그녀의 머릿결을 쓰다듬
었다. 그러자 연의 머리에서 푸른 기운이 흘러나와 망량
의 손으로 쑥 들어갔다.

"으윽!"

인간으로 변한 망량이 예전의 공력을 이기지 못하고

바닥에 엎어졌다. 그의 오른손에서 푸른 기운이 요동쳤다. 그는 고통스러운 듯 신음 소리를 냈다.

"망량!"

연이 얼른 그를 부축했다. 눈물이 계속 흘렀다. 그가 사라지던 장면이 떠올랐다. 다시 만나기를 학수고대하며 살아왔는데 이처럼 허무하게 보낼 수는 없었다.

"망량, 떠나지 마. 이제 나를 두고 떠나지 마."

그녀는 어린아이처럼 엉엉 울었다. 농롱한 눈물 사이로 그가 흔들렸다. 다시 그와 헤어진다면, 이제 어찌 살아가라는 말인가. 그런데 그때 그녀를 끌어안는 커다란 손! 연이 놀라서 고개를 들었다.

"연아……."

자신을 부르는 다정한 목소리. 그녀가 두 손으로 입을 가렸다. 신비롭고 다정한 두 눈동자가 그녀를 바라보며 웃었다.

"울면 코 나온다."

이마에 사뿐히 내려앉는 그 입술, 아! 얼마나 기다렸던가, 다정한 내 연인아! 연이 그 품에 와락 안겼다. 망량도 다시 힘주어 그녀를 껴안았다. 따뜻한 온기가 서로를 타고 전해졌다.

두 사람은 오랫동안 서로를 끌어안았다. 바람이 그들

을 감싸며 지나갔다. 재회한 연인을 축복하듯 흰 눈꽃들이 둥실둥실 하늘을 날았다. 휘휘, 바람 속에는 새로운 휘파람 소리도 울렸다.

'난 눈 오는 날이 좋아요! 이상하게 따뜻한 기분이 들거든요!'

아이처럼 맑은 웃음소리만이 공기 중에 퍼졌다.

*

멀리 한양에서 백현이 당도하자마자 설희도 그와 함께 은약사에 올라갈 준비를 했다. 그도 은약사에서 주지스님의 부고를 듣고 탑돌이를 하겠다고 충주까지 내려왔던 것이다. 두 사람은 오랜만에 만나 이런저런 얘기를 나누며 산으로 올라갔다.

"지내기는 힘들지 않으십니까?"

"제 몸 하나 건사하고 살 뿐인데 딱히 힘들 게 뭐 있겠습니까."

그녀가 겸손하게 대꾸하자 백현이 품에서 댕기를 하나 꺼내 내밀었다.

"오, 오는 길에 고와 보여서 샀습니다. 머리도 많이 길었을 것 같고……. 어험."

그가 얼굴을 붉히며 헛기침을 했다. 분홍색 댕기가 퍽 곱고 예뻤다. 설희가 수줍게 받아 머리에 매어보았다. 어쩌면 이렇게 댕기 하나에도 꽃 같은 미모가 빛나는지, 백현의 입꼬리가 올라갔다. 그때였다. 갈림길을 따라 내려오던 계향과 행화가 두 사람을 발견하고 인사했다.

"어머, 백현 도련님 오셨습니까? 저희는 탑돌이를 마치고 하산하는 길입니다."

"정말 오랜만입니다."

눈치 빠른 계향이 설희의 새 댕기를 알아봤다. 틀림없이 백현 도령이 선물한 것이리라. 그러나 한숨부터 나왔다. 잘 어울리는 한 쌍이면 뭐하나. 숙맥도 이런 숙맥도 없으니 어느 천년에 두 사람이 서로의 마음을 깨달을지.

"그럼, 우리도 서둘러야겠습니다. 눈이 더 내리기 전에 얼른 다녀와야겠어요."

그가 계향에게 까딱 인사하고 갈림길의 왼편으로 들어서려는 찰나 그녀가 희미하게 미소 지었다. 무언가 좋은 생각이라도 난 얼굴이었다.

"어머, 도련님. 오른쪽으로 가셔야 합니다."

"아, 그런가요? 왼편이었던 것 같은데 오른편이었군요. 감사합니다."

두 사람이 오른쪽 갈림길로 걸어 들어가는 모습을 보

고 계향이 씩 웃었다. 행화가 그녀의 곁에서 이상하다는 얼굴로 물었다.

"은약사는 왼편으로 가야 하잖아요. 오른편에는 돌미륵 암자로 가는 길인데 어찌 그 길로 가라고 알려주셨어요? 눈이 오면 길이 끊겨서 며칠은 오도 가도 못할 텐데."

계향이 그녀의 볼을 쓰다듬으며 웃었다.

"우리 꼬맹이는 몰라도 된단다. 돌미륵 암자에 비축해 둔 양식도 제법 되니 굶어 죽지는 않을 게야. 걱정하지 않아도 돼."

그때 뒤에서 쿵쿵 요란한 발소리가 울렸다.

"이보게! 계향이! 같이 가세! 같이 가!"

재성의 목소리였다.

"아저씨인가 봐요!"

행화가 반가운 얼굴로 뒤를 돌아봤다.

"저 양반이 싫다는데 하루도 안 빠지고 쫓아다니네그려."

계향은 시큰둥한 표정을 지었지만 그는 마냥 반가운 얼굴로 급하게 뛰어 내려왔다.

"아, 같이 가자니까. 내 자네 보려고 여기까지 쫓아왔는데 사람이 어찌 그리 박해."

"그때 잡아먹을 걸 그랬나 봐."

계향의 말에 행화가 킥킥 웃었다.

"응? 뭐라고? 뭘 먹어?"

"아닙니다. 어휴, 어쩌겠습니까? 같이 갑시다, 가요."

계향이 한숨을 폭폭 쉬며 내려가는데, 투덜거리긴 해도 산을 내려가는 세 사람의 뒷모습이 다정했다. 한편 백현과 설희도 살갑게 산을 오르니 한참 이야기꽃이 피었다.

"지난번에 쓴 소설이 장안에 화제입니다. 방 동기가 아가씨 소설을 사 왔기에 깜짝 놀랐지요. 힘들고 어려운 백성의 이야기가 성균관 유생들에게는 꽤 충격적이었던 모양이에요. 그 소설 덕에 군역 개정을 놓고 상소를 쓰겠다는 이도 생겼습니다. 참, 이번에도 새로운 소설을 쓰고 있다고 들었는데."

백현이 설희의 글을 칭찬하며 물었다.

"네, 이번에는 우리나라 민담을 섞어 사랑 이야기를 하나 쓰고 있습니다."

백현이 흥미롭다는 듯 물었다.

"사랑 이야기요?"

설희가 빙긋 웃으며 그를 바라보았다.

"네, 도깨비의 사랑 이야기이지요. 이야기는 이렇게 시작합니다. 어둑어둑한 밤, 월악산의 높게 뻗은 숲 위로 고요하게 흐르는 달빛……."

한여름 밤의 꿈 같은 신비롭고 아름다운 이야기가 다
시 시작되니, 이는 도깨비의 사랑 이야기로 그 제목은
『이매망량애정사』라 한다.

〈끝〉

외전

————

무원의
이야기

무원은 퇴궐하자 관복을 갈아입고 최씨 부인의 사랑
채로 들었다. 이번에도 혼사 문제로 보자는 것이 분명했
다. 이 대감이 하도 집안의 후사 타령을 해대는 통에 어
쩔 도리가 없었지만 최씨 부인을 보는 일은 매번 껄끄러
웠다.

　"그래, 의원 말로는 화상 치료에 꽤 차도가 있다는 얘
길 들었는데 좀 어떠니?"

　그녀는 반가운 낯으로 무원을 맞았다.

　"어머니 덕분이지요. 화상에 좋다는 오소리 기름까지
구해주시고 늘 감사드립니다."

복면 아래의 흉한 몰골은 오소리 기름 따위로 해결될 문제가 아니었지만 무원은 자신을 보살펴주는 최씨 부인의 마음에 감사를 표했다. 그녀는 안타까운 얼굴로 무원을 바라보았다. 그가 비록 과거에 잘못을 저지르기는 했지만 지금 와서 보니 그저 측은했다. 게다가 근래에는 연과 그 지아비 망량이 운영하는 진료소로 몰래 쌀과 약재를 보내준다고 하니 어찌 마냥 미워하랴.

"송백현 주부(主簿 : 종6품 관직)는 그새 둘째가 들어섰다고 하더라. 집안 반대로 설희 아가씨와 혼인을 못 할 줄 알았는데 첫째 낳기가 무섭게 둘째라니. 참 금슬도 좋은 부부야."

최씨 부인이 백현의 소식을 전하자 무원이 잠자코 듣고 있었다. 이제 자기 얘기가 나올 차례였다. 무원은 둘러 얘기할 필요 없다는 듯 물었다.

"이번에는 누구입니까?"

최씨 부인은 겸연쩍게 웃었다. 표면상으로는 그녀가 친모 행세를 해야 하니 무원의 혼례 문제는 전적으로 최씨 부인의 소임이었다.

"그게……."

그녀는 잠시 망설였다. 무원이 제아무리 권세가의 장손이며 장원 급제한 인재라고 하나 그의 흉한 얼굴을 아

304

는 처자들은 그에게 시집오려 하지 않았다. 그런 그에게 어울리는 양반집 규수를 찾으니 마땅한 처자가 없음은 당연했다.

"민은재라는 아가씨로 올해 스무 살인데, 그 증조부가 군자감에서 종3품 부정副正으로 계셨다는구나. 그러나 지금은 집안이 몰락하여 곤궁한 처지라고 들었다. 그 아가씨는 장녀로 아버지 병수발과 동생들 뒷바라지를 하느라 혼기가 조금 지난 모양이야."

몰락한 집안의 장녀로 아버지 병수발과 동생들 뒷바라지라. 그에게 시집오는 까닭은 안 봐도 훤했다. 그러나 어쩌랴. 예전의 그 호방하고 잘생긴 외모는 이미 사라지고 없음을.

"제 얼굴이 이러한 줄 압니까?"

무원이 덤덤하게 물었다.

"말은 해두었어. 예전처럼 혼례 중간에 뛰쳐나가거나 하는 일은 없을 게야."

최씨 부인이 씁쓸한 표정으로 말했다. 그는 고개를 끄덕였다.

"그러면 됐습니다. 혼례는 어머니께서 알아서 진행해 주십시오. 저야 내자가 누구라도 상관없습니다."

무원이 절을 하고 일어났다. 최씨 부인은 차라도 더 마시고 가라고 그를 붙잡고 싶었지만 그만두었다. 아직 무원은 그녀에게 온전히 마음을 열지 못했다. 그는 늘 별채에 갇혀 있다시피 하는 그의 친어미가 눈에 밟혀 퇴궐하고 돌아오면 꼭 들러 손을 잡고 머리를 빗겨주면서 시간을 보냈다.

"어머니."

무원이 별채에 들어가 흙장난을 하고 있는 강씨 부인을 불렀다. 아침에 여종이 머리를 곱게 빗어주었는데도 어느새 머리는 산발에 고운 비단 저고리와 치마는 온통 흙투성이였다.

"교수 나리! 이제 오셨습니까? 제가 얼마나 기다렸다고요."

강씨 부인이 여러 종지에 흙을 담아 한 상 차려내는 시늉을 했다.

"시장하시지요? 어서 식사하셔야지요. 자, 여기 앉아보세요."

무원이 제 어미의 손을 꼭 잡았다.

"어머니, 오늘은 소꿉놀이하면서 보내셨습니까?"

그가 묻자 강씨 부인이 해맑게 웃더니 그의 품에 폭 안겼다.

"그럼요, 하루 종일 나리께서 언제 오시나 하고 기다

렸어요. 인제 저 두고 다른 데 가지 마세요. 네?"

무원이 안타까운 마음에 눈물을 흘리자 강씨 부인이 그 눈물을 닦았다. 그녀는 무원이 쓴 복면이 괴이하다는 듯 물었다.

"그런데 이건 왜 쓰고 계세요? 나리 얼굴 좀 보여주세요."

"어머니, 이, 이건……."

무원이 그녀를 말리려 했지만 강씨 부인이 빨랐다. 그녀가 툭 하고 복면 끈을 풀어버리자 그는 얼른 고개를 돌렸다. 그러나 아뿔싸, 이미 강씨 부인이 그의 얼굴을 본 후였다.

"꺄아악!"

그녀는 흉측한 무원의 왼쪽 뺨을 보고 흙을 집어 던졌다.

"저리 가! 괴물! 저리 가!"

그녀는 두려운 눈빛으로 그를 노려보더니 후다닥 별채 안으로 뛰어 들어갔다. 그녀는 경계하는 눈빛으로 여종을 찾았다. 도와달라는 신호였다.

"개똥아! 개똥아! 누구 없느냐! 누구 없어!"

무원이 그녀의 고함 소리를 들으며 복면을 쓰고 돌아섰다. 비참한 현실에 눈물만 자꾸 흘러 복면을 적셨지만 그는 끅끅 소리도 내지 못했다. 오래전 그가 지은 죄는 그 발목을 결코 놓아주지 않았다. 길고 긴 그 그림자만이 그와 함께할 뿐이었다.

*

은재는 길상문(吉祥紋 : 장수나 행복과 같은 좋은 일을 상징하는 무늬)을 수놓은 붉은색 원삼을 입고 어여머리(조선시대에 부인들이 예식을 갖출 때 머리에 얹던 큰머리) 위로 홍색 사紗에 금박을 박은 큰 댕기를 쓴 채 다소곳이 앉았다. 그녀는 시중드는 이가 나가자 새신랑이 들어올 문간을 물끄러미 바라보았다. 아까 혼례식에서 복면을 쓴 신랑을 마주하긴 했으나 곧 방 안에서 단둘이 마주할 생각을 하니 가슴이 떨렸다.

'복면 아래 얼굴이 흉측하다고 들었는데 보고 까무러치기라도 하면 어쩌지? 전에 왔던 신부는 혼례를 올리다가 도망을 갔다던데.'

그녀는 걱정스럽고 두려운 마음에 가슴이 쿵덕쿵덕했지만 두고 온 친정 식구들을 생각하면 다른 선택의 여지가 없었다. 몸져누운 아버지와 줄줄이 딸린 동생들. 게다가 지독했던 작년 보릿고개에 생긴 빚까지 갚자면 이

혼처 자리는 하늘이 내려준 금동아줄이나 다름없었다.

"그래, 괜찮아. 나는 괜찮아, 괜찮다고."

그녀는 눈을 꾹 감고 천천히 되뇌었다.

"별로 괜찮아 보이지는 않는데?"

굵직한 목소리에 그녀는 머리털이 쭈뼛해서 눈을 떴다. 언제 들어왔을까. 무원이 소리도 없이 들어와 머리에 쓴 사모를 벗었다. 은재가 허둥지둥하자 그는 피곤한 눈으로 그녀를 흘끗 보고 자리에 앉았다.

"그대도 고단하겠소."

그는 이 형식적인 혼례에 구애받을 게 없다는 듯 주안상 위에 놓인 술을 붓고 창문을 열었다. 떠들썩한 잔치 소리가 울렸지만, 최씨 부인의 엄명으로 쥐새끼 하나 얼씬거리지 못하니 이곳 사랑채에는 그들 단둘뿐이었다.

"이름이 은재라 들었소. 뜻이 어찌 되오?"

무원은 복면 아래로 술을 마셨다. 화상 치료에 술은 금기였지만 때때로 이마저도 없으면 사는 낙이 없었다.

"네, 은혜 은恩 자에 가져올 재齎 자입니다."

그녀가 떨리는 목소리로 대답했다.

"은혜를 가져온다. 흠, 그대가 과연 그러할지 궁금하구려."

무원은 다소곳이 앉은 그녀를 향해 픽 웃었다. 밤하늘

처럼 검은 그녀의 두 눈동자가 불안하게 깜박거렸다.

'어미 잃은 새끼 고양이 같군.'

무원은 술잔을 내려놓고 은재에게 다가갔다. 그녀는 저도 모르게 움츠러들었다.

"안 잡아먹소."

그는 그녀가 쓴 댕기를 풀고 어여머리를 내려주었다. 가채가 무거워 목이 아팠는데 한결 나았다.

"가, 감사합니다."

그러나 여전히 지아비 될 이 남자가 무서운 것은 마찬가지였다. 그는 조용히 다시 술잔을 들고 안심하라는 목소리로 말했다.

"합궁은 하지 않을 거요."

"네?"

은재가 동그란 눈으로 되물었다. 비록 얼굴이 흉측하나 후사를 이어야 하기에 한빈한 양반집 규수라도 골랐을 텐데 합궁을 하지 않는다니, 이게 무슨 소린가.

'내가 조부에게 할 수 있는 유일한 복수가 고작 이런 것이라오.'

그는 슬픈 눈으로 흰 앵초가 가득 핀 정원을 바라보았다. 꽃 위에 앉은 나비 한 쌍, 둘은 이리저리 붙잡고 붙잡힐 듯 하늘하늘 날다가 둥그런 달빛 속에서 그 자취를 감추었다. 두 사람은 잠시 말이 없었다. 은재는 혹 자신이 마음에 들지 않아 그러나 하고 고민하다가 겨우 용기를 내서 물었다.

"제가 마음에 들지 않으십니까?"

그녀의 말에 무원은 술만 홀짝 마셨다. 딱히 마음에 들고 자시고 할 것도 없는 일이었지만 여차저차 속내를 설명하고 싶지는 않았다.

"저, 그럼 저는 소박맞고 쫓겨나는 건가요?"

무원이 고개를 돌려 그녀를 쳐다보았다.

"글쎄."

그가 짓궂게 대답했다. 그 말에 그녀는 금세 눈물이 그렁그렁해졌다. 만약 혼사가 틀어져 쫓겨나기라도 한다면 속수무책으로 생과부가 될 것이고, 혼사의 지참금으로 매달 약속했던 돈도 떨어질 테니 친정 식구들의 앞일이 캄캄해졌다.

"제가 혹 마음에 차지 않으십니까? 뭐든지 시키는 대로 하겠으니 내치지 말고 너그러이 용서해주십시오. 이대로 쫓겨나면 안 됩니다. 네? 제발, 제발 부탁드립니다."

은재가 흐느끼면서 말을 시작하더니 나중에는 엉엉 울면서 눈물을 흠뻑 쏟았다. 무원은 갑작스러운 상황에 일순 당황했다. 그러나 이 순진한 새색시가 체면도 모르고 코까지 흘리니 얼음장 같은 그도 웃음이 터지고 말았다.

"아니오, 그런 게 아니라오. 여기 이걸로 얼굴이라도 좀 닦으시오."

무원은 웃음을 참으며 품에서 손수건을 꺼내 건넸다. 그녀는 얼떨떨한 표정이었다.

"소박맞는 게 참말 아닙니까?"

눈물을 씩씩 닦으며 다짐을 받듯이 묻는데, 복면 위로 보이는 눈꼬리가 초승달 모양으로 변했다.

"소박을 맞는 게 아니니 염려 마오."

그녀는 머뭇거리며 물었다.

"그, 그럼 저는……."

무원은 말없이 일어나 혁대와 단령의 옷고름을 풀었다. 방금 전까지 합궁하지 않는다고 들었는데 엉엉 우는 바람에 그의 마음이 바뀐 걸까. 옷을 벗는 것을 보니 역시나 또 온몸이 뻣뻣해지며 식은땀이 났다. 그러나 무원은 그 상황이 우스운 모양인지 다시 킥킥 웃었다.

"뭘 또 그리 긴장하고 그러시오? 이대로 입고 잘 수는 없지 않소? 내자께서도 겉옷을 벗고 편히 주무시오. 나는 술이나 좀 마셔야겠소."

은재는 그 말에 또 머리가 핑 돌았다. 내자, 내자라는 말을 듣다니. 기분이 묘했다. 하지만 역시나 의문이 생졌다. 내자라고 칭하면서 어찌 첫날밤에 합궁을 하지 않는다는 말인가. 화상을 입어 용모가 흉측한 것 외에도 숨기는 게 또 있단 말인가.

"어, 어째서 그러시는지 여, 여쭤도 되겠습니까?"

그녀가 더듬더듬 눈치를 살피며 물었다. 혹 알고 보니 정인이 있다든가, 또 혹 알고 보니 고자라든가, 더 나아가 남색을 좋아하는 자는 아닌지 짧은 순간에도 오만 가지 걱정이 들었다. 무원이 술을 마시다 말고 그녀를 다시 돌아봤다.

"그리 합궁하고 싶으시오?"

"네? 그게 무슨 망측한……."

그 말에 은재는 얼굴이 확 붉어져서 고개를 떨어뜨렸다. 그는 또 재미있는지 킥킥 웃더니 손사래를 쳤다.

"됐소, 농이라오."

무원이 다시 술잔을 들었지만 그녀는 어쩔 줄 몰라 손만 꿈지럭거릴 뿐이었다. 그는 답답하다는 듯 등잔 가까이로 다가가서 말했다.

"계속 그리 나만 보고 앉아 계실 거요? 불 끌 테니 겉옷 벗고 주무시오. 내 민망해서 직접 끌러드리지는 못하오."

무원은 불을 끄기 위해 쓰고 있던 복면을 젖혔다. 짧은 순간이었지만 은재는 복면을 젖힌 그때를 놓치지 않고 그의 얼굴을 살폈다. 그러나 그편은 화상을 입지 않은 쪽이니 흉측하기는커녕 오히려 잘생겨 보이기까지 했다. 혹, 바람 소리와 함께 사방이 캄캄해졌다. 그녀는 방금 본 그 얼굴을 되새겨보았다.

'분명 흉측하다 했는데, 참 이상하구나. 피부가 곱고 용모가 아름다운데 어찌······.'

무원은 아예 창문가에 상을 붙이고 앉아 또 술잔을 기울였다. 올 봄이 끝나고 담은 도화주(桃花酒 : 복숭아꽃으로 담근 술)가 달콤하고 은은한 향취를 물씬 담아 혀끝을 적셨다.

"허허, 장가든다고 오늘따라 좋은 술을 올렸구나. 향이 참 좋다."

무원이 술잔을 들었다. 잔 위로 달이 찰랑거렸다.

"수, 술이 마음에 드, 드십니까?"

은재가 물었다. 무원이 무슨 소리인가 해서 그녀를 쳐다봤다.

"제, 제가 빚은 술이거든요. 혼사가 결정되고 이바지 음식으로 몇 병 빚었는데 입에 맞으신다니 다행입니다."

"흠, 이바지 음식으로 도화주라. 잘 어울리는구려. 『시경』에도 「도요桃夭」라는 시가 있지."

무원이 중얼거렸다. 그러나 아녀자가 『시경』을 알 리

가 있나. 모르는 소리를 괜히 했나 싶은데 은재가 나지
막이 말했다.

桃之夭夭
灼灼其華
之子于歸
宜其室家

桃之夭夭
有蕡其實
之子于歸
宜其家室

桃之夭夭
其葉蓁蓁
之子于歸
宜其家人

복숭아나무 무성하게 자라
불타는 듯 화려하게 꽃이 피었네
딸이 시집을 가면

반드시 시집 식구에게 환영받으리

복숭아나무 무성하게 자라
큼직한 열매가 잘도 열렸네
아가씨가 시집을 가면
반드시 아들을 낳아 시집 식구에게 환영받으리

복숭아나무 무성하게 자라
아름다운 잎들이 무성하게 자라네
아가씨가 시집을 가면
시집 사람들과 잘 어울려 가정이 빛나리

　복면 위로 보이는 무원의 눈동자가 조금 놀란 듯 커졌다.
"그 시를 외우는 게요? 시경도 공부하다니 놀랍소."
　그의 칭찬에 은재가 얼굴을 붉혔다.
"겨우 흉내만 냅니다."
"내가 똑똑한 내자를 얻었구려."
　보이지는 않지만 그가 미소 짓는 게 분명했다. 은재는 그제야 떨리던 마음이 진정되면서 안도의 한숨이 푹 나왔다.

'이곳에 오기 전까지 여동생과 울며불며 신세 한탄을 했는데 의외로 좋은 사람인 모양이야. 다행이다, 다행이야. 무서운 사람이 아니라서 정말 다행이야.'

그러나 잠시의 안락함이 머무는 순간 그가 말했다.

"똑똑한 사람이니 어쩌면 말하기 더 수월하겠군."

은재의 입에서 웃음이 쏙 들어갔다. 그의 눈동자는 처음 마주쳤던 순간처럼 무심하고 냉랭해 보였다.

"에둘러 말하는 성미가 아니니 단도직입적으로 말하겠소. 앞으로 내자라 하여 내가 그대를 품을 일은 없을 거요. 여인으로서 서글플 수 있겠지만 한빈한 집안의 그대와 이처럼 정략적으로 혼인한 데는 내 나름의 이유가 있소. 그대가 모두들 꺼리는 흉한 용모의 남자와 혼인을 했듯 말이오."

그는 작은 주머니 하나를 꺼내 그녀에게 내밀었다. 은재가 주머니를 열어 달빛에 비추어보니 붉은 액체가 들어 있는 병 하나와 금비녀가 들어 있었다.

"이게 무엇입니까?"

"병에 든 것은 돼지 피요. 내일 아침에 이불에 뿌리고 머리를 올리시오."

무원의 대답에 그녀는 쥐었던 주머니를 툭 떨어뜨렸다. 그는 취기가 오르는지 바닥에 이불을 한 채 더 깔고 누웠다. 그러나 첫날밤부터 대놓고 소박을 준 이 남자의 커다란 뒷모습이 밉고 원망스럽기보다는 쓸쓸해 보였다.

"이 집 손자며느리로 누리고 싶은 호강이 있거들랑 마음껏 누리시오. 그게 내가 해줄 수 있는 전부요."

무원은 그 말을 끝으로 말이 없었다. 잠이 든 모양이었다. 은재는 그제야 자신의 앞날이 어떨지 깨달았다. 팔려 온 소나 다름없는 그녀의 인생은 결코 환한 축복 속에서 펼쳐지지 않을 것이다. 푸르스름한 새벽녘이 될 때까지 그녀는 말뚝처럼 멍하니 앉아 있다가 겨우 옷을 갈아입고 누웠다.

'내가 선택한 길이야. 힘들 거라고 생각했는데…… 왜 눈물이……'

은재는 누워서 베개를 적시는 눈물을 연신 닦았다. 무원은 날이 밝자마자 일어나 태연하게 옷을 갈아입고 나갔다. 그가 떠난 뒤 그녀는 무원이 시킨 대로 돼지 피를 이불보에 뿌렸다. 친정 식구들 생각에 자꾸 울음이 나왔지만 이대로 이 집을 떠날 수도 없었다. 그녀는 단정히 머리를 빗고 비녀를 꽂았다.

"자, 이제 내가 그 사람 내자고, 이 집 손자며느리야. 항상 어렵고 힘들게 살아왔어. 새삼스러울 거 없다고."

은재는 경대 속의 자신을 바라보며 말했다. 그녀 말대
로 이제부터 시작이었다.

*

"아기씨, 서찰이 왔습니다."

몸종 하나가 은재에게 서찰 하나를 내밀었다. 봉투에
적힌 '은화'라는 이름을 보니 분명 여동생이 보낸 편지
였다. 곤궁한 집안이라 잠시 머물기도 어렵다 해서 혼례
조차 이 대감의 집에서 치르고 친정에도 한 번 가보지
못한 것이 어느새 한 달이 흘렀다. 은재는 무척이나 기
뻐 얼른 서찰을 들고 제 방으로 들어가 뜯어보았다. 그
녀는 또록또록 써 내려간 여동생의 고운 글씨가 반가워
편지를 읽기도 전에 눈물부터 났다.

언니, 그곳 생활은 편안한가요? 가족들 모두가 언니
가 무탈하게 지내고 있기를 바라고 있어요. 그러나 사
정이 여의치 않아 이렇게 염치 불구하고 몇 자 적어 보
내니 여유가 있다면 좀 도와주세요. 아버지께서 언니가
떠나고 병세가 나빠지셨는데, 의원의 말로는 치료를 하
는 데 돈이 많이 든다고 합니다. 아버지께서 꿈속에서

도 언니를 자주 찾으니 말미가 생기거든 꼭 한번 들러
줘요.

동생 은화

은재는 파리한 아버지 얼굴과 함께 고생할 가족들 얼
굴이 떠올라 애가 탔다. 그녀는 울지 않으려고 연신 눈
물을 훔쳤지만 뜻대로 되지 않았다. 결국 꾹꾹 참았던
그간의 외로움이 모두 폭발해 서찰을 끌어안고 엉엉 소
리 내 울고 말았다.

"아버지! 은화야, 은배야, 은오야! 어허흑…… 보고 싶
어, 흑흑. 다들 보고 싶어."

가족 이름을 하나하나 부르며 곡을 하듯 우는데 별안
간 또 굵직한 목소리가 등 뒤에서 들려왔다.

"왜 그렇게 우는 거요?"

은재가 뒤를 돌아보니 한 달 내도록 코빼기도 안 비치
던 낭군이 이맛살을 찌푸리고 그녀를 쳐다보고 있었다.
그녀는 움찔하면서 일어났다.

"여, 여기는 어쩐 일로……."

은재는 민망하여 손바닥으로 얼굴을 쓱쓱 닦았다. 무
원은 그녀가 손에 쥔 서찰을 뺏듯이 잡아채 읽기 시작했
다. 그녀의 가슴이 철렁 내려앉았다. 형편이 어려운 친

정에서 몰래 서찰을 보내 손 벌리는데 어느 서방인들 좋아할까.

"서방님, 그게…… 그게……."

그녀가 서찰을 도로 받으려고 매달리자 무원이 창문을 벌컥 열어젖혔다.

"김 서방! 구화야!"

몸종을 부르는 그 목소리에 그녀는 소박을 맞다 못해 이 집에서 끌려 나가나 싶어 정신이 아득해졌다.

"네! 나리!"

행랑채 김 서방과 어린 여종인 구화가 나타나 굽실거리며 절을 하자 무원이 말했다.

"아기씨 지금 당장 친정 가실 거니 자네는 창고에서 쌀 몇 섬 꺼내다 수레에 싣게나. 구화, 너는 약방에 기별하여 수석 의원 중에 오늘 비번인 자를 호출하여 아기씨 모시고 같이 가도록 하고."

은재가 영문을 모르겠다는 얼굴로 그를 처다봤다. 복면 위로 보이는 두 눈이 싱긋 웃었다.

"괜찮소? 어머니와 할아버지는 외출하고 안 계시니 내가 나중에 사정을 잘 말씀드리겠소. 그러니 염려 말고 당장 친정에 다녀오시오. 내 오늘 온 건 그대 처소에 발길을 끊었다고 조부께서 하도 노여워하시기에 잠시 들른 거요. 앞으로 혹 묻거든 자주 와서 머물다 가노라 전해주시오."

"저, 저는 서방님께서 발길을 끊었다고 말한 적이 없는데……."

그러나 무원은 바쁜 사람처럼 무심하게 방을 나가버렸다. 은재는 홀로 텅 빈 방에 남아 그가 나간 문을 쳐다봤다. 후회가 됐다.

"고, 고맙습니다. 먼저 고맙습니다, 라고 했어야 되잖아. 민은재, 이 바보, 맹추."

스스로 머리를 콕콕 쥐어박았다. 이대로 평생 생과부 팔자로 늙어 죽을 수는 없어 오매불망 기다렸는데, 고작 고자질을 하지 않았노라 변명할 뿐이었으니. 이래서야 시할아버지가 재촉하는 떡두꺼비 같은 아들은커녕 몇 년 지나지 않아 쫓겨나는 꼴을 면치 못하리라. 그녀는 길게 또 한숨을 쉬었다. 이 집에 온 후 늘어난 것이라고는 한숨, 그 하나뿐이었다.

그러나 친정에 가서는 어찌 그런 내색을 하랴. 올해로 열일곱 살 되는 여동생 은화가 고운 비단옷을 만지며 초롱초롱한 눈으로 물었다.

"언니, 비단옷이 참 곱고 좋아 보입니다. 거기 생활은 어때요? 형부는 잘해주나요?"

은재는 고개를 끄덕이며 대답했다.

"그럼, 잘해주고말고. 고래 등 같은 집에 좋은 옷 입고 매 끼니 고기를 먹으니 내가 복이 넘치는 팔자인가 보다. 서방님께서는 용모가 그러하다 하지만 마음 씀씀이가 어찌나 다정하신지 모른단다. 서찰 받자마자 쌀 보내신 거 보이지 않니? 거기다 약방 수석 의원까지 보내 아버지 병도 봐주시고. 우리 시어머니께서도 어려운 사람들 돕는다고 이미 정평이 났으니 그 따뜻한 성정은 더 말할 게 없을 테지."

그녀의 말에 동생들과 아버지의 표정이 환해지더니 급기야 정말 다행이라며 감격의 눈물까지 훔쳤다. 그녀는 차마 거기다 대고 한 달간 제 서방 그림자도 못 봤다는 말을 할 수 없어 속으로만 서러운 마음을 삭였다. 그렇게 사흘이 지나자 의원이 아버지의 치료를 마치고 흡족한 얼굴로 말했다.

"아버님 병세가 많이 좋아지셨습니다. 이제 열흘간 꾸준히 약을 달여 드시면서 기력을 회복하신다면 큰 문제가 없겠어요."

식구들이 모두 기뻐하는데 은재는 돌아갈 일을 생각하니 또 막막해졌다. 외롭고 쓸쓸한 생활이 또 시작된다. 그러나 어쩌랴. 죽어도 그 집 귀신이 되어야 하는 팔

자인 것을. 은재가 작별 인사를 하고 어깨를 축 늘어뜨
린 채 가려는데 동생 은화가 그녀를 붙잡았다.

"언니, 아버지께서 이렇게 형부 덕을 보는데 작은 성
의라도 보여야 한다고 하시지 뭐요. 내 생각도 그래서
그간 짬짬이 삯바느질한 돈을 털어 마련했어요. 옆집 아
주머니 남편이 장에서 붓도 팔고 종이도 팔고 그러잖아
요. 우리 사정 뻔히 아는데 제값 받기도 뭐하다고 헐값
으로 준다기에 청나라에서 들여온 담비 붓을 샀어요. 형
부야 뭐 워낙 좋은 것 많이 써서 귀한 선물 축에 끼지도
못하겠지만 이게 그래도 붓 중에서 제일 좋답니다. 꼭
써보시라고, 친정에서 선물로 보냈다고 전해주세요."

은화가 반질반질 닦아서 윤이 나는 붓통 하나를 건넸
다. 열어보니 제법 비싸 보이는 붓 하나가 반듯하게 들
어 있었다. 그녀는 이제 막 살림을 책임지게 된 여동생
이 어려운 형편에 이 붓을 사기 위해 얼마나 아꼈을까
생각하니 콧등이 시큰해져서 고개를 끄덕였다.

"응, 그래. 고맙구나. 내 꼭 전해드리마."

은재는 여동생이 까만 점이 되어 보이지 않을 때까지
계속 뒤돌아보고 손을 흔들며 집으로 돌아왔다. 그렇게
터벅터벅 집까지 걸어오니 어느새 시간은 훌쩍 흘러 또
날이 저물었다. 그녀는 우선 최씨 부인과 이 대감의 처

소에 들러 덕분에 잘 다녀왔노라 인사부터 여쭙고 나와 붓통을 들고 무원의 사랑채로 향했다.

'기꺼워하지 않으시면 어쩌지? 아니야, 선물 하나 전하는 건데 먼저 찾아가면 어때서? 괜찮아. 암, 괜찮고말고.'

염려스러운 마음을 달래며 그의 처소로 들어서는데 웬일인지 사랑채에 불이 꺼져 있었다.

"서방님께서는 아직 퇴궐 안 하셨소?"

그녀는 시간이 한참 지났는데 이상하다 싶어서 무원의 몸종에게 물었다. 그러자 그는 좀 난처한 기색으로 대답했다.

"네, 오시긴 하셨는데 왜 그러십니까? 지금 찾아뵈셔야 합니까?"

"응, 전해 드릴 게 있어서 그러는데 어디 가신 거요?"

"그게……"

몸종이 말을 흐렸다. 그는 이 집에서 무원이 누구인지 아는 몇 안 되는 사람 중 하나였다. 그는 무원이 지금 별채에서 작은마님과 함께 있다는 것을 뻔히 알지만 괜히 허튼소리 했다가 이 대감에게 잘못 걸리면 큰일이라 은재의 눈치만 살폈다.

'입을 잘못 놀리면 다리몽둥이가 부러지고 온 가족이

거지꼴로 나앉을 텐데, 어쩐다? 그나저나 아기씨는 나리와 만리장성도 쌓은 사인데 정녕 모르시는 젠가?'

그러나 저 순해빠진 아기씨 얼굴을 보니 암만해도 아무것도 모르는 눈치다. 그때 별안간 저편 별채에서 자지러지는 비명 소리가 들려왔다.

"꺄아악!"

은재가 놀라서 물었다.

"이게 무슨 소리요? 누가 저렇게 소리를 지르는 거요?"

몸종은 더욱 난처해졌다. 보나마나 왕년에는 양귀비 뺨도 후려칠 미모였으나 지금은 백치가 되어 제 아들도 못 알아보는 작은마님이지, 달리 누구겠는가. 오늘도 분명 불쌍한 그 아들 양반이 수발을 드는 중에 패악을 쓰나 보다.

"별채에서 나는 소리 아니오?"

은재가 별채 쪽으로 가려 하자 몸종이 그녀를 말리며 말했다.

"아, 아기씨! 가지 마십시오. 마, 말씀 못 들으셨나 본데 벼, 별채에는 이 집 먼 친척 중에 정신이 오락가락하는 어떤 마님 한 분이 계, 계십니다. 가, 가셨다가 못 볼 꼴만 보십니다. 가지 마십시오. 별채에 간 거 알면 제가 문책을 당할 겁니다. 그, 그리고 나리께서도 금방, 금방

오실 겁니다. 기다리시면 금방, 그러니까 먼저, 먼저 들
어가셔서 좀 기다리시는 게…….”

그는 헤실헤실 어색하게 웃으며 안으로 들라는 시늉
을 했다. 은재는 그 말에 도리가 없어 별채로 향하던 발
길을 멈추고 섬돌 위에 올라 신을 벗었다.

“그러오, 그럼 내 잠시 여기 앞에서 서방님 오실 때까
지 기다리겠소.”

그때 멀리 행랑채 쪽에서 몸종을 바삐 찾는 소리가 들
렸다.

“이봐! 개똥이 아범. 와서 잠깐 이것 좀 보게.”

그는 은재의 눈치를 살피더니 별수 없이 행랑채로 달
려갔다. 은재 역시 치마를 쥐고 마루로 오르려는데 그때
별채에서 또다시 울리는 비명 소리.

“꺄아악!”

그녀는 방으로 들어가려다 말고 도로 내려왔다. 아무
래도 이상했다. 별채에 정신이 오락가락하는 친척 어른
이 산다는 말은 들은 적도 없고, 예의를 중요하게 생각
하는 시어머니가 인사를 시켰으면 시켰지, 여태 그 존재
조차 알려주지 않았을 리도 없었다. 그녀는 조심스럽게
신을 신고 별채로 향했다. 그 앞에 당도하니 웬일, 비명
소리에도 불구하고 왕래하는 이는커녕 버려진 곳처럼

조용했다.

"대체 누구기에……."

은재가 슬쩍 문을 열고 마당 안을 염탐하자 몸종의 말처럼 머리가 산발이 되고 두 눈이 퀭한 여인이 소복 차림으로 마당에서 고래고래 소리치는 모습이 보였다. 한눈에 봐도 정신이 온전치 않아 보였다.

"내가 이 집 안주인이란 말이야! 내가! 내가 안주인이라고! 오라버니! 우리 오라버니는 어디 갔어?"

"자기가 안주인이라고 하다니 무슨 말이지?"

은재는 참 희한하다 싶어 그녀가 고함을 지르는 것을 계속 지켜보았다. 여인은 겁에 질려 누군가를 찾는 모양으로 여기저기를 휘휘 둘러보는데, 그 섬뜩하고 무서운 모습이 영락없는 광인이었다. 그런데 바로 그때였다.

"어머니! 진정하세요. 좀 전까지 이러지 않았잖아요. 갑자기 왜 이러세요? 제발 이러지 말고 정신 좀 차리세요! 제발!"

애처롭게 절규하면서 그녀를 부둥켜안는 한 남자가 보였다. 훤칠한 키에 검푸른 비단옷, 그리고 얼굴을 덮은 복면. 순간 은재의 가슴이 철렁 내려앉았다.

"서, 서방님……."

다름 아닌 그녀의 지아비가 그곳에 서 있었다. 게다가

어머니라니. 안채의 최씨 부인을 두고 저런 정신이 오락가락하는 여인을 어머니라고 부르다니. 이게 어찌 된 노릇인가.

"이거 봐라! 네놈이! 네놈이 우리 오라비를 해쳤구나! 네놈 짓이야!"

여인은 악다구니를 쓰면서 무원을 마구 밀치고 그가 입은 옷을 쥐어뜯었다.

"살려내라! 살려내! 우리 오라버니 살려내라!"

여인의 포악스러운 손아귀는 결국 그가 쓴 복면을 확 낚아챘다. 은재는 순간 들고 있던 붓통을 툭 떨어뜨렸다. 얼굴에 화상을 입어 복면을 쓴다는 얘기를 들었으나, 첫날밤 등잔 아래에서 봤을 때는 오히려 너무 말짱해서 차마 그런 줄은 몰랐다. 괴물처럼 완전히 일그러진 왼쪽 뺨, 그 흉측한 모습은 그녀가 막연하게 상상했던 그런 정도가 아니었다.

"어떻게…… 어떻게 해……."

은재는 너무 놀라 뒷걸음을 쳤다. 두렵고 무서워 심장이 쪼그라드는데, 그녀가 방금 떨어뜨린 붓통에서 튀어나온 붓이 데굴데굴 굴러가기 시작했다.

"아, 안 돼."

어둠 속에서는 은재는 간절히 기도했다. 그러나 그녀

의 바람과 달리 붓은 결국 무원의 발 앞까지 굴러가서야 멈췄다. 그녀는 두 손으로 입을 막았다. 도망치고 싶었지만 사지가 굳어 한 발짝도 움직일 수 없으니 벼랑 끝에 선 기분이었다.

"거기, 누구야."

무원이 붓을 주운 뒤 별채 문 쪽을 쳐다봤다. 은재는 그 자리에 주저앉아버렸다. 그가 노여운 목소리로 외쳤다.

"거기 누구냐고! 내가 별채에 오면 다 죽여버린다고 했잖아! 거기 누구냔 말이야!"

무원이 노기를 띠고 성큼성큼 다가왔다. 아! 이를 어쩌나. 그 발소리가 너무 무서워 귀를 틀어막는 순간 벌컥 문이 열렸다.

"감히 누가!"

무원이 소리를 지르는데, 그 앞에 주저앉아 벌벌 떠는 여인은 바로 새신부 은재가 아닌가.

"당신! 당신이 여기서 뭐하는 거요! 여기서 뭐하는 거냐고!"

그는 잔뜩 흥분해서 그녀의 손목을 잡아 일으켰다.

"꺄아악!"

은재는 비명을 지르며 고개를 돌렸다. 무원은 뒤로 넘어지려는 그녀의 허리를 붙잡았지만 그녀는 더욱 놀라

울음을 터뜨렸다. 그렇지 않아도 무서운 얼굴 때문에 기절할 지경인데 그 품에 꼭 붙들리니 이대로 죽는구나 싶었다. 눈물을 터뜨리는 그녀를 본 무원은 한동안 씩씩거렸다. 그러나 곧 그녀가 고개를 돌린 채 이쪽을 향해 차마 눈도 뜨지 못한다는 것을 알아챘다. 그는 허탈한 웃음을 짓더니 붙잡은 손을 휙 내쳤다. 그러자 그녀는 다시 바닥에 털썩 쓰러졌다. 일순간 사방이 고요해졌다. 무원은 말했다.

"당신도, 당신도 내 몰골이 그리 흉측하오? 그렇게 비명을 지를 만큼? 눈 뜨고 보지도 못할 만큼 그리 흉측한 거요?"

그녀는 고개를 떨어뜨린 채 눈물만 흘렸다. 그는 체념한 얼굴이었다. 그의 얼굴을 본 사람들의 반응은 다 그랬으니까 새삼스러울 일도 아니었다.

"당신이 혼인한 사람이 누구인지 이제야 똑똑히 보았구려. 그렇소, 이게 나요. 괴물, 말 그대로 괴물이지."

은재는 아무 대꾸도 할 수 없었다. 여전히 심장이 요동쳤고, 무서웠다. 무원은 그런 그녀를 뒤로하고 둘을 향해 낄낄대는 여인을 데리고 별채 안방으로 사라졌다.

"아아…… 세상에……."

은재는 주저하며 자리에서 일어났다. 그의 마지막 말

이 귓가에 맴돌았다. 괴물, 말 그대로 괴물이라는 그 말.

"내가 혼인한 남자의 얼굴이…… 괴물이라니."

그녀는 눈물을 흘리며 자리에서 일어났다. 저 무섭고 흉측한 남자의 품에 안기느니 차라리 죽는 게 낫겠다. 그녀는 바들바들 떨면서 자기 처소로 돌아가 짐을 꾸렸다.

"아기씨, 어디 가십니까?"

여종이 묻자 그녀는 후들거리는 손으로 보자기를 싸며 대답했다.

"내 그만 친정으로 돌아가야겠소."

"네?"

여종의 눈이 커졌다. 그녀는 더 이상 말할 기력도 없어 짐 꾸러미를 들고 비슬비슬 친정으로 돌아갔다. 가는 길이 천리만리 같아 가다 쉬고 가다 쉬고 하는데 서러운 마음이 쉬이 진정되지 않았다.

그런데 저 멀리 친정집에 불이 켜진 게 보였다. 기름 한 방울이 아까워 이 시간이면 불이 꺼졌어야 하는데 어찌 된 일일까. 싸리문을 열고 들어가니 작은방에서 글 외는 소리가 들렸다. 이제 열다섯 살이 되는 장남 은배의 목소리였다. 그는 글을 읽다 말고 그 곁에서 바느질을 하는 은화에게 말했다.

"작은누이."

그러자 은화의 그림자가 멈췄다.

"응?"

"아무리 생각해도 큰누이가 참말 시집을 잘 갔어. 나는 매형이 복면을 쓰고 말수도 없다고 해서 우리 큰누이가 그런 무서운 양반하고 어찌 사나 걱정했거든. 그런데 아까 실제로 매형을 보고 퍽 후회가 되지 뭐요? 비록 복면을 썼어도 훤칠하고 늠름해서 대장부 같아 보이고, 게다가 입신양명하라며 귀한 기름과 해제가 달린 책까지 주실 줄은. 내일 다른 동기들한테 이 책 주인이 장원급제자다 하고 자랑을 하면 아마 다들 까무러치지 싶네."

은화와 은배가 까르르 웃었다.

"나도 아까 형부가 아버지 드실 약 꾸러미를 들고 들어왔을 때는 깜짝 놀랐지 뭐니. 요 며칠 궐에 일이 바빠 언니와 함께 찾아뵙지 못했노라 하는데 어쩌면 그렇게 다정다감하신지. 어휴, 언니가 조금만 늦게 갔어도 형부랑 같이 돌아갔을 텐데."

은재는 그 말에 조용히 싸리문을 닫고 도로 밖으로 나왔다.

'내가 가고 서방님이 여길 오셨단 말이야?'

무섭고 흉측한 그 사람이 궁색한 처가에 직접 약 꾸러미를 들고 왔다니. 순간 첫날밤 창문을 열어놓고 달을 바라보던 그의 슬픈 눈동자가 떠올랐다. 자신을 위해 이처럼 마음을 써준 사람에게 그녀는 고맙다거나 미안하다는 말도 하지 않았다. 게다가 그의 얼굴을 보고 겁에 질려 울음을 터뜨리고 도망쳐 나오기까지 했으니. 그녀는 그제야 마음속 깊이 부끄러워졌다.

"내가, 내가 무슨 짓을 하고 나온 거야."

은재는 얼른 시댁으로 발길을 돌렸다. 집을 나온 사실을 시어머니가 알게 되면 얼마나 섭섭해하실까. 또 호랑이 같은 이 대감의 귀에 들어가면 그 노발대발은 어찌 감당할까. 그 사람은 얼마나 마음의 상처를 입을까.

"서둘러 돌아가야겠어."

은재가 숨을 헐떡이며 집으로 돌아와 문을 열고 들어서니 아니나 다를까 여종이 급히 달려왔다.

"아기씨, 아기씨가 말씀도 없이 친정에 가셨다는 얘길 듣고 대감마님이 어찌 된 일이냐고 안방마님과 이연 나리를 부르셨어요."

그녀의 가슴이 쿵 하고 무너졌다.

"지, 지금 어머님과 서방님께서 시할아버지 사랑채에 가 계신단 말인가?"

"네."

여종의 말에 은재는 그녀의 품에 들고 있던 보따리를

안기고 얼른 이 대감의 사랑채로 달려갔다. 문간에 서니 벼락같은 불호령이 떨어질까 두렵기 그지없었지만 그래도 어쩌는가.

"대감마님, 아기씨 오셨습니다."

몸종의 말에 이 대감의 대답이 들려왔다.

"들라 해라."

문이 드르륵 열리고 안으로 들어가니 이게 무슨 일인지 세 사람이 아무 일도 없다는 얼굴로 차를 마시고 있었다.

"제, 제가 생각이 짜, 짧아······."

은재가 절을 하고 기어드는 목소리로 사죄를 하려는데 무원이 그녀의 말을 가로막았다.

"내자께서는 달맞이 소원을 빌러 가신다더니 벌써 오신 게요?"

은재가 무원의 엉뚱한 소리에 놀라 빤히 쳐다보자 그는 아무 일도 없다는 듯 허허 웃었다.

"이 사람이 그새 우리 집 식구가 다 됐나 봅니다. 시집온 지 한 달 만에 회임부터 생각하고 말이지요."

대감은 흡족한 얼굴로 수염을 쓸어내렸다.

"그러게 말이야. 새아가, 내가 오해를 할 뻔했지 뭐냐. 아랫것들이 농인지 참인지 천지 분간도 모르고 한 소리를 듣고 말이지. 그래, 태교라는 게 꼭 회임을 한 뒤부터 하는 건 아니야. 달맞이 같은 수련 활동도 좋은 일이지."

최씨 부인도 은재의 손을 꼭 잡으며 기특하다고 칭찬했다. 그녀는 무원을 쳐다봤다.

'서방님께서 거짓말로 둘러대셨구나. 회임을 위해 달맞이 소원을 빌러 나갔다고 하셨어. 그런데 내가 돌아올 거라는 것을 아셨던 걸까?'

그러나 그는 쌀쌀맞게 그 눈을 피했다.

"아무리 요즘 일이 많다지만 손부(孫婦 : 손자며느리)가 이렇게 정성을 들이는데 연이 너도 집에 와서는 작은 안채에서 취침하도록 해라."

무원은 이 대감의 말이 달갑지 않았지만 억지로 웃었다. 조부의 엄명이 떨어졌으니 당분간 은재와 동침하는 시늉이라도 해야 한다. 은재는 화가 머리 꼭대기까지 났을 그의 눈치만 보다가 절을 하고 안채로 돌아왔다.

"서방님, 제가 잘못했습니다."

그녀는 방에 들어서자마자 무원을 향해 넙죽 엎드렸다. 얼굴이 화끈화끈했다. 집을 뛰쳐나간 일에 대해 어떻게 용서를 구해야 할지, 그가 베풀어준 친절에 어떻게 감사를 표해야 할지. 여차저차 말은 해야겠는데 입이 떨어지지 않았다. 무원이 은재를 노려보았다.

"잘못했다?"

그는 하하 웃었지만, 그 웃음은 얼음이 박힌 듯 차가웠다. 은재는 침을 꿀꺽 삼켰다. 등골을 타고 한 줄기 땀이 흘렀다. 그때였다. 밖에서 약방 수석 의원으로 있는 김 의원의 목소리가 들려왔다.

"이연 나리, 계십니까?"

무원이 창문을 열었다. 김 의원이 섬돌 아래에서 의료 도구와 약 종지를 담은 소반을 들고 공손하게 물었다.

"오늘은 치료받으셔야 하는 날입니다. 아까 사랑채에 갔더니 안채에서 취침하신다기에 이쪽으로 왔습니다. 어찌할까요?"

무원이 은재를 돌아보았다. 그녀는 그게 무슨 뜻인지 금방 알아차렸다.

"제가 잠시 작은방에 가 있겠습니다. 안방에 들어오셔서 치료하시지요."

은재가 밖으로 나오자 의원이 안방으로 들어갔다. 그녀는 맞은편에 붙은 작은방에 들어가 책이라도 볼까 하다가 멈췄다. 생각해보니 안방에 마실 거라도 올리는 게 좋겠다. 대청마루 아래로 내려가 신을 신으려는데, 안방에서 흘러나오는 신음 소리. 그녀는 안방 창호지 문을 쳐다봤다.

"으으……."

창호지 위로 마주 보고 앉은 의원과 무원의 그림자가 비쳤다. 의원이 종지에 담긴 약을 그의 뺨 위에 바르자 무원이 이리저리 몸을 꼬았다. 몹시 고통스러운 듯 그의 주먹이 부르르 떨렸다.

"조금만 참으십시오."

의원은 무원을 달래는 목소리로 말했다. 그러나 그 말이 격렬한 통증에 큰 도움은 되지 않아 보였다. 무원의 신음 소리는 계속됐다. 은재는 부엌에 가서 식혜 두 그릇을 소반에 내왔지만 도저히 안에 들어갈 엄두가 나지 않았다. 잠시 방문 앞에서 머뭇거리는데, 이번에는 의원이 볼에 바른 약을 수건으로 닦아내고 무원의 얼굴에 침을 놓기 시작했다.

'세상에…….'

은재는 손으로 입을 가렸다. 비록 그림자였지만 사람 중지보다 더 긴 침 10여 개가 무원의 얼굴에 대롱대롱 박혀 있어 차마 못 볼 지경이었다. 침술이 끝나자 이번에는 다리 안쪽에 뜸까지 놓았다. 무원의 신음 소리가 계속 이어졌다. 치료는 지독할 정도로 힘들어 보였다.

"매번 조금씩 좋아지니 힘들어도 이겨내셔야 합니다."

의원이 마지막으로 의료 도구를 정리하며 말했다. 그

의 말처럼 조금씩 좋아지기는 했다. 원편으로는 밥알 하나 씹을 수 없었으나 이제는 밥을 씹고 웃거나 말을 하는 일이 훨씬 수월해졌다. 그러나 표면은 달랐다. 수백 번의 치료를 받는다 한들 괴물처럼 변한 얼굴이 어찌 다시 돌아온단 말인가. 그는 한숨을 쉬었다.

"수고했소."

무원은 옷을 정돈하고 다시 복면을 썼다. 의원이 문을 열고 나가자 밖에서 은재가 소반을 들고 서성이는 모습이 보였다. 필시 목 축일 거라도 가져왔다가 못 들어온 것이 분명했다.

"고, 고생하셨습니다. 뭐라도 마실 것을 좀 내왔어야 하는데 제가 손이 굼떠서……."

그녀가 의원을 향해 미적지근하게 웃자 의원은 인사를 하고 가버렸다. 무원은 안에서 그녀를 말없이 쳐다봤다. 그녀에게 동정이 일었다.

'불쌍한 사람…….'

그녀라고 무슨 죄가 있을까. 은재가 아무것도 모른다는 얼굴로 들어와 소반을 내려놓았다.

"마실 걸 내왔는데 제가 늦었네요."

또다시 어색함이 찾아왔다. 시간은 어느새 해시, 취침할 시간이었다. 무원은 이불을 한 채 더 깔았다. 그는 몸시 피곤한 듯 곧장 겉옷을 벗은 뒤 등을 돌리고 전처럼 누웠다. 은재는 잠시 망설이다가 옷고름을 풀었다.

'그래, 부부 사이에 주저할 게 뭐 있겠어.'

그녀는 머리를 풀고 불을 끈 뒤 자리에 누웠다. 컴컴한 어둠이 두 사람을 감싸고 적막이 흘렀다. 그때였다.

"아까 그 여인이 누구인지 궁금하지 않으시오?"

무원이 어둠 속에서 물었다. 그녀는 그의 넓은 어깨를 바라봤다. 뭐라고 대답해야 할까 망설이는데, 그가 허탈한 목소리로 말했다.

"그 미친 여인이 바로 내 친모라오."

그녀의 머리가 혼란스러웠다. 이연은 정실부인의 유복자로 외동아들이라 들었는데 이게 무슨 소리인지. 무원은 그녀의 생각을 읽기라도 한 듯 계속 말했다.

"내 이름도 이연이 아니오. 나는 그의 인생을 대신 살고 있는 꼭두각시지."

"네? 그게 무슨……."

은재가 놀란 목소리로 물었다.

"오래전에 죄를 지었소. 그 죄의 벌로 나는 얼굴을 잃었고, 이연의 인생을 대신 살고 있소. 그렇게 바라던 장손 자리였건만, 이제 도망치고 싶어도 그럴 수조차 없게 됐지."

그가 스스로를 비웃듯 피식 웃었다.

"왜 돌아왔소?"

무원이 또 물었다. 그녀는 선뜻 대답하지 못했다.

"…… 돌아오지 말지그랬소. 만약 돌아오지 않았다면 어떻게든 보내주려 했소. 사고로 위장을 하든지, 시간을 벌어 멀리 도망치게 하든지."

은재는 가슴이 휑하게 뚫리는 기분이었다. 믿기지 않았다. 그녀에게 복수는커녕 오히려 그녀를 놓아주려 했다는 사실이 더욱 깊은 죄책감을 불러일으켰다.

"지난가을에 나와 혼례를 올리다 도망간 여인이 있소. 혼례 중에 바람이 세게 불어 복면이 벗겨져버렸는데, 그 여인이 내 얼굴을 보고는 놀라 도망쳐버렸다오. 말단이라도 벼슬아치 집안의 여식이었는데, 그 혼례일이 있고 그 집 식솔들이 몽땅 관직에서 쫓겨나버리고 말았지."

충격적인 얘기였다. 어쩌면 협박처럼 들릴지도 모르는 얘기였지만 무원의 목소리는 슬프고 안타까운 심정만 묻어날 뿐, 으름장을 놓는 것은 아니었다.

"앞으로 오늘 같은 일이 또 생긴다면 무사하지 못할 거요. 조부께서는 무서운 분이오. 내색치 않지만 어쩌면 당신을 주시할지도 모르지. 이미 혼례를 올린 사이니 도망쳐봐야 도로 잡혀 올 게 뻔해. 희망 따윈 버리시오. 당신의 족쇄인 나로부터 자유로워지는 건 불가능할 테니."

무원은 그 말을 끝으로 더 말이 없었다. 은재는 묻고 싶은 게 많았지만 감히 입을 열지 못했다. 그에게 다가가려고 하면 할수록 그는 더 위험해 보이기만 했다. 결국 밤을 꼴딱 새우도록 은재는 그의 잠자는 뒷모습만 지켜보았다. 그는 조식은커녕 지난번처럼 날이 밝자마자 옷을 갈아입고 나가버렸다. 그녀는 다시 혼자 남겨졌다.

*

붉은 동백꽃을 한 땀 한 땀 수놓던 최씨 부인의 손이 멈췄다. 함께 수를 놓던 며느리의 얼굴을 아연하게 쳐다보던 그녀는 손에 쥔 바늘도 놓쳤다.

"별채에 있는 여인이 누구냐고?"

당황한 기색이 역력한 표정이었다.

"네, 그분은 누구십니까?"

어디까지 알고 묻는 걸까. 최씨 부인은 가슴이 조마조마했다.

"네가 그, 그걸 어떻게 아느냐?"

은재는 금방이라도 울 것 같은 얼굴이었다.

"어젯밤, 서방님께서 그분이 친어머니라고 하셨습니

다. 게다가 스스로 이연이 아니라고까지 하시면서 단지 예전에 지었던 죗값을 치르는 중이라 하셨어요. 저는 너무 놀라고 무서워서 차마 뭐라고 묻지도 못했습니다. 이게 어떻게 된 일인지 말씀 좀 해주십시오."

속아서 혼인했다고 분개하는 표정은 아니었지만 어찌됐든 최씨 부인은 난처했다.

"서방님께서 저를 함부로 대하시지는 않지만 마음을 열지도 않으십니다. 저는 이 집에서 도망칠 생각이 없으니 제발 진실을 말씀해주십시오. 어찌 제 서방의 사정도 모르면서 그 마음을 얻는단 말입니까?"

은재의 볼을 타고 눈물이 뚝뚝 흐르자 최씨 부인은 며느리의 손을 잡았다.

"그래, 네 말이 옳다. 울지 말거라."

선량하고 큰 눈동자를 보니 멀리 있는 딸 생각이 나서 그녀도 눈시울이 붉어졌다. 어디서부터 설명을 해야 좋을까. 그때 생각난 게 두루마리 그림이었다.

"오래전에 받은 그림이 있단다."

그녀는 서랍장 속에 넣어둔 두루마리 두 개를 꺼냈다. 몇 년 전에 백현이 찾아와 건넨 것들로, 그중 죽은 지홍의 두루마리를 불태우고 이제 남은 것은 두 개였다. 최씨 부인은 그중 하나를 펼쳐 보여주었다. 첫번째는 양귀

비꽃처럼 화려하고 요염해 보이는 여인의 초상화였다.

"별채에 있는 강씨 부인의 초상화다."

은재는 그 말에 깜짝 놀랐다.

"이분이 별채에 계시는……."

전혀 다른 사람처럼 보였지만 자세히 살펴보니 정말이었다. 최씨 부인이 슬픈 한숨을 지었다.

"옛날에 그러니까 아주 옛날에, 돌아가신 이 교수 나리의 후실이었다. 지금은 저 꼴이 되었지만 예전에는 무척이나 예뻤어. 아들 둘을 낳았는데, 내가 연이를 낳자 집에 불을 지르고 도망쳤지. 세월이 한참 흘러 그 아들 중 하나가 연이를 죽이려고 했는데, 실패했단다."

최씨 부인은 다음 두루마리를 펼쳤다. 젊고 잘생긴 남자로 차가워 보이는 인상이지만 용모가 수려했다. 은재는 그 얼굴을 찬찬히 들여다봤다. 남자의 눈매가 어디서 많이 본 듯했다.

"어디서 본……."

"무원이다. 강씨 부인의 큰아들."

최씨 부인이 혼란스럽게 흔들리는 은재의 눈을 쳐다봤다.

"지금은 이 집 장손으로 이연이라는 이름을 쓰고 있지."

그 말은 간단했다. 그가 바로 그녀의 서방이었다.

"뭐, 뭐라고 하셨어요? 바, 방금 뭐라고……."

"무원이가 예전에 저지른 죗값을 치르는 중이라고 했다고? 그런데 나 역시 그러하단다."

최씨 부인이 반쯤 열린 창문을 통해 먼 산을 바라보며 말했다. 충주에 있을 그리운 딸의 얼굴이 떠올랐다.

"내가 낳은 이연은 남자아이가 아니었어. 딸아이였지. 나는 당시 유복자로 딸을 낳고 어찌 될지 모르는 신세였어. 아이를 살리기 위해서는 어쩔 수 없었다."

"남자아이라고 속이셨다는 말씀이세요?"

은재는 거듭 밝혀지는 진실에 머리가 핑 돌았다.

"그래, 지금은 모든 게 다 밝혀져 내 딸아이는 이 집에서 쫓겨났단다. 당시 집에 불이 났고, 무원이는 그때 제 어미를 구하려다 화상을 입었어. 그 어미는 불길 속에서 완전히 미쳐버렸지. 모든 일이 끝나고 시아버님은 우리에게 죗값을 치르게 하셨어."

그녀는 마침내 그가 말한 벌이 무엇인지 깨달았다. 무원이 왜 그렇게 슬프고 불행해 보였는지도.

"속아서 혼인했다고 생각하니?"

최씨 부인은 보기 딱하다는 듯 말을 이었다.

"진작 말을 해줬어야 하는데 미안하구나. 하지만 어쩔

수 없었어. 이 얘기를 알면 네가 더 곤란해질 거라고 생각했단다."

은재는 너무 긴장한 탓에 손바닥 가득 땀이 흥건했다. 최씨 부인은 그 손에 고운 손수건 한 장을 쥐여주었다.

"나는 무원이를 서자로 보지 않아. 그는 과거의 잘못을 반성하고 이 집의 장손으로서의 책무를 누구보다 잘 맡아서 해내고 있어. 우습게 들릴지 모르겠지만 한때는 내 딸을 죽이려 했던 그 아이를 이제 내 친자식이라고 생각해. 네 말처럼 그 아이는 마음의 문을 쉽게 열지 않을 거야. 아마도 제 어미를 볼 때마다 그 상처가 자꾸 덧나기 때문이겠지."

그녀는 은재의 손을 다시 잡았다.

"네가, 네가 곁에 있어주면 안 되겠니?"

은재는 잠시 망설였다. 이 엄청난 이야기를 정리하기에도 힘들었다. 최씨 부인은 그 사정을 짐작하듯 재촉하지 않았다.

"당장은 마음이 복잡할 게야. 네게 무거운 짐을 맡기는 것 같아 미안하지만, 어찌 되었든 네가 도망갈 뜻이 없다면 차라리 이곳에서 행복한 편이 낫지 않겠니? 서두르지 않아도 되니 천천히 생각을 해보려무나."

최씨 부인은 흐르는 눈물을 손으로 닦았다. 은재는 그

녀의 진심을 느꼈다. 그녀의 말대로 어차피 도망가지 않을 것이라면 지옥 속에서 매일 사느니 그와 행복하게 살 궁리를 하는 편이 나았다. 그러나 여전히 그를 온전히 받아들일 자신은 없었다.

"저에게도 시간이 필요해요."

은재는 조심스럽게 말했다. 최씨 부인이 고개를 끄덕였다. 이해한다는 표정이었다. 은재는 인사를 하고 나와 잠시 집 안 뜰을 이리저리 거닐었다. 두루마리 그림 속의 꽃 같은 미인이 그 광인이라니, 게다가 제 서방님의 친모라니. 그때 별채로 가는 길목 앞에서 여종 둘이 소곤거리는 소리가 들렸다.

"아휴, 진짜…… 작은마님 때문에 귀찮아 죽겠어. 빨래하러 가야 되는데 자꾸 소꿉놀이하자고 칭얼거리니, 애도 아니고 말이야."

"나리 안 계실 때는 가끔씩 쥐어박기도 하고 광에다 가두기도 하고 그래. 그 패악을 다 받아주면 힘들어서 어쩌니?"

"그러다가 들키면 어쩌려고! 작은마님이 정신이 나가서 그렇지, 생판 바보는 아니란 말이야. 가끔 보면 말은 또 어찌나 잘하는지."

여종 둘은 호들갑스럽게 깔깔 웃었다. 은재는 여종들

에게까지 조롱당하는 강씨 부인의 처지가 불쌍해서 마음이 애잔해졌다. 그녀는 그들을 피해 조용히 별채로 향했다.

'혼자 들어갔다가 무슨 봉변이라도 당하면 어쩌지.'

걱정이 됐지만 그래도 강씨 부인을 다시 보고 싶었다. 삐걱, 별채 문을 슬며시 열고 들어서자 멀리 화단 앞에서 그녀가 꽃을 꺾으며 혼자 노는 모습이 보였다.

"장다리는 한철이나, 미나리는 사철이다. 미나리는 사철이요, 장다리는 한철이다. 메꽃 같은 우리 딸이 시집 3년 살더니 미나리 꽃이 다 피었네."

강씨 부인은 흥얼흥얼 노래를 불렀다. 저번과 달리 밝은 대낮이기도 하거니와 방금 여종이 단장을 해주고 나가서인지 오늘은 꽤나 단정해 보였다. 은재는 그 곁으로 조심스럽게 다가갔다. 강씨 부인이 그녀를 물끄러미 쳐다봤다.

"언니, 여기는 어쩐 일로 오셨소? 지금 나리는 입궐하시고 안 계신데, 나랑 놀려고 오셨소?

은재는 무릎을 쪼그리고 앉았다.

"네, 어머님 뵈려고 왔어요. 뭐하고 계셨어요?"

강씨 부인은 꽃으로 만든 가락지를 불쑥 들이밀었다. 그러나 말이 가락지지 꽃송이가 몽땅 뭉그러져 있었다.

"가락지, 가락지 만들어."

그녀는 그 뭉그러진 꽃 가락지가 마음에 들지 않는지 바닥에 툭 던지고 새로 꽃을 따서 또 이리저리 꼬았다. 그러나 쉽지 않은 듯 또 꽃송이가 뭉그러졌다.

"제가 하나 만들어드릴까요?"

은재가 물었다. 강씨 부인의 눈이 커지더니 활짝 웃었다.

"응, 응, 하나 만들어줘요. 나리 오면 자랑하게 하나 만들어줘요."

은재는 꽃을 몇 송이 꺾어 반지를 만든 뒤 그녀의 손에 끼워줬다.

"예뻐."

그녀는 흡족한 얼굴로 아이처럼 헤헤 웃었다. 은재도 따라 웃었다. 다시 보니 그 두루마리 족자 속의 여인이 보였다. 꽃처럼 예뻤던 여인의 얼굴이 비쳤다.

"어머님, 제가 화관도 만들어드릴게요. 제가 어릴 때 여동생들한테 자주 만들어줬는데, 오랜만에 솜씨 한번 발휘해서……."

"좋아, 좋아."

강씨 부인이 신 나서 맞장구를 치자 은재는 꽃송이를 더 따다가 하나하나 꼬아 화관을 만들기 시작했다. 강씨 부인은 신기한 눈으로 그녀가 하는 모양을 쳐다봤다. 연신 박수도 치고 헤벌쭉 웃고 까르르 뒤집어졌다.

"짜잔! 화관 완성입니다. 어디 한번 써보세요."

은재가 울긋불긋 꽃송이로 치장한 화관을 건네니 강씨 부인이 냉큼 받아 머리에 썼다. 입이 귀에 걸린 그녀는 품에서 손거울을 꺼내 이리저리 비춰보며 맘껏 뽐내는 시늉을 했다.

"나 어때?"

강씨 부인이 물었다.

"꽃처럼 예쁘세요."

은재가 환하게 미소 지었다. 강씨 부인은 그 대답이 참말 마음에 드는 듯 그녀를 와락 끌어안았다.

"응, 응, 그래. 고마워, 고마워."

왠지 모르게 그 품이 따뜻해서 은재는 저도 모르게 눈물을 흘렸다. 오래전에 돌아가신 친정어머니 생각도 났다.

"왜 울어? 왜 울어?"

강씨 부인이 그녀의 우는 얼굴에 어리둥절한 표정을 지었다.

"울지 마. 나 이제 말 잘 들을게. 울지 마."

그녀는 은재를 끌어안으며 등을 토닥토닥 두드렸다.

"괜찮아, 괜찮아, 다 괜찮아. 언니야, 이제 다 괜찮아.

내가 잘못했으니까 이제 고만 울어."

은재는 그녀의 품에 안겨 엉엉 울었다. 한 사람의 울음과 또 다른 사람의 위로 속에 향긋한 꽃향기만이 바람을 타고 흘렀다.

*

무원은 제 어미가 무슨 보물처럼 손에 꼭 쥔 화관과 꽃가락지를 보고 고개를 갸우뚱했다.

"어머니, 개똥이가 이걸 해주던가요?"

그가 물었다. 항시 곁에 있지 못하니 몸종들에게 매번 푼돈이라도 쥐여주면서 잘 부탁한다고 신신당부를 했지만 늘 못 미더웠다. 겉으로는 네네 하고 굽실거리지만 실상은 귀찮아할 뿐이리라 생각해왔는데, 대견스럽게도 화관이라니. 몹시 수상쩍었다.

"언니가 해주고 갔어요."

강씨 부인이 천연덕스럽게 말했다.

"큰어머니가 오셨어요?"

"아니, 그 나이 많은 아주머니 말고, 언니 말이에요. 우리 새각시 언니."

강씨 부인과 죽은 외숙부 위로 나이 많은 누이가 하나

있었다는 얘기는 들었지만 스무 살에 시집을 가자마자 돌림병으로 급사했다고 했다. 그런데 이제 와서 언니라니, 무슨 말인지.

"우리 언니는 참말 얼굴도 희고 곱지. 마음씨도 착해서 이렇게 나한테 화관도 만들어주고, 꽃 가락지도 엮어 줬어요. 내일 또 언니가 오겠다고 약속을 했으니까 나는 오늘 말썽 안 피우고 일찍 잘 거야. 그러니 나리도 이제 그만 돌아가세요."

강씨 부인은 꽃송이가 하나라도 어그러질까 봐 조심히 가락지와 화관을 벗더니 다섯 살 아이처럼 이불 속으로 쏙 들어갔다.

"오늘은 얌전하신데요? 그래요. 그럼 주무세요."

무원은 제 어미의 이마를 쓸어주고 이불을 다시 정리해준 뒤에 별채에서 나왔다. 요 며칠 자꾸 밤마다 발작을 일으켜 애가 탔는데 오랜만에 찾아온 평화였다. 그러나 의문이 남았다.

'언니……. 새각시 언니라고?'

그는 작은채로 걸음을 옮기며 생각했다. 이 집에 스무 살 남짓한 새각시 언니라고 할 만한 사람은 은재 하나뿐이었다.

'그 사람인가? 내가 경고를 했는데……. 다시는 어머

니를 찾지 말라고 해야겠어. 그 사람이 어머니와 얽혀봤
자 좋을 일이라곤 없는데.'

그런데 어찌 된 영문인지 안채는 잠잠할 뿐 불도 꺼져
있었다. 이 사람은 밤중에 또 어딜 갔을까. 혹시나 싶은
그때였다. 안채 뒤뜰에서 중얼거리는 목소리가 들려왔
다. 무원은 발소리를 죽이고 그편을 흘끗 쳐다봤다.

"비나이다, 비나이다."

은재였다. 그녀는 장독대 앞에 정화수를 떠놓고 소복
차림으로 부지런히 손바닥을 비비고 있었다.

"우리 불쌍한 어머님 온전한 정신으로 돌아오게 해주
십시오. 비나이다, 우리 서방님 얼굴도 낫게 해주십시오.
비나이다, 비나이다. 천지신명님, 굽어살펴주십시오."

물먹은 목소리가 구슬프게 기원을 올리는데, 달빛에 비
친 그 맑고 고운 모습이 어쩌면 그리 가냘픈지 무원은 심
장이 쿵 내려앉는 기분이었다. 그는 냉큼 발길을 돌렸다.

"나리, 오늘 안채에서 주무시는 게 아니십니까?"

몸종 하나가 총총 다가와 물었다.

"아, 아니다, 아니야. 나는 오늘 마저 할 일이 있어 사
랑채에서 자야겠다."

그는 뭔가 들키기라도 한 사람처럼 서둘러 사랑채로
달아났다. 자신의 독채로 돌아온 그는 냉수 한 사발부

터 찾았다. 기분이 이상했다. 그들 모자를 위해 피 한 방울 섞이지 않은 누군가 저처럼 기도를 해준다는 것이 낯설었다. 무원의 삶은 늘 이해관계 속에 얽혀 있었을 뿐, 보답도 없는 일에 애를 쓴 사람은 없었다. 괴물 같은 서방을 둔 알량한 내자 자리가 뭐가 그렇게 좋아 정화수를 떠놓고 손바닥을 비비는지 황당하기만 했다. 그러나 그는 한편으로 속 모를 그 기분이 싫지만은 않았다. 오히려 묘하게 마음이 울렁거리며 뭉클하기까지 했다.

'뭐지? 이게 무슨 기분이지?'

순간 소복 차림의 은재가 떠올랐다. 무원은 고개를 흔들었다. 심장이 또 쿵쿵거렸다.

"이, 이상하군. 너무 피곤해서 그런가."

그는 퇴궐하면서 할 일을 잔뜩 가져왔지만 서안 위에 접어놓고 이불을 폈다. 아무래도 자꾸 가슴이 두근두근하는 게 한숨 자야 진정이 될 듯했다. 그러나 잠은 오지 않고 은재 생각만 자꾸 맴돌았다. 무원은 처음으로 잠이 오지 않는 밤이 몹시 길다는 것을 깨달았다.

*

정오를 막 지날 즈음, 은재가 몸종 하나를 데리고 집을

354

나와 화계사로 향했다. 규방에 떠도는 소문에 따르면 화계사에서 정성으로 불공을 드려 병을 치료한 이가 많다고 했다. 게다가 화계사 오탁천鳥啄泉의 물도 피부에 좋다고 하니 어찌 솔깃하지 않겠는가.

하지만 날을 잡아도 잘못 잡은 모양이었다. 은재가 탄 가마가 겨우 도봉산 인근을 지나는데 하늘이 거뭇거뭇해지더니 빗소리가 가마 천장을 때렸다.

"비가 오는 것 같은데?"

은재가 가마 문을 열고 묻자 몸종도 기다렸다는 듯 말했다.

"아기씨, 아무래도 오늘은 돌아가시는 게 낫겠습니다. 비가 오는 날에는 탑돌이도 어렵고 오탁천에서 물을 떠봐야 빗물이 반일 텐데 무어 그리 좋겠습니까?"

아쉽지만 어쩌랴.

"그래, 오늘은 그만 돌아가자꾸나."

그녀가 아쉬운 듯 창문을 닫으려는 그때, 갑자기 저편 돌다리 위를 지나던 아이 하나가 오가는 우마차를 피하려다가 발을 헛디뎌 다리 아래로 풍덩 하고 떨어지는 것이 보였다.

"이보게! 이보게! 가마 좀 세워보게!"

은재는 얼른 가마에서 내려 다리 쪽으로 달려갔다. 사

람들이 웅성웅성 모여들었다.

"살려주시오!"

아이가 물속에서 소리를 질렀다. 하천이 제법 깊은 모양인지 아이가 손을 휘휘 젓는데 잘못하면 꼴깍 죽겠다 싶었다. 그러나 호기롭게 물속으로 뛰어드는 이는 아무도 없었다.

"아저씨, 어떻게 좀 해보세요."

여종이 가마꾼의 등을 밀었으나 그들은 난처한 표정을 지었다.

"나, 나는 헤엄 못 쳐, 이것아."

은재는 어쩔 줄 몰라 하다가 사대부가 규수 체면도 잊고 장옷을 벗어던진 뒤 물에 뛰어들었다. 어릴 때부터 헤엄을 잘 쳤기에 물이 두렵지 않았다. 사람들은 모두 눈이 똥그래져서 연신 탄식만 했다. 물에 빠진 애도 큰일이지만 저 대갓집 새각시가 염치도 없이 물에 뛰어든 게 놀랍고 민망했다.

"뭘 보시오. 당장 저리 안 가시오? 이 겁쟁이들 같으니. 저리 가란 말이오."

몸종이 팔을 휘저으며 구경꾼들을 물리려고 했지만 그런 좋은 구경이 또 있을가. 얼굴이 반반한 양반집 규수의 치마가 물 위로 둥둥 떠오르니 남정네라는 놈들이

그 곁을 떠나지 않고 흘끔거렸다. 그러나 은재는 체면을
차리지 않고 아이를 향해 혼신을 다해 헤엄쳤다.

"사, 살려주오!"

아이가 어푸어푸 하는데 그녀가 아이 목을 끌어안아
물 밖으로 끌고 나왔다. 물에 쫄딱 젖어 보기에도 안쓰
러운 두 사람이 밖으로 나오자 몸종이 얼른 장옷으로 그
녀를 감쌌다. 은재는 가쁜 숨을 몰아쉬는 중에도 쿨럭거
리는 아이부터 챙겼다.

"괜찮으냐?"

아이는 물을 잔뜩 먹었는지 구역질을 하며 토해냈다.

"괘, 괜찮습니다."

아이는 여러 번 기침을 하더니 겨우 얼굴의 물기를 닦
고 고개를 들었다. 은재는 순간 머리털이 쭈뼛 곤두섰
다. 투명할 정도로 하얀 얼굴에 학과 거북 문양이 수놓
인 옷을 입은 아이는 마치 이 세상 사람이 아닌 듯했다.

"이, 이것들이 감히……."

아이는 주위를 둘러보고 맹수처럼 으르렁거렸다. 자신
을 구한 은인의 젖은 몸을 흘끔대는 사내들의 시선에 그
는 화가 잔뜩 난 얼굴이었다.

"네 이놈들!"

작은 체구의 아이가 소리를 버럭 지르는데, 마치 우레

가 치는 듯 쩌렁쩌렁 울렸다. 사람들은 모두 놀라 뒤로 자빠졌다.

"비록 인간의 형상을 했으나 나는 충주 월악산의 산신 해온이다. 도봉산 산신의 연회에 가다가 이런 봉변을 당한 것도 억울한데, 너희들이 감히 내 은인을 희롱하고자 하니 네놈들의 눈을 모두 뽑아 귀왕께 제물로 바치겠다!"

사람들은 별안간 무슨 소리인가 해서 눈이 휘둥그레지는데, 그가 하늘 위로 손을 높이 뻗었다. 그러자 활활 푸른 기운이 손을 타고 올라와 하늘 위로 용솟음쳤다.

"으아악! 내 눈이!"

누군가의 괴성을 시작으로 아비규환이 일어났다. 갑자기 하나둘 눈에서 핏물을 쏟으니 흡사 주위는 생지옥처럼 변했다.

"아니! 이게 뭐야! 세상에! 살려주십시오. 잘못했습니다."

사람들이 신발도 벗어던지고 울면서 도망치자 곧 주위는 쥐새끼 한 마리 없이 텅텅 비었다. 은재도 그 광경에 겁을 먹고 덜덜 떨었다. 아이는 손끝에서 이글거리는 푸른 기운을 거두고 그녀를 안심시키듯이 말했다.

"많이 놀라셨습니까? 아까 그 핏물은 그저 환영에 불

과합니다. 사람들을 쫓으려 하찮은 도술을 부린 거니 너무 두려워하지 마십시오."

은재는 꿈인지 생시인지 분간이 되지 않아 제 볼을 꼬집었다. 볼때기가 얼얼한 게 분명 개꿈도 백일몽도 아니었다.

"꿈이 아닙니다."

해온은 미소를 지으며 합장했다.

"사대부가 규수가 체면을 무릅쓰고 물에 뛰어들어 저를 구하셨으니, 제가 응당 그 은혜를 갚아야 도리가 아니겠습니까? 하지만 연회 시간이 촉박하여 염치 불구하고 열흘 뒤에 다시 찾아뵙겠습니다. 무엇이든 좋으니 혹여 바라는 게 있다면 그날 여쭈어주십시오."

"네? 그, 그게 무슨 말씀……."

그녀가 엉거주춤 일어나려는 순간 큰 바람이 불었다. 짧은 찰나였다. 잠시 눈을 감았을 뿐인데 아이는 온데간데 흔적도 없었다.

"어디, 어디로 사라진 거지?"

은재가 몸종을 돌아봤다. 그녀는 장옷을 거꾸로 뒤집어쓰고 벌벌 떨면서 목숨만 살려달라며 빌고 있었다.

"이게 어떻게 된 일이지?"

그녀는 자신의 옷을 만져봤다. 물에 젖어 엉망이어야

할 옷가지가 물 한 방울 젖지 않았고, 물속에 뛰어들면
서 뜯어졌어야 마땅할 치맛단도 멀쩡했다.

"내가 구한 그 아이가 정말 신선이었단 말인가."

은재는 믿기지 않는다는 얼굴로 사방팔방 돌아봤다.
참으로 이상하고 기이한 일이었다.

*

"오늘하고 내일이 합궁일로 길하다고 합니다."

최씨 부인의 말에 이 대감이 껄껄 웃었다. 유학자로 미
신을 신봉하지 않는 그였지만 그래도 이왕이면 싶어서
며느리에게 손자 타령을 했더니 눈치껏 준비한 모양이
었다.

"그래, 요즘 바쁜 중에도 사흘에 한 번은 작은채에서
취침한다고 들었다. 내가 너무 부담을 주는 듯해서 미안
하다만, 우리 집안에서 후사를 잇는 일만큼 중요한 일이
또 없으니 말이야."

그의 말에 무원과 은재가 고개를 숙였다. 그는 요즘 건
강이 점점 나빠지면서 더 노골적으로 변했다.

"내가 죽기 전에는 손자를 봐야 마음이 편하겠어. 네
어미가 일부러 택일까지 해 오는데, 이 늙은이 소원 들

어준다 생각하고 좀 따라주려무나. 멀쩡한 너를 두고 청나라에서 입신양명한 네 동생을 부를 수도 없는 노릇 아니냐."

무원은 고개를 끄덕였다. 동생에게 돌아오지 말고 차라리 청나라에서 입신양명하는 게 낫다고 서찰을 쓴 사람은 자신이었다. 광인이 된 어머니와 괴물로 변한 자신을 보여주고 싶지도, 또 일말의 책임을 지우기도 싫었다.

"네, 노력해보겠습니다."

그는 뭘 노력하겠다는 것인지 모호한 대답을 내뱉고 은재와 함께 작은채로 돌아왔다.

"매번 고역이구려."

무원은 겉옷을 벗고 답답한 사람처럼 창문을 활짝 열었다. 달이 떠 있었다. 은재는 조용히 자리에 앉았다. 무원은 작은채에 와서 종종 자고 가기는 했지만 벌써 며칠째 눈도 마주치지 않았다.

"술상이라도 올리라고 할까요?"

그녀가 묻자 무원이 고개를 저었다. 술을 마시면 잠이야 좀 편히 들는지도 모르지만 그것이 해결책은 아니었다. 문제는 자꾸만 심장이 쿵쿵거리고 저릿저릿해진다는 것이었다.

'불편하다, 불편해.'

그는 겉옷의 옷고름을 풀었다. 은재가 곁에서 벗은 옷을 받으려고 손을 내밀었다.

"주십시오. 제가 정리하겠습니다."

무원은 그녀의 손이 자신의 몸에 닿자 당황해서 그만 옷을 떨어뜨렸다.

"내, 내가 하면 되오."

"아닙니다, 서방님. 이런 건 제가……."

바닥에 떨어뜨린 옷을 주우려 고개를 숙이는데, 무원은 하마터면 헛! 하고 이상한 소리를 낼 뻔했다. 허리를 숙인 은재의 동정 사이로 속살이 보인 탓이었다. 그는 어험 하고는 사레라도 들린 사람처럼 헛기침을 하고 돌아섰다. 얼굴이 붉어진 그는 누가 그 광경을 봤을까 싶어 얼른 창문을 닫았다.

"몸이 안 좋아서 그런지 더웠다 추웠다 하는군."

지금 무슨 헛소리를 하는 건지 모르겠고, 말을 하면서도 땀이 났다.

"저…… 마실 거라도 내올까요?"

은재가 옷을 걸고 물었다. 아직 취침하기에는 다소 이른 시간이었다. 그러나 무원은 뭐가 그리 급한지 바닥에 이불부터 깔았다.

"돼, 됐소. 불 끄시오. 나는 자야겠소."

그는 이불을 둘러쓴 뒤 등을 돌리고 누웠다. 아까 그녀를 만나러 오기 전에는 오늘도 별채 어머님을 만났냐고 묻고 고맙다고 전해야지 싶었다. 요 며칠 강씨 부인이 무척이나 좋아 보였다. 매일같이 새각시 언니가 들러 옷도 단정히 입혀주고, 짧은 이야기 글도 읽어주며 함께 시간을 보내니 마음이 편안해서인지 발작도 일으키지 않고 밤이 되면 잠도 잘 잤다. 그러나 막상 은재의 얼굴을 보니 할 말이 하나도 생각나지 않았다. 그는 이 낯설고 이상한 감정이 두려워 얼른 시간이 지나갔으면 싶었다.

"서방님."

은재가 불을 끄고 누우려다 말고 그를 불렀다. 무원은 자는 척하려다가 제 심장 뛰는 소리가 너무 큰 것 같아 일어났다. 그는 침착한 척 또박또박 물었다.

"왜 부르시오?"

그러나 그가 응시하는 쪽은 전혀 다른 편이었다.

"제가 싫으십니까?"

은재가 서운한 목소리로 물었다. 그녀는 사실 울기 일보 직전이었다. 그러나 그는 여전히 엉뚱한 곳만 쳐다보며 얼굴을 찌푸렸다. 이 시간이 어서 지나가기를, 그는 속으로 그렇게 바랐다.

"그런 건 왜 묻는 거요?"

무원의 말에 은재가 고개를 떨어뜨렸다.

"이제 제가 보기도 싫으시군요."

그녀가 낮게 울먹였다. 무원은 초조하고 긴장되기까지 했다.

"그게 아니오."

"시집와서 제가 누굴 믿고 살겠습니까? 서방님께서 품어주지 않으신다 해도 저는 서방님 하나 의지하며 지내는데, 어찌 이렇게 소박을 주십니까? 도망치지 않겠다고 했습니다. 잘못했다고 빌었습니다. 그런데도 제가 정녕 미우십니까? 저는 서방님과 그저 잘 지내고 싶을 뿐인데, 제가 그리 꼴도 보기 싫으신 겁니까?"

은재는 그간의 서러움을 쏟아내며 눈물을 흘렸다. 이말을 하면 다시는 무원이 자신을 찾지 않을지도 모른다는 생각이 들었지만 원망스럽고 분한 마음을 참을 수가 없었다. 그녀가 엉엉 울기 시작하자 무원은 당황해서 뒤를 돌아봤다.

"그게 아니라니까 왜 자꾸 우는 거요? 울음을 그치시오."

그러나 눈물은 멈추지 않았다. 그녀는 첫날밤보다 더 서럽게 울었다.

"그게 아닌데 왜 눈도 안 마주치시는 겁니까? 제가 보기 싫은 게 아닙니까?"

무원은 그 말에 결국 몸을 돌려 은재의 두 팔을 붙들었다.

"보고 있소."

눈물을 흘리던 그녀가 고개를 들었다. 무원의 눈동자가 어둠 속에서 아주 가까이 다가왔다.

"보고 있단 말이오."

분명 그의 얼굴을 아는데, 그 모습이 얼마나 두려웠는지도 기억하는데, 그녀의 가슴이 두근거렸다. 은재가 입을 다물자 그가 머뭇거리며 말했다.

"당신 눈을 못 보겠소. 못 보겠어서 그런 거요."

무원이 마침내 속마음을 털어놓았다.

"저를 왜 못 보시는 겁니까?"

은재가 눈물을 훔치며 물었다. 무원은 입술을 깨물었다. 그는 자신이 자꾸만 피하고 싶던 그 마음을 그제야 알아차렸다.

"그대를 보고 있으면 자꾸 욕심이 생겨서 그러오. 혹시나 나도, 나도 행복해질 수 있을까 하는 그런 욕심이 생겨서……."

그는 잡고 있던 은재의 두 팔을 힘없이 놓아주었다.

"하지만 나는 여전히 괴물이고, 평생 이 징표를 끌어

안고 살아야 할 거요."

무원이 슬픈 눈으로 그녀를 바라보았다.

"당신을 허울뿐인 내자로 맞아 미안하오. 나는 조부
가 돌아가시고 나면 오랫동안 내 족쇄가 되었던 이 이름
을 훌훌 벗고, 이 집안에 어떤 핏줄도 남기지 않은 채 홀
로 숨고 싶소. 아마도 후사를 바라는 조부에게는 완벽한
복수가 될 거고 나 역시도 오랜 열등감에서 구원받을 테
지."

은재가 고개를 저었다. 그는 괴물이 아니라 따뜻한 사
람이라고 말해주고 싶었다. 구원은 그저 떠나서 얻는 게
아니라 용서를 통해 구하라고 일러주고 싶었다. 그러나
무원은 등을 돌려 일어나버렸다.

"당신은 결국 내 곁에 있으면 불행해질 거요. 그러니
내가 그러하듯 당신 역시 마음을 주지 마시오. 피할 수
있다면 피하고, 등 돌릴 수 있다면 등 돌리시오."

무원은 다음 날도, 그다음 날도 은재가 있는 작은채에
가지 않았다. 대신 이 대감의 불호령을 면피할 요량으
로 궐에서 일감만 잔뜩 싸 들고 왔다. 은재는 무원의 처
소에 한번 가볼까 하다가도 몇 번이나 가지 못하고 그저
그가 좋아할 만한 주전부리만 직접 장만하여 몸종에게
딸려 보냈다. 물론 그동안에도 별채의 강씨 부인을 부지

런히 돌보고, 정화수 앞에서 지아비와 강씨 부인의 안녕을 빈 것은 두말할 필요도 없다.

그리고 그런 이야기는 이 대감의 귀에도 들어갔다. 그는 점점 더 말을 듣지 않는 왼쪽 팔로 장죽을 붙들고 중얼거렸다. 마주 앉은 개똥 아범은 입안이 바싹 말라 침을 삼키며 그의 눈치를 살폈다.

"흠…… . 손부도 사정을 다 알게 됐다 이 말이군."

그는 씁쓸하게 말했다.

"썩 사이가 나쁘진 않아 보여서 근심하지 않았는데, 아무래도 이대로 두면 죽기 전에 후사를 보기가 어렵겠어."

그는 장죽을 깊이 빨고는 생각에 잠겼다. 그런데 마침 아까 저녁 무렵 고위 관료들의 연회 자리에 잠시 들른 일이 생각났다. 근래에 상단 행수가 생약포(生藥鋪 : 약재를 비치하던 관청)에 납품하는 약재와 세금 문제로 우는 소리를 하기에 귀찮기도 하고 해서 금거북 몇 마리를 선물로 돌렸다. 그 자리의 많은 이들이 이 대감의 배포를 칭송했는데, 특히 호조 판서는 어지간히 고마워했다.

그는 요즘 어린 기생에게 폭 빠져 마누라 몰래 재물을 해대느라 주머니가 달린다고 소문이 돌았다. 그런 이유 때문인지 몰라도 연이 아직 승차할 시기가 아닌데 좋은 자리로 힘써보겠노라 넌지시 약조를 하며 중양절(重陽

節 : 음력 9월 9일), 풍국(楓菊 : 단풍과 국화) 놀이 초대장을
건넸다. 이연 부부를 특별히 초대하겠다는 얘기였다.

'해마다 고관대작과 유명한 사대부가 부부만 초대해
서 논다더니. 이 짓을 아직도 하나 보군.'

이 대감은 속으로 조정 관료들의 유치한 줄 대기를 비
웃으며 초대장을 받아 대충 호주머니에 던져 넣었다. 그
런데 지금 생각해보니 이처럼 좋은 기회가 또 있나 싶었
다.

'그래, 거기 있는 치들과 사귀어서 나쁠 건 또 뭐겠어.
둘이 바람이라도 쐬고 나면 좀 달라질 게야. 손부도 다
른 부인들을 사귀면 외로움도 좀 덜 테고, 제 서방 내조
하는 법도 배우겠지.'

그는 주머니를 뒤져 서찰을 꺼낸 뒤 개똥 아범에게 쥐
여주었다.

"무원이 갖다주면서 꼭 가야 한다고 전하게."

개똥 아범은 의외로 역정도 내지 않고 순순히 서찰 한
장만 내주니 무슨 일인가 해서 헐레벌떡 무원의 처소로
달려갔다.

"나리!"

개똥 아범은 이 대감이 시키는 대로 무원에게 서찰을
전했다. 그는 봉투 속의 서찰을 읽었다. 호조 판서의 풍

국 놀이 얘기는 익히 들었다. 그러나 아무리 이 대감의
손자라 한들 아직 품계가 낮은 자신에게까지 이 초대장
이 오리라 생각하지 못했다.

"대감마님께서 꼭 참석하라고 하셨습니다."

"할아버지께서?"

"네."

무원은 곤란한 표정을 지었다. 합궁일이고 뭐고 안채
에 발길을 뚝 끊었는데, 또 이런 일까지 마다했다가는
싫은 소리를 들을 것이 뻔했다.

"오늘은 안채에서 취침하지."

그는 별수 없이 은재의 거처로 향했다. 그녀는 반가운
기색이 역력했지만 며칠 만에 보는 얼굴은 전보다 핼쑥
했다. 그는 마음이 쓰이면서도 애써 무덤덤하게 말했다.

"일러줄 게 있어 왔소. 중양절마다 호조 판서가 도봉
산에 있는 별장에서 풍국 놀이를 여는데, 거길 같이 가
야겠소."

은재는 그의 옷을 받아 정리하다가 뜻밖의 얘기에 귀
가 쫑긋했다. 중양절이라면 내일모레였다.

"풍국 놀이요? 거기에 저 같은 아녀자가 따라가도 됩
니까?"

"그렇소, 호조 판서는 고관대작과 정평이 난 사대부가

부부들을 초대해 친목 다지는 걸 좋아한다오. 주로 남자들은 투호나 활쏘기 따위를 하고, 부인은 그림을 그리고 차를 마시는데, 처소가 다르니 취침할 때를 빼곤 서로 볼 일이 없을 거요."

은재는 자칫 손에 들고 있던 옷을 떨어뜨릴 뻔했다.

"그럼, 서방님하고 떨어져 처음 보는 마님들과 함께 있으라는 말씀입니까?"

무원은 그녀가 겁먹은 표정을 짓자 왠지 조금 놀려주고 싶은 마음이 들었다.

"싫은 거요?"

"아, 아닙니다."

그녀의 목소리가 떨렸다. 고관대작 부인들이 모이는 자리라 하니 반가운 마음보다 가서 실수나 하면 어쩌나 싶어 걱정부터 들었다.

"소문을 들어보니 규방의 여인들도 입담이 보통이 아니라 하더군. 순진하게 앉아 있다가 조롱당할 수도 있을 거요. 정신 바짝 차려야 하오."

그녀의 얼굴이 더 굳어졌다. 근심이 가득한 얼굴이었다. 무원은 속으로 웃음이 나왔지만 참았다.

"가기 싫은 표정이오?"

은재는 울상을 하고도 아니라고 말했다. 그는 그만 놀

려야겠다 싶어 허허 웃고는 등을 돌리고 누웠다.

"내일 어머니께 가서 뭘 준비해야 할지, 어떤 부인들이 오시는지 여쭤보시오. 규방 얘기는 여인들끼리 더 잘 아는 법이니."

은재는 걱정이 돼서 잠도 자는 둥 마는 둥 하다가 날이 밝자마자 최씨 부인부터 찾았다. 그녀는 호조 판서의 중양절 풍국 놀이라는 말에 당장 몸종들을 불러 음식 마련부터 했다. 집집마다 먹을거리를 해 올 텐데 자식 부부를 보내면서 소홀하고 싶지 않았다. 그녀는 최고급 재료들로 밤단자, 양고기, 화전과 화채, 국화주 등을 넉넉하게 마련한 뒤 은재를 앉혀놓고 유명 사대부가의 부인 용모와 됨됨이까지 차근차근 일러주었다. 그러나 여전히 마음이 놓이지 않았다.

"무엇보다 명심할 게 있다."

최씨 부인은 안타까운 표정으로 은재를 바라봤다.

"네가 아직 어리고, 또 갓 시집온 새색시다 보니 필시 나이 많은 치들이 농을 할 게다. 게다가 네 친정이 한빈하고 서방의 얼굴도 그렇다 보니 입을 함부로 놀리는 이들도 있겠지. 그러나 거기에 주눅 들 건 없단다. 너는 이 집 손부니 당당하게 행동해라. 알겠느냐?"

"네, 어머니."

은재는 최씨 부인의 가르침을 되새기며 반쯤 뜬눈으로 하루를 또 보냈다. 그리하여 또 새날이 밝아오니 드디어 중양절 아침이라. 은재는 차비를 마치고 피곤한 얼굴로 가마 앞에 섰다.

"나리께서는 언제 나오신다고 하더냐?"

　이틀이나 좌불안석으로 보낸 탓인지 졸음이 파도처럼 덮쳐 왔지만 그래도 믿을 구석은 제 서방 하나라. 언제 출발하는지 몰라 한참 동안 무원을 찾아다니는데 몸종은 은재의 애타는 마음도 모르고 '말을 타고 가신다고 좀 늦게 나오신다 합니다'라고 전할 뿐이었다. 서운한 마음은 들었지만 어쩌랴. 결국 가마에 올라 한참 가는데 뒤늦게 출발한 무원이 가마 옆으로 다가왔다. 그런데 가마 속에서 이리 쿵, 저리 쿵 뭔가 쿵쿵거렸다.

"가마가 왜 저리 울리느냐?"

　곁에서 조용히 말을 몰던 무원이 하도 이상해서 몸종에게 물으니 그는 웃음을 참으며 말했다.

"마님께서 졸리신 모양입니다."

　그제야 그 쿵쿵대는 소리가 가마 안에서 머리 찧는 소리임을 눈치채고 그도 픽 웃었다. 보나마나 어제 종일 고생을 하고 밤잠도 설친 모양이었다.

"내자께서 저리 고생을 하시는데, 오늘 상품이라도 따

다 드려야겠구나. 내 먼저 갈 테니 좀 천천히 오너라. 마
님 머리 깨지겠다."

그가 농을 하고 먼저 말을 몰아 사라지니, 가마 안에서
퍼뜩 잠이 깬 은재는 꿈결에 제 서방 목소리가 들렸는데
할 뿐이었다. 그렇게 반 시진이 흐르니 어느새 가마는
도봉산 별장에 도착했다.

"마님, 도착했습니다."

밖에는 벌써 줄지어 선 가마가 여럿이었다. 이제 도와
줄 서방도 시어머니도 없고, 별장의 여종을 따라 걷는
길이 아득하기만 했다.

'세상에.'

그녀는 으리으리한 별장을 둘러보며 저도 모르게 탄
식했다. 도봉산의 울긋불긋한 풍광이 병풍처럼 사방에
펼쳐졌고, 발을 반쯤 쳐놓은 안채는 문이 모두 시원하게
열려 있었다. 위용이 대단한 부인들이 저마다 곱게 치장
을 하고 앉아 여기까지 깔깔거리고 웃으니 은재는 저도
모르게 움츠러들었다.

"이연 좌랑 부인께서 오셨습니다."

여종이 고하자 안에서 하던 얘기가 뚝 끊어졌다. 그편
을 보지는 않았지만 일제히 쳐다보는 부인들의 시선이
따끔따끔 느껴졌다.

"들어오라고 하시게."

호조 판서 부인의 명랑한 목소리가 구원처럼 들려왔다. 은재가 들어가 인사하고 자리에 앉으니 판서 부인이 미소를 지었다. 그녀는 나이가 지긋했지만 밝고 활달해 보이면서도 기품이 흘렀다.

"처음 와서 얼떨떨하지요?"

그녀의 말에 은재가 고개를 끄덕였다.

"네, 모르는 게 많아 실수라도 할까 봐 두렵습니다. 많이 가르쳐주십시오."

판서 부인은 참석한 규방 여인 중 가장 어리고 순진해 보이는 그녀가 마음에 들었는지, 여러 고관대작 부인들을 소개한 뒤에도 차를 권하면서 계속 말을 걸었다. 그러자 그 곁에 있던 다른 부인들의 얼굴이 조금 샐쭉해졌다. 그들은 잠시 판서 부인이 자리를 비우자 그들끼리 뭔가 소곤소곤하더니 낄낄 웃었다. 은재는 불편하고 무안했지만 내색치 않았는데, 곧 판서 부인이 오자 그들이 작당한 것이 무엇인지 드러났다.

"다들 뭐가 그리 재밌소?"

판서 부인이 묻자 숙부인 양씨가 고개를 조아리고 말했다.

"소인들끼리 이번 풍국 놀이의 그림 주제를 얘기했습

374

니다."

"호, 뭐 재미있는 주제라도 있소?"

그러자 양씨가 그 곁에 앉은 숙인 조씨에게 힐끗 눈짓을 하고 웃었다.

"화상(畵像 : 인물화)을 그리는 게 어떤가 합니다."

"화상?"

조씨 부인이 거들며 얘기했다.

"매년 꽃이나 곤충, 동물을 그리면, 그 이튿날 바깥 나리들께서 돌려보시고 늘 소인들의 그림 솜씨를 농으로 삼으니 어찌 분하지 않겠습니까? 그래서 이번에는 나리들의 화상을 그려드리면 그림이 못나도 탓하지 못하시리라 사료됩니다."

그녀의 말에 방 안에 있던 여인들이 모두 킥킥 웃었다. 판서 부인도 재미있는지 손뼉을 쳤다.

"그것 참 말이 되는구려."

양씨와 조씨 두 사람이 서로 눈빛을 교환했다. 실제 남자들이 그림을 돌려 보고 그림 솜씨를 타박하는 일도 있었지만, 무엇보다 이번 그림 주제를 화상으로 정하자 한 이유는 새로 온 신입을 골려주려는 속셈이 컸다. 복면을 쓴 얼굴 그림이라니, 필경 웃음거리가 되리라. 그러나 당하는 은재 입장에서는 속이 탔다.

'나를 조롱거리로 만들 셈이구나. 복면을 쓴 그림을 그리면 내일 서방님께서도 민망할 일이다. 이를 어쩌면 좋담?'

"그대는 어떻소? 이 주제로 해도 좋겠소?"

판서 부인이 묻자 모두 그녀를 쳐다봤다. 고거 참 볼 만하겠다는 표정들.

"부족한 솜씨이지만 그려보겠습니다."

의외로 순순히 응하자 무슨 속셈인가 싶었지만 콧방귀를 뀌고 저마다 지필묵을 들었다. 은재는 하얀 종이 위에 붓을 들고 우선 무원의 선명한 눈부터 그렸다. 매섭기도 하고, 슬퍼 보이기도 하던 그 눈과 짙은 눈썹을 그리고 나서 그녀는 붓을 멈췄다.

"얼굴을 모르나 봐."

한 부인이 속닥거리는 소리가 들려왔다. 다른 부인들이 킥킥 웃었다. 은재는 무원의 얼굴을 떠올렸다.

'흉측하지 않아. 괴물도 아니야. 그분은, 그분은 따뜻하고 상냥한 사람이야.'

그의 얼굴이 흰 종이 위에 어른거렸다. 슥, 슥. 붓이 제 마음을 따라 물 흐르듯 움직였다.

"어머, 잘생겼잖아."

오른편 얼굴까지 그리니 몇몇이 고개를 빼고 숙덕거

렸다.

"흥! 아직 왼쪽 뺨은 안 그렸으니 그렇지."

모든 부인들이 어쩌나 두고 보자는 눈빛이었다. 은재는 붉은 물감을 풀어 붓에 찍은 뒤 왼쪽 뺨과 목을 타고 점점이 아름다운 부용화를 그려 넣었다. 옅은 붉은색의 부용화는 가을의 정취를 가득 담아 그림에 스며들더니 마침내 꽃을 피웠다.

"참으로 매혹적인 그림이오."

판서 부인은 감복해서 혼이 쏙 빠진 얼굴로 칭찬했다.

"제 서방의 허물도 이처럼 곱고 아름답게 바꾸니 어찌 감탄하지 않겠소? 좌랑은 참으로 슬기로운 부인을 두셨구려."

그녀는 그림을 한참 동안 살펴보며 칭찬했다. 그러자 다른 부인들 모두 얼굴이 빨개져서 콧구멍이 벌렁벌렁했다. 그런데 그때 몸종이 쟁반에 뭔가를 받쳐 들고 총총 들어왔다.

"나리들께서 활쏘기와 투호를 하시고 상품을 보내셨습니다."

그 말에 여인들이 또 소란스러웠다. 남자들끼리 내기를 걸고 경기를 벌이면 매년 그 상품은 안채의 여인들에게 돌아가는데, 이 또한 그들 사이에서는 미묘한 신경전을 만들곤 했다.

"그래. 이번에는 누가 받는가?"

판서 부인이 물으니 몸종이 노리개 세 개가 담긴 쟁반을 바쳤다.

"3등이신 공참판 마님은 옥장식 노리개이고, 2등이신 김장령 마님은 은장식 노리개이며, 1등은 이 좌랑 마님으로 금장식 노리개이십니다."

1등 얘기에 은재의 눈이 동그래졌다. 그가 1등이라니. 아까 가마 속에서 잠결에 들었던 상품을 따준다는 얘기가 참말이었나.

"역시 요즘 젊은 사람들은 뭘 해도 잘한다니까."

판서 부인은 은재와 무원 부부를 다시 칭찬하면서 방긋 웃었다. 이제 나머지 부인들은 머리에서 김이 모락모락 날 지경이었다. 그러나 어쩌랴. 제대로 신입을 골탕 먹이기도 전에 이미 판서 부인은 이 부부에게 흠뻑 빠졌으니.

*

"많이 기다리셨소?"

무원이 안채 뜰에 홀로 남은 은재에게 급히 달려와 말

했다. 밤이 깊으면 남자들이 와서 제 부인을 데리고 각자 침소로 드는데 유독 판서가 무원을 붙잡고 계속 술을 권하니 안채에서 그녀 혼자 덩그러니 기다리던 중이었다.

"아닙니다. 나리께서 보내주신 노리개 덕분에 신이 나서 시간 가는 줄도 몰랐습니다."

은재가 수줍게 웃었다. 무원은 그녀가 찬 금장식 노리개를 보고 따라 웃었다.

"내 이긴 보람이 있구려. 윗사람에게 적당히 지기도 해야 하는데, 끝까지 바득바득 이겨먹는다고 독한 놈이라는 소리까지 들었소. 그래도 잘 어울려 다행이오."

두 사람이 오랜만에 웃었다. 그간 서먹했던 감정이 녹았다.

"그만 우리도 침소로 갑시다. 아직 품계가 낮다 보니 침소가 외떨어진 쪽에 배정되어 좀 걸어야 하오."

밖으로 무원을 따라 나오니 땅거미가 져 어두운데, 멀리 하얀 달 한 쪽이 떠 있었다.

"오늘 어땠소?"

무원이 묻자 은재가 "음" 하고 눈썹을 치켜떴다.

"걱정하셨습니까?"

제법 여유까지 부리는 것을 보니 마음이 놓였다.

"걱정 안 했소. 가마 속에서 쿵쿵 머리까지 찧으며 가

는 걸 보니 긴장하지도 않은 모양이던데 내가 걱정을 왜
하겠소?"

무원이 허허 웃으며 뒷짐을 지고 앞으로 걸어갔다. 은
재는 뒤에서 또 울상을 지었다. 분명 상품을 따다 주겠
다고 했던 그때 본 모양이었다. 무원은 달빛 아래 떨어
진 단풍잎 하나를 주워 그 향을 맡았다. 퍽 기분이 좋아
보였다. 은재도 단풍잎 하나를 주워볼까 하고 허리를 숙
이는데, 어둠 속에 이게 웬 돌부리인지.

"악!"

은재가 바닥에 와락 넘어졌다. 손바닥도 긁힌 모양이
지만 발목이 지끈해서 못 일어나겠다. 무원이 달려와 그
녀를 일으켰다.

"어디 보시오. 괜찮소?"

달빛 아래에서 보니 은재의 큰 눈에 눈물이 그렁그렁
해서 애처럼 울기 직전이었다. 아프기도 하고, 부끄럽기
도 한 모양이었다. 그는 한숨을 푹 내쉬고 옷에 묻은 먼
지를 털어주더니 등을 내주며 말했다.

"매일 우리 어머니랑 놀더니 아주 똑 닮아가는구려.
어휴, 업히시오."

"네?"

은재가 머뭇거리자 무원이 그녀의 손을 홱 감아 자신

의 목을 끌어안도록 했다.

"빨리 안 업히면 버리고 갈 거요."

그 말에 그녀가 머뭇머뭇 업히자 그가 일부러 못 일어나는 시늉을 했다.

"왜, 왜 이리 무겁소?"

"내리겠습니다."

은재가 얼굴이 빨개져서 내리려고 하자 그는 그제야 번쩍 둘러업었다.

"농이오. 어찌 농을 던지면 매번 그렇게 잘 받아먹소? 참 대견하오."

"자꾸 저를 놀리실 겁니까?"

"알았소, 내 이제 놀리지 않으리다."

그렇게 웃으면서 그녀를 업고 걷는데, 바람은 시원하고 단풍은 은은하며 풀벌레 우는 소리도 듣기 좋았다. 은재는 무원의 목을 꼭 끌어안고, 무원은 등에 업힌 은재의 체온을 느꼈다.

"정말 오늘 별일 없었소?"

무원이 안쓰러운 마음에 한 번 더 물었다.

"없었습니다."

그는 규방 부인들의 요란스러운 사정을 대충 짐작하는지라 아무 일 없을 리가 없는데 싶었다. 그러나 말을 않으니 어쩌랴.

"자, 다 왔소."

무원이 몸종들이 보기 전에 은재를 얼른 내려놓았다. 그런데 가만 보니 금장식 노리개가 똑 떨어지고 없었다. 은재도 주섬주섬 하더니 당황해서 어쩔 줄 몰랐다.

"어? 내 노리개. 노리개가 어디 갔지?"

"아까 넘어졌을 때 흘린 모양이오. 내가 잠시 다녀올 테니 염려 말고 침소에 들어가 기다리시오."

무원이 그녀를 안심시켜놓고 왔던 길을 돌아서 가는데, 역시나 그의 짐작대로 아까 넘어졌던 곳에 노리개가 떨어져 있었다. 그런데 그때 뒤에서 여인 셋이 깔깔대며 걸어오는 소리가 들렸다. 남편들이 술에 곯아떨어지자 절친한 몇몇 부인이 야밤에 또 수다를 떨려고 모인 모양이었다. 멀리서 보니 장옷도 벗은 듯해서, 무원은 노리개를 주은 뒤에 얼른 숲 속에 숨었다.

"아까 이 좌랑 부인 말이야. 웃기지 않아? 나 참, 뭐가 그렇게 당당한지. 친정이 가난해서 빚 때문에 할 수 없이 시집왔다던데 말이야."

"돈 때문에 팔려 온 거나 다름없지, 뭐."

"나라면 암만 장원급제니, 이 대감 손자니 해도 이 좌랑한테는 절대 시집 안 갔어. 얼굴이 너무 흉측해서 차마 눈 뜨고 못 본대. 오죽하면 복면을 쓰고 다닐까."

"나였으면 도망쳐도 옛날에 도망쳤을걸? 뭐, 어찌 보면 불쌍해. 그 부인은 얼굴도 곱고 똑똑한데 돈 있으면 그런 데 시집갔겠어? 보나마나 친정 생각나서 매일 울면서 지내겠지."

여인들이 지나가자, 무원은 나무 뒤에 서서 손에 쥔 노리개를 펴보았다. 여인들의 대화가 귓가에 메아리처럼 울렸다. 맞는 말이다. 그 아름답고 똑똑한 여인이 조금만 부유했더라도 자신에게 시집왔을 리는 없겠지. 무원은 복면 속으로 왼쪽 뺨을 만져봤다. 우둘투둘한 화상의 감촉이 느껴졌다. 그는 달콤했던 단잠에서 깬 것 같은 허탈한 기분이었다.

'괴물. 그래, 그랬지. 그 사람의 향기에 취해 잠시 잊었구나.'

그는 멀리 도봉산의 능선을 바라봤다. 가슴이 무너져 내렸다.

'…… 내가, 내가…… 새장의 새를 연모하게 되다니.'

그녀를 향한 마음이 커질수록 그는 점점 더 괴로워졌다. 어둠 속으로 산새들이 날아가는 것을 쓸쓸하게 바라보며 그는 슬픈 목소리로 읊조렸다.

"진정 연모한다면 어찌 놓아주지 않을까."

그는 침소로 돌아와 노리개를 건넨 뒤 은재가 준비해온 국화주를 잔에 가득 부었다. 은은한 향취가 그윽하게 퍼졌다.

"첫날 도화주도 참 좋았지."

무원이 중얼거렸다. 은재가 맞은편에 앉아 고개를 갸웃했다. 연거푸 술을 들이켜는 그가 걱정스럽고, 또 불길했다.

"피할 수 있으면 피하고, 등 돌릴 수 있다면 등 돌리라고 했는데 정작 내가 그러지 못하는구려."

무원은 술기운이라도 필요했지만 정신은 오히려 또렷해졌다. 무슨 일을 벌일지 잘 알기에 그런 것인지도 모른다. 그는 술잔을 내려놓고 그녀의 곁으로 다가갔다.

"나, 나리."

은재는 조금 움츠러들었다. 같은 침소에 들어도 손끝 하나 대지 않던 그였는데, 별안간 점점 다가오니 갑자기 무슨 일인가 싶었다. 무원이 한 손으로 은재의 손목을 붙잡은 뒤 옷고름을 풀었다. 그녀는 침을 삼켰다. 긴장됐다.

"나를, 나를 똑바로 보시오."

무원의 입김이 닿을 듯 말 듯 가까워졌다. 그는 그녀의 허리를 감싸 쥐고 복면 끈을 풀었다. 처음 그의 얼굴을 모두 보여줬을 때처럼, 그는 그녀를 시험했다. 흉측한 왼쪽 뺨이 드러났고, 잡아먹을 듯이 가까이 다가왔다. 은재의 두 눈동자가 불안하게 떨렸다. 괴물 같은 그의 얼굴이 눈앞에서 그녀를 응시했다. 정적이 흘렀다.

'여전히, 여전히…….'

무원이 그렇게 생각하며 그녀를 놓아주려는 순간, 은재의 가느다란 손가락이 그의 왼쪽 뺨에 닿았다. 순식간에 사뿐하게 와 닿는 입술, 은재가 먼저 그를 당겨 입을 맞추었다. 무원은 당황해서 눈이 커졌다. 그는 저도 모르게 그녀를 떠밀고 돌아섰다. 심장이 마구 뛰고 땀이 났다.

"그, 그만두시오."

무원이 등을 돌렸다.

"저를 시험하려 하셨던 게 아닙니까?"

은재가 물었다. 그는 날카로운 무언가로 가슴을 찔린 듯했다.

"저를 시험하신다면 제 답은 이것입니다."

무원이 다시 그녀의 눈동자를 쳐다봤다. 흔들리지 않고, 외면하지도 않고 그를 응시하는 두 눈동자.

"동정하는 거요?"

그가 물었다.

"처음에는 나리의 용모가 무서워 도망치고 싶었지요. 하지만 그게 다가 아니라는 걸 알았습니다. 나리께서는 친절하고 다정한 분이십니다. 외롭고 슬픈 장벽 속에 갇혀 계실 뿐이지요. 제가 어찌 감히 나리를 동정하겠습니까?"

"이제 내가 무섭지 않소?"

무원이 일그러진 왼쪽 뺨을 돌려 은재를 바라봤다. 그녀는 그의 뺨에 다시 긴 손가락을 갖다 댔다.

"무섭지 않습니다. 은애하는 사람이 무서울 리 있겠습니까?"

은재의 눈에 눈물이 차올랐다. 그의 가슴이 또 한 번 무너졌다.

'차라리, 차라리…… 외면하지 그랬소. 그랬다면 당신을 붙들고 있어도 이처럼 미안하지 않았을 텐데.'

그는 품에서 봉투를 하나 꺼내 내밀었다. 실은 이 대감이 이왕 풍국 놀이에 가는 거, 판서에게 돈을 더 찔러주고 승차를 확정받으라고 해서 준비한 봉투였다. 그러나 이제 별 상관없었다.

"이 돈이면 뭘 해도 될 거요. 이름을 숨길 수도, 그대 집안을 일으킬 수도 있소."

은재는 청천벽력 같은 얘기에 놀라 그를 쳐다봤다.

"보내주겠소."

무원이 단호하게 말했다.

"처음부터 이런 걸 원했던 게 아니오. 그저 가여운 사람에게 모질게 굴고 싶지 않았을 뿐이었소. 그러나 이제 더 이상 안 되겠소. 나도, 당신도 이건 할 짓이 아니오. 내일 날이 밝거든 이 처소에서 나오지 말고 기다리시오. 따로 가마를 보내줄 테니 그 편으로 떠나면 될 거요. 나는 돌아가는 대로 사고로 위장해서 마무리 짓겠소."

"나리."

은재가 무원의 손을 붙잡았지만 그는 그 손을 놓았다.

"나리께 아무것도 바라지 않겠습니다. 곁에만, 곁에만 있게 해주세요."

그녀가 울면서 매달렸다.

"미안하오. 나는, 나는 자신이 없소. 내가 아끼는 새장의 새가 쓸쓸히 죽을 거라는 걸 알면서 어찌 놓아주지 않겠소? 날아가시오. 부디 훨훨 날아가 다시는 돌아오지 마시오."

"나리!"

은재가 가지 말라며 붙잡았지만 그는 매몰차게 나와 버렸다. 가슴이 뚫려 바람이 통하는 기분이었다. 그는 비틀비틀 침소를 나와 판서가 술판을 벌이고 있는 곳을 향해 걸었다. 오늘 밤은 밤새 그와 술을 마셔야겠다.

*

새벽이 되어 첫닭이 울 때까지 은재는 구석에 쪼그리고 앉아 무원을 기다렸다. 눈앞에 놓인 봉투가 믿기지 않았다.

'어젯밤이 마지막이라니, 그게 마지막이었다니.'

어찌나 울었는지 눈이 빠질 듯 아프고 코도 빨갰다. 그녀는 눈을 비비며 고개를 흔들었다. 금방이라도 그가 와서 "왜 그렇게 울고 있는 거요?" 하고 묻고, "농이었다오" 하고 웃을 것만 같았다. 열을 세면 올까. 다섯을 세면 올까. 아니, 셋을 세면 올지도.

"셋…… 둘…… 하나……."

은재가 부연 눈을 들어 앞을 쳐다봤다. 희끄무레한 벽 앞에 앉은 사람의 형체, 정말 그인가. 그녀가 눈을 비볐다.

"기다린 사람이 아닌 모양이지요?"

어린 남자아이가 웃으며 말했다.

"다, 당신은……."

은재가 놀라서 멈칫했다. 틀림없이 일전에 하천에 빠

졌을 때 구해준 그 아이였다.

"하산하면 부인을 찾아뵈려 했는데, 이처럼 가까이 계신 줄은 몰랐습니다."

합장하는 해온의 두 손에 푸른 불길이 이글이글하는 것이 역시 예사 사람이 아니었다. 은재는 두렵기도 하고 놀랍기도 해서 어찌해야 할지 몰라 그저 엎드렸다.

"무슨 연유로 저를 다시 찾으셨습니까?"

그러자 해온이 그녀를 부드럽게 일으켰다.

"제가 오히려 은혜를 입었는데, 어찌 이러십니까? 자, 일어나십시오. 제가 오늘 부인을 찾은 이유는 일전에 제 목숨을 구해주신 보답을 해드리기 위해서입니다. 무엇이든 좋으니 소원을 하나 말씀해보십시오. 제 기꺼이 도와드리겠습니다."

"저, 정말 무, 무슨 소원이든 들어주시는 겁니까?"

은재가 더듬더듬 물었다.

"물론입니다."

해온이 빙그레 웃었다. 은재가 손을 모았다.

'소원, 소원…… 내 소원은…….'

짧은 시간이었지만 여러 생각들이 스쳤다. 산신에게 소원을 빌어 불로장생과 부귀영화를 누린 이야기들이 떠올랐다. 단 하나의 소원으로 그녀는 온 세상도 얻을 수 있으리라. 그러나 지금 이 순간 그녀가 간절히 원하는 것은 단 하나였다.

"그렇다면……."

그녀의 긴 속눈썹이 눈물로 촉촉이 젖었다. 만약 이 소원을 말한다면 그는 자신 같은 한미한 가문의 여식 따위를 잊고 다시는 돌아오지 않을지도 모른다. 영영 꿈처럼 멀어질지도. 하지만 그가 행복해진다면, 외롭고 슬픈 그 장벽 속에서 헤어날 수만 있다면.

"…… 그렇다면 제 서방님을 치료해주십시오. 제 서방님은 얼굴에 심한 화상을 입었습니다. 부디 그 용모를 예전과 같이 돌려주시겠습니까?"

해온이 대답했다.

"좋습니다. 그분의 얼굴을 치료해드리지요. 부디 이 소원이 부인께 큰 복락을 가져오게 되길 기원하겠습니다."

해온이 합장하며 절했다. 그러자 그를 휘감은 푸른 불길이 방 천장을 뚫을 듯 치솟더니 흔적도 없이 사라졌다. 꿈같은 일이 순식간에 벌어지고 바람처럼 흩어지니 은재는 실제인지 환상인지 구분이 되지 않았다. 그때였다.

"가마 대령했습니다!"

밖에 시커먼 옷을 입은 가마꾼이 와서 그녀를 불렀다. 무원이 보낸 가마가 틀림없었다. 그는 진정 돌아오지 않을 작정이었다. 은재는 눈물을 흘리며 자리에서 일어났다. 그녀는 무원이 남기고 간 봉투를 줍지 않았다. 곤궁한 삶을 살지라도 그가 언젠가 찾아주리라 기다리며 살고 싶었다.

"제발, 제발. 돌아오세요."

은재는 가마에 오르기 전에 도봉산 저편 자락의 별장을 바라보며 말했다. 바람이 그녀의 한숨처럼 스쳐가니 우수수 단풍이 떨어져 내렸다.

*

너른 정자 위에서 풍국 놀이의 끝물을 타고 한바탕 연회가 펼쳐지니, 오늘은 오전에 마님들을 모두 보내고 기생들까지 불렀다.

"자자, 그럼 이번 풍국 놀이의 백미인 서화 내기를 해보지."

서화 내기는 어제 여인들이 그린 그림에 판서가 점수를 매겨 가장 높은 점수를 받으면 이기는 것으로, 매년 굉장한 상품이 걸려 있었다. 판서는 눈이 초롱초롱한 대신들을 둘러보며 자랑스럽게 말했다.

"이번 상품은 다름 아닌 이 벼루와 연적일세."

그는 정부인이 상품으로 흔쾌히 내준 벼루와 연적을 꺼내 보였다. 청화백자 산수 무늬 연적에 벼루 중에서도 명품으로 꼽는 남포 벼루, 모두 입이 떡 벌어졌다. 돈 주고 사려 해도 쉽게 못 구하는 물건들이었다.

"자, 그럼 그림을 가져와 한번 보도록 하지."

몸종을 시켜 여인들이 그린 서화를 가지고 오게 하니 좌중이 술렁였다. 자기 화상을 그렸다는 얘기는 들었으나 보지 못했으니 얼마나 궁금할까. 다들 궁둥이가 들썩거렸다.

"내가 오늘을 대비해서 그림 연습 좀 열심히 하라고 그렇게 닦달을 했거든. 아, 보라지. 이번에는 우리 내자가 1등을 할 걸세."

한 참판이 호기롭게 말했다.

"저는 도화서에 있는 친구한테 부탁해 따로 공부까지 시켰습니다."

그 옆에 있던 최 학사가 대꾸했다. 다들 그렇게 들떴는데, 한 사람만 엉뚱한 생각을 하는 듯 돌부처럼 앉았으니 그는 방금 제 처의 처소에 몰래 가마를 보낸 무원이었다.

"자네가 제일 유력하다던데, 들었나?"

누가 그의 옆구리를 쿡 찔렀다. 그러자 그 옆에 앉은 다른 대신이 낄낄 웃었다.

"복면을 쓴 이 좌랑이 제일 유력하다니. 그게 무슨 뚱 딴지같은 소리야? 하하!"

워낙 무원의 집안이 좋고 유능하다 보니 대놓고 면박 은 못 주지만 그 역시 이렇듯 조롱을 당하는 때가 수도 없었다. 그러니 어찌 어제 은재가 당했을 민망한 일들을 모르겠는가. 그녀 역시 평생 이런 대접을 받을 것을 생 각하면 차라리 떠나보낸 것이 잘된 것인지도 모른다. 웃 을 기운도 없는 그가 힘없이 고개를 떨어뜨렸다.

"자자, 보자고."

판서가 벽에 그림을 하나 걸자 벌써 좌중에서 웃음이 터졌다.

"눈도 분명 두 개고, 코도 하나, 입도 하나 달렸는데 전 체적으로 얼굴이 조화가 안 되는구면. 아주 다 삐뚤빼뚤 해. 여기 앉은 사람 중에 이렇게 생긴 사람 어디 앉았나? 응?"

판서의 말에 가야금을 뜯던 기생들도 킥킥댔다. 그러 자 아까 1등을 할 거라던 참판의 얼굴이 빨개졌다.

"다음, 그다음."

그림이 착착 바뀌는데, 판서 마음에 드는 그림은 한 장 도 없었다. 그런데 그때 딱 눈길을 사로잡는 그림 한 장이 있으니 바로 은재의 그림이었다.

"어제 마누라가 부용화가 어쩌고저쩌고 해서 무슨 소리를 하나 했는데, 이 그림이었구나!"

그는 벽에 이 좌랑을 그린 그림을 붙였다. 무원의 눈동자가 그림을 향했다. 왼쪽 뺨 위로 연붉은 부용화가 아름답게 피어 있었다. 그는 순간 자신의 뺨을 만지던 은재의 손길을 떠올렸다. 그녀야말로 자신의 상처까지도 아름답게 꽃으로 피울 사람이니, 아! 천하의 보물을 준다 해도 어찌 그런 여인을 다시 얻을까. 그는 자리에서 벌떡 일어났다.

'안 돼! 이대로, 이대로 보내면 안 돼!'

그런데 이게 무슨 일인가. 갑자기 홀연히 바람이 정자 안을 휩쓰는데, 참으로 별안간 닥치는 광풍이었다.

"에고, 그림 다 날아간다. 그림 잡아라! 그림!"

사람들이 날아다니는 그림을 붙잡느라 우왕좌왕 정신이 없을 때 벽에 붙은 은재의 그림에 피었던 부용화가 한 송이, 한 송이 바람을 타고 날아갔다.

'미안하오! 내가 미안하오!'

무원은 있는 힘껏 바람을 가르고 어젯밤 침소로 향했다. 마당에는 가마가 없었다. 벌써 떠났나! 그는 사랑채의 문을 열었다. 바닥에 놓인 봉투를 보는 순간 그의 눈에도 눈물이 흘렀다.

"그런 짓을 했는데도 나를 용서한 거요……. 나를 아
직도 기다리겠다는 거요?"

그는 눈물을 닦고 말을 꺼내 왔다. 이대로 그녀를 놓칠
수는 없었다.

'아직, 아직 산을 다 내려가지 못했을 거야.'

무원은 가마가 내려갔을 길을 따라 다시 달렸다. 저기
한 점이 되어버린 가마와 가마꾼이 보였다.

"게 서라!"

그는 전속력으로 달려 멀리 사라지는 가마를 불러 세
웠다. 가마꾼들이 걸음을 멈추자 그가 숨을 헐떡이며 그
앞을 가로막았다. 국화 향이 실린 가을바람이 그를 훑고
지나갔다. 무원이 가마 문을 열었다. 그 안에 기운을 잃
고 앉아 있던 은재가 그의 얼굴을 보고 두 손으로 입을
가렸다. 믿을 수 없었다.

"가지 마시오."

눈물이 또 흘렀다. 무원의 얼굴에 걸린 복면이 바람을
타고 스르륵 벗겨졌다. 화상 자국이 없었다. 대신 그의
아름답고 잘생긴 얼굴이 웃고 있었다. 처음 보는 미소,
그 미소가 환했다.

"서방님……."

은재가 그의 손을 잡고 가마에서 나왔다. 무원이 그녀를 끌어당겨 폭 안았다.

"새장의 새는 그대가 아니라 나였소. 당신이, 당신이 내 새장의 문을 열어준 사람이구려."

얼마나 안기고 싶었던 품인가. 은재도 무원을 꼭 끌어안았다. 청명한 가을 하늘 아래 피어 있는 부용화에 나비가 살포시 내려앉았다. 그 곁에 선 두 사람이 서로를 보듬고 입을 맞추니 비로소 용서와 구원이 마음의 벽을 허무는구나. 아, 가을날은 아름답고, 온 세상은 행복할 따름이라. 이들의 사랑 이야기 또한 어여쁘기에 『이매망량애정사』에 덧붙여 전한다.

작가의 말

　1년 전만 해도 제 책이 나올 거라는 생각은 하지도 못했습니다. 2013년 초, 우연한 기회에 네이버 웹소설 공모전을 보고 오래전에 쓰다 말았던 소설 한 편을 취미 삼아 올리게 되었습니다. 당초 목표는 공모전 당선 같은 거창한 욕심이 아니라 소설의 완결이었습니다. 제목은 '이매망량애정사'로, 도깨비의 사랑 이야기였습니다. 처음에는 읽어보는 독자도 많지 않았고 조회 수도 저조했습니다. 당시 수많은 작가들이 공모전에 응모했으니 수상은 꿈도 꿀 수 없었습니다. 그러다 어느 날 대상으로 당선되었다는 메일을 읽게 되었는데, 처음에는 스팸 메

일인 줄 알았습니다. 부족한 글로 큰 상을 받게 되었다는 사실도 얼떨떨하고, 네이버 웹소설 정식 연재라는 큰 기회를 얻게 된 것도 믿기지 않았습니다. 돌이켜보면 운도 운이었지만 앞으로 더 좋은 글을 써나가라는 뜻으로 저 같은 신인을 발굴해주신 게 아닌가 생각합니다. 이 지면을 빌려 제 꿈에 날개를 달아주신 네이버와 아낌없이 응원해주셨던 독자들, 가족과 친구, 직장 동료들에게 깊은 감사를 드립니다.

직장 생활, 대학원 공부, 소설 연재 세 가지 일을 하면서 만성적인 수면 부족과 스트레스로 너무 힘들어 컴퓨터를 잡고 운 적도 있지만 올해처럼 많은 것을 얻은 한 해는 또 없으리라 생각합니다. 제 글이 누군가에게 즐거움이 되고, 위로가 되고, 행복한 여행이 되길 바랍니다. 감사합니다.

2014년 2월
김나영

이매망량애정사 2

© 김나영, 2014

1쇄 발행일 | 2014년 3월 12일
3쇄 발행일 | 2014년12월 30일

지은이 | 김나영
펴낸이 | 정은영
책임편집 | 최민석
편 집 | 이수지
마케팅 | 이대호 최형연 전연교 이현용
제 작 | 이재욱

펴낸곳 | 네오북스
출판등록 | 2013년 04월 19일 제2013-000123호
주 소 | 121-840 서울시 마포구 서교동 396-33
전 화 | 편집부 (02)324-2347, 경영지원부 (02)325-6047
팩 스 | 편집부 (02)324-2348, 경영지원부 (02)2648-1311
E-mail | neofiction@jamobook.com
Home page | www.jamo21.net

ISBN 979-11-85327-31-0(04810)
      979-11-85327-29-7(set)

이 도서의 국립중앙도서관 출판시도서목록(CIP)은 서지정보유통지원시스템 홈페이지
(http://seoji.nl.go.kr)와 국가자료공동목록시스템(http://www.nl.go.kr/kolisnet)에서
이용하실 수 있습니다.(CIP제어번호: CIP2014004209)